王子で悪魔な僕の先生

榛名　悠

幻冬舎ルチル文庫

CONTENTS ✦目次✦

王子で悪魔な僕の先生

✦カバーデザイン＝久保宏夏（omochi design）
✦ブックデザイン＝まるか工房

イラスト・平眞ミツナガ✦

王子で悪魔な僕の先生

■1■

『ああ、そうだ。奏太《そうた》、明日から新しい入居者が来ることになったから。よろしくな』

叔父《おじ》の光彦《みつひこ》は大切なことをいつもギリギリのタイミングで言う。

その報告を高良《たから》奏太が受けたのは、昨夜、風呂から上がった直後のことだった。しかも、どうでもいい世間話のついでとばかりに最後にちょこっと付け足して。

『奏太は夏休みなんだし、どうせ暇だろ。彼女もいないんだからさ、アハハ。せっかくの青春時代を無駄にするなよ。それじゃ、後はよろしく』

チュパッと回線の向こう側で気色悪い音を鳴らし、奏太が思わずケータイを耳から遠ざけた隙《すき》に、本人はさっさと電話を切ってしまったのである。

「……まったく、何でそういう大事な話を今まで黙ってるかな。契約した時にちゃんとこっちにも教えてくれればいいのに」

朝食を済ませた後、奏太は合鍵を持って長い間空室になっていた一〇二号室に向かった。

ここ【なずな荘】は、もとは奏太の祖父母が管理していた物件である。

彼らが亡くなった後、叔父の光彦が引き継ぐことになり、奏太も高校に進学した昨年から世話になっている。ちょうど同じ頃、叔父の実姉、つまり奏太の母親の海外赴任が決まり、これを機に一人暮らしをさせてもらえることになったのだ。

物心ついた頃から父親はいない。両親は結婚してたった二年で離婚し、その後は母が女手一つで奏太を育ててくれた。若い彼女が、まだ小さな奏太を食べさせていくために相当な苦労をしたことは想像に難くない。子どもの頃は母になかなか構ってもらえず寂しくて仕方なかったけれど、この年になれば感謝しかなかった。

デザイン関係の仕事をしている彼女は、現在海外の企業との間で進められているあるプロジェクトのリーダーを任されている。奏太が中学に上がったタイミングで知人の会社に転職し、かねてからやりたかった仕事に就けたのだ。忙しそうだが充実している様子が伝わってきて、奏太も嬉しかった。日本から頑張っている母を応援したいと思う。

一人暮らしをするかしないかで、母とは少しもめた。

もともと二人で暮らしている時から、家事全般は奏太が引き受けていたのだ。中学時代も特に問題を起こすことはなく、心配しなくても大丈夫。そう伝えたが、彼女としてはどうやら息子も一緒に連れて行きたかったらしい。しかし留学希望があるわけでもない奏太は、今更慣れない海外生活は勘弁してもらいたかった。

そんな渋る母親の説得に一役買ってくれたのが叔父の光彦だった。

叔父は奏太が【なずな荘】で一人暮らしをすることに大賛成だった。いい経験だとか、自分がいるから心配ないとか、いろいろ言っていたけれど、最大の理由は奏太にアパートの管理を任せられるからだ。

別の仕事を持っている彼は、少し離れた場所でマンション暮らしをしていて、何かあるたびに行ったり来たりするのが面倒らしい。そこで奏太が住人とのパイプ役になってくれると助かるというわけだ。要するに苦情窓口。当時は祖父母の代からの口うるさい古株住人がいたのである。

しかし運がいいと言うべきか、その男は諸事情によりちょうど奏太と入れ違いにここを出て行ってしまった。よって奏太がやって来てからの【なずな荘】は、特に目立ったトラブルもなく、平穏そのものだ。

祖父母が半ば趣味で始めた【なずな荘】は、一風変わった建物の配置になっている。ドアが横に並ぶ一般的なアパートの形ではなく、二階建ての物件が三戸、コの字型に建てられており、それぞれ上と下に玄関があって別の住人が入居するスタイルだ。コの字型の中央にはあずまやがあり、しばしば住人たちの憩いの場になっている。

奏太はコンクリートの外階段を上りながら、頭上を仰いだ。

濃い真夏の空が広がっている。遠くに入道雲が見えて、白と青の眩《まぶ》しい対比に思わず目を細めた。ギラギラと太陽の光が降り注ぎ、肌がチリチリと炙《あぶ》られているようだ。八月も終わりに近付いているのに、一向に夏の気配が薄まる様子はない。

「アパートの部屋が全部埋まるのは、いいことなんだろうけど……」

唯一空室になっていた一〇二号室は、一年半前まで件《くだん》のトラブルメーカーが住んでいた部屋である。

一〇一号室が奏太の部屋なので、同じ建物の二階だ。ここに引っ越して来て以来ずっと入居者が現れなかったから、家賃収入の面で心配半分。本音は他人の生活音に悩まされずにすむので、のんびり気楽に過ごしてきた。

そんな暮らしも今日で終わりかと思うと、少しだけ憂鬱になる。

「いい人が来てくれるといいんだけどな」

口うるさい住人だといろいろ気を使いそうだ。

玄関ドアの鍵を開けて部屋に入る。

定期的に空気の入れ替えをしているので、埃《ほこり》っぽさはないが、熱気がこもってむうっとしていた。点検はしているから大丈夫だろうけれど、念のためエアコンのスイッチを入れてみる。ヴーンと稼働音がして、間もなくすると冷たい空気が排出され始めた。

電源を切り、窓を開ける。

風はあまり入らず、ただ蟬《せみ》の鳴き声が大きくなっただけだ。

「……ここに、誰かが住むのか」

何だか不思議な気分だった。アパートといっても建物の構造上、お隣さんがいるわけでもなく、奏太の住んでいるここ、通称『マルイチ』にはもう一年以上、一階しか明かりがともっていない。それが今夜から二階にも電気が点《つ》くのだ。

がらんとした六畳間を見渡して、奏太は窓辺に腰掛けた。

書類関係の手続きはすべて叔父がやってくれているので、奏太がすることは特にない。すでに水道やガス、電気も使用できるようになっていて、いつの間にと驚かされるばかりだ。どうやら先日、奏太がアパートの別の住人に頼まれてビラ配りの短期アルバイトをしている間に、部屋の下見から契約までをすべて済ませてしまったらしい。どうせ叔父の都合だろうが、それでも奏太に一言くらいあってもいいのにと、彼の自己中心的な言動にはほとほと呆《あき》れる。いつだって「ごめん、忘れてた」で終わらせてしまうのだから、困った叔父だ。

新入居者は若い男性らしかった。

鍵はすでに渡してあるという話だし、荷物は引っ越し業者によって午後から運び込まれる予定になっている。

少し風が出てきた。

そよそよと頬《ほお》を撫《な》でる心地よさに目を瞑《つむ》る。そういえば、今日は図書館に行こうと思っていたのだった。後回しにしていた読書感想文を終わらせるつもりでいたのに――。

「こんなところで寝て、暑くないの」

頬をつつかれる感覚があって、とろとろとまどろみにつかっていた奏太の意識は一気に引き上げられた。

ハッと目を開ける。

「あっ、起きた。おはよう」

「………」

一瞬、何がなんだかわからなくなる。

ここはどこか。今の自分がどういう状況なのか。目の前にいる男の人は一体誰なのか。

しきりに瞬《まばた》きを繰り返して、無理やり思考をめぐらせる。

「ぼんやりして大丈夫？　こんな蒸し暑いところで寝たら熱中症になるぞ」

初めて見る顔の男が、持っていたコンビニのレジ袋の中からペットボトルを取り出した。

それを、まだぼーっとしている奏太の頬にピトリと押し当てる。

「っ！」

汗を掻《か》いた肌が急激に冷やされて、思わずびくっと首を竦《すく》めた。彼がくすくすと笑う。

「これ、さっき買ったばかりだからまだ冷たいよ。ちゃんと水分補給しとかないと」

随分と柔らかい声音で話す人だなと思った。高すぎず、低すぎず、ちょうど耳に心地よく響く大人の男の人の声。

二十代半ばぐらいだろうか。シンプルなTシャツとコットンパンツを身につけたラフな恰《かっ》好《こう》は、かえって彼の爽やかな雰囲気を際立たせていた。少し長めに切り揃《そろ》えた清潔そうな黒髪が窓から滑り込む微風に揺れる。こめかみに細かな汗が浮いている。そんな様子もまったく暑苦しくなく、奏太はぼんやりと端整な顔を見上げながら、この人自体が清涼飲料水みたいだなと思う。何だかまだ夢の中にいるような気分だ。

彼がわざわざペットボトルのキャップを開けて、奏太に渡してくれた。

「はい、どうぞ」

「……りがと、ございます」

寝起きのせいか、声が掠《かす》れてしまった。一口含むと、スポーツドリンクのほのかな甘味が舌にのる。口の中の熱を奪うようにすうっと胃に流れ落ちた途端、体が水分を欲していたことを自覚した。一気にボトルの半分ほどを飲み干してしまう。

「キミ、高良オーナーの甥《おい》っ子さんでしょ」

彼の言葉に、奏太は慌てて飲み口から唇を離した。

「あ、はい。もしかして、新しい入居者の人……？」

「うん」彼がにっこりと笑って頷《うなず》く。「澄川清人《すみかわきよと》といいます」

「す、すみません。俺、勝手にこんなところで寝てしまって」

奏太は急いで居住まいを正した。「ずっと閉め切っていたから、部屋に風を通しておこうと思ったんですけど、ついうっかり……あの、高良奏太です」

「そうだったんだ？　ありがとう、気を使ってくれて。こっちこそ起こしてごめんね。えっ

と、オーナーと同じ苗字《みょうじ》でややこしいから、奏太くんって呼んでいいかな」

人懐っこい笑顔を向けられて、奏太は少々面食らった。

「……あ、はい。好きなように呼んでもらえれば」

「それじゃ、奏太くん」

澄川が右手を差し出す。一瞬きょとんとしてしまった奏太は、咄嗟《とっさ》にペットボトルの蓋《ふた》を閉めてその手に返した。

「あの、どうもありがとうございました。後でお金は払いますから」

「いや、そうじゃなくって」

くすりとおかしそうに笑った澄川が、「握手だよ」と言った。

「――あ！」

奏太は慌てて汗ばんだ手のひらをTシャツで拭《ぬぐ》う。「す、すみません。俺、勘違いしちゃって」おずおずと澄川の手を握った。自分より少し大きい彼の手はさらりと乾いていて、ひんやりしていた。

ぎゅっと握り返しながら、澄川が「奏太くんってかわいいなあ」と、爽やかに笑う。

「これからお世話になります、よろしくね」

「……こちらこそ、よろしくお願いします」

なぜだかカアッと顔が火照る。澄川はにこにこと笑っていた。

名は体を表すというけれど、本当にその通りの人だ——それが、初対面の澄川清人に抱《いだ》いた第一印象だった。


その日の夜、澄川の歓迎会が行われた。

いつもはダラダラが基本の『マルニ』、『マルサン』の住人たちが、こういう時だけは一致団結して集まってくる。要するに、酒が飲みたいのだ。

あずまやの石造りのテーブルには宅配ピザが置かれ、取り囲むようにビール缶がずらりと並べてあった。数時間後にはあれらがすべて空になる。

「よっしゃ、今日は澄川くんの入居を祝って飲むぞー」

わらわらと酒瓶《さかびん》を抱えて部屋から出てきた男たちがやんややんやと騒ぎ出した。奏太はこの大人たちが酒を飲んでいるところしかほとんど見た記憶がない。毎回資源ゴミの日になると、近所のゴミ置き場が【なずな荘】の排出した空き缶、空き瓶でいっぱいになる。普段の彼らがどうやって社会生活を送っているのかは謎だ。

買い出しに行った彼らから食材を受け取って、奏太が調理した唐揚げやフライドポテト、枝豆もテーブルに並んだ。隣では住人の一人が七輪でイカを炙っている。煙臭い。

「へえ、澄川くんって高校教師なのか」

「ええ。といっても、九月からの臨時教諭ですけどね。産休の先生の代わりに雇ってもらえることになって」

缶ビールを飲みながら、澄川が快く質問に答えていた。奏太も聞き耳を立てて、へえと内心で思う。話し方や物腰が全然そんなふうに見えなかったので、意外だった。どちらかといえば、スタイリッシュなスーツに身を包み、オフィス街を颯爽《さっそう》と歩いているイメージ。本当にそんな人なら、こんな古くて狭いアパートに引っ越してくるわけがないのだけれど。

「どこの高校？　もしかして女子高？」

「いや、共学ですよ。東元《とうげん》高校っていう、ここから結構近いんですけど」

ペットボトルの麦茶を紙コップに注《つ》いでいた奏太は、思わず手元が狂いそうになった。

「東元高校？　あれ、それって奏太くんが通ってる高校じゃないっけ？　ねえ、奏太くん」

「……う、うん」

ちらっと振り返ると、澄川と目が合った。

「奏太くんも東元高校なの？」

「うん。ここから近いし」

「いやいや、近いからって誰でも入れるようなレベルじゃないよね。進学校だよ、あそこ」

「こう見えて、うちの奏太くんは頭がいいからねえ」

両脇から佐藤《さとう》と塩田《しおた》が動物を構うみたいに奏太の頭を撫でてくる。ちなみに二人は『マルニ』の住人で、二階がぽっちゃりのサトウで一階がひょろ長のシオタだ。彼らはまとめて調味料組と呼ばれている。

「もう、あんまりぐちゃぐちゃにしないでよ」

「奏太くんの髪の毛は触り心地がいいねえ」「さらさらして女の子みたいだねえ。顔も目が大きくてかわいいし。あーあ、これが本当の女の子だったらなあ。女子高生の管理人さんってちょっと萌《も》える」「いいねえ。ピンクのエプロンをつけて、毎朝竹箒で玄関の掃除をしながら笑顔で『いってらっしゃい、佐藤さん』って、言ってほしいなあ」「そりゃ完全にどっかの未亡人の管理人さんだね」

二人が昔の漫画の話題で盛り上がり始めたので、奏太はさっさと立って場所を移動する。

マルゲリータを一切れつまんでベンチに座ると、「隣、いい?」と訊《き》かれた。

澄川が爪楊枝《つまようじ》に刺した唐揚げと缶ビールを持って立っていた。午後からずっと荷解きをしていた彼は、シャワーを浴びたのか服を着替えてさっぱりしている。夜に見ても爽やかだ。

「どうぞ」と、奏太は腰を浮かせて少し脇に除《よ》けた。

「ありがとう。お邪魔します」

隣に座った澄川がにっこりと笑って言った。「さっきは、部屋の掃除を手伝ってくれて助かったよ。おかげで今夜から布団を敷いてゆっくり眠れそうだ」

「ううん」奏太はピザを頬張りながら首を横に振る。「どうせ暇だったし。澄川さんって、先生だったんだね」

「んー、といっても、今までは塾講師だったんだよ。教員志望だったんだけど、なかなか採用をもらえなくってさ。今回ようやく話が回ってきて大喜びしてるところ」

「もしかして、澄川さんって伊原《いはら》先生の代わり？」

産休に入る先生に心当たりがあって訊《たず》ねると、澄川が僅《わず》かに目を瞠《みは》った。

「そうそう。数学担当なんだけど、奏太くんのクラスも受け持つことになるのかな」

「あ、それはたぶん違うと思う。伊原先生は二年の数学も教えてたけど、うちの学年だけで数学担当は三人いたから。俺たちのクラスは別の先生なんだ」

「何だ、そうなのか」

唐揚げを一口で頬張って、澄川が「残念」と、冗談めかしたように言った。

「なーんだ、奏太くんは先生に教えてもらえないのか」

ふいに背後から声がして、ぎょっとする。振り返ると、猪瀬《いのせ》と兎丸《とまる》が炙ったイカと日本酒の一升瓶を持って立っていた。『マルサン』の住人二人である。二階がヒゲ面のイノセで一階が胡散臭《うさんくさ》い美青年トマル。二人揃って行儀悪くベンチの背を乗り越えたかと思うと、奏太と澄川を両端からぎゅうぎゅうとサンドイッチにして座った。

「ちょっと、狭いよ。こっちにこなくても、むこうのベンチが空いてるじゃん」

奏太が迷惑だと猪瀬を押し返すと、嫌がらせのようにむさくるしい体を益々くっつけてくる。暑苦しいし酒臭い。

「そうつれないこと言うなよ。ねえ、澄川センセ。センセもじゃんじゃん飲んで飲んで」

コップに注いだ日本酒を強引に澄川に押し付ける。「どうも」と、澄川が爽やかな笑顔のまま受け取った。大丈夫かなと、奏太は心配になる。引っ越し初日からアクの強い人たちに囲まれて、内心嫌がっているのではないか。やっぱり【なずな荘《こ こ》】は自分に合わないと、すぐに出て行かれたら事だ。

勧められて、澄川は一気に酒を飲み干した。調子に乗った猪瀬が「いいねえ、センセ。ささ、もう一杯」と、返事を聞かないまま空いたコップにたぷたぷと注ぐ。

「もう、猪瀬さん！　お酒の強要禁止。澄川さんが困ってるだろ」

「そんなことないだろ。この人、結構イケる口だぞ」

「いやいや、普通ですよ」と、澄川が弱ったように笑う。

「澄川さんは優しいから、付き合ってくれてるんだよ」

「あれ？　奏太くん、澄川さん贔屓《ひいき》？　ひどいなあ、俺たちの方が付き合い長いのに」

反対側から兎丸がイカを澄川に勧めながら、拗《す》ねたみたいに唇を尖《とが》らせた。顔はいいが内面に問題あり。澄川と並ぶと男前同士で絵になるけれど、心の目で見れば白と黒ほどの差がある。奏太を除けば一番若い彼は、一番何を考えているのかわからない怪しいお兄さんだ。

「澄川さんって二十七だっけ？　俺の二つ上か。年もそんなに変わらないのに、奏太くんは今まで俺にそんな優しい言葉をかけてくれたことがあったっけ？」

「兎丸さんは、何か全体的に胡散臭いんだもん」

「……アッハッハ、かわいくないなあ、奏太くんは！　そのお口にチューしてやろうか」

ブチッとイカを噛《か》み切って笑いながら身を乗り出してきた兎丸に、奏太はぎょっと顔を引いた。咄嗟に隣の澄川の背後に隠れる。澄川が「まあまあ」と間に入り、助けてくれた。

「奏太くんってば、すっかり澄川さんに懐いちゃって」

ケラケラと笑った兎丸がビール缶のプルトップを開ける。「ちょうどいいや。澄川さん、奏太くんに特別指導してあげてよ。その顔だと、相当なモテ人生送ってそうだし」

「特別指導？」

「奏太くんったら、今年の夏も彼女ができなかったんだって。今年もまた童貞のまま夏休みが終わっちゃうーって、嘆いてたから」

「ちょっと、兎丸さん！　俺、そんなこと言ってない！」

「ハア、お前が女を連れ込むのを楽しみに待ってるのによお、まったくその気配がないもんなあ。せっかくのこの環境をどんだけ無駄にする気だよ。連れ込み放題だってのに」

「猪瀬さんもウルサイ！　別に、彼女なんか欲しくないし。それに、まだ十六なんだから、別に童貞でもいいだろ。三十前の童貞と十六の童貞じゃ、全然違うじゃん」

「そそそ奏太くん、それは俺たちのことを言ってるのかな⁉」

佐藤と塩田がうわあああっと叫んで、ピザをやけ食いし始めた。おもしろがる猪瀬と兎丸がニヤニヤと二人を慰めたり揶揄《からか》ったりしている。

「にぎやかだね」

酒で満たされたコップに口をつけながら、澄川が言った。

「いつもこんな感じなの？」

「あ、うん。何か、酒好きが集まっちゃって」

奏太はちらっと隣を見て、慌てて付け足す。「あの、もし澄川さんが嫌だったら、これからは参加しなくてもいいから。あ、でも、みんなここで飲んでることが多いから、うるさいかも……これから寒くなるし、わざわざ外で飲むことも少なくなるとは思うけど」

「いや、俺は結構こういうの好きだよ」

「え？」と思わず訊き返すと、澄川が楽しそうに笑って言った。

「前に住んでいた下宿もこんな感じだったからさ」

「下宿だったんだ」

「うん。ここよりもっと古い建物で、雨漏りするたびに、みんなで屋根に上がって修理してたよ。大家さんがいい人でね、ゴハンもおいしかったし。これから自炊しなきゃいけないと思うと大変だな。奏太くんは？　食事は自分で作ってるの？」

「まあ、そんな凝った物は作れないけど」

「そうか、さっき食べた唐揚げも奏太くんが作ってくれたんだっけ」

「あのくらいは誰でも作れるよ」

「いやいや、そういうのは料理ができる人の言葉だよ。俺なんか揚げ物を作ったことすらないから。偉いな、まだ高校生なのに」

改めてそんなふうに言われると、どんな顔をしていいのかわからなくなる。母親と二人暮らしの時から家事は奏太の仕事だったから、今更な話だった。

澄川がおもむろに立ち上がり、取り皿に唐揚げとフライドポテトをのせて戻ってくる。唐揚げを頬張って、「やっぱ美味《うま》い」と声を上げた。奏太は照れ臭いのを誤魔化《ごまか》すように、口いっぱいに冷めたピザを詰め込む。

「料理男子って今人気でしょ。奏太くん、モテそうなのに」

「全然モテないよ。料理なんて、学校じゃ関係ないし。先生こそモテるでしょ、カッコいいし。きっと学校が始まったら女子たちが大騒ぎすると思うけど」

なぜか澄川が面食らった様子で軽く目を瞠《みは》った。

「？　どうかした？」

「いや」澄川が照れ臭そうに微笑《ほほえ》んで言った。「これから通う学校の生徒に『先生』って呼ばれると、やっぱり嬉しいなと思って。教師が夢だったから。ちょっと感動してしまった」

嬉しそうに指先で鼻の頭を掻く澄川を見て、今度は奏太が虚を衝かれた気分になる。

この人は教師として高校で働けることが本当に嬉しいのだ。

きっと臨時採用の話を受けた時は、文字通り飛び上がって喜んだのだろうなと、その瞬間の澄川の姿を想像して奏太も思わず頬を弛《ゆる》ませてしまった。おそらく、学習塾でも人気講師だったに違いない。真面目で生徒への細かな気配りもできて、おまけにイケメン。こんな爽やかな独身教師がやって来たら、間違いなく女子たちが放っておかない。

「……先生、いろいろ頑張ってね」

「ん？　ああ、頑張るよ。ありがとな」

にっこりと微笑んだ澄川が、ふいに奏太の頭を撫でた。想像以上に優しい触れ方で、何だか戸惑ってしまう。こんな何気ない仕草一つとっても、がさつな他の住人たちとは大違いだと、奏太の中で澄川の評価はうなぎ登りだ。

あっという間に夏休みが終わり、二学期が始まった。

奏太の予想通り、着任式で校長先生から澄川が紹介されると、全校生徒が一斉に色めきたった。ざわつく中、「カッコいい！」とあちこちから女子の声が聞こえてくる一方で、男子の僻《ひが》みもちらほら耳にした。モテすぎるというのも大変だなと、朝礼台の上で挨拶《あいさつ》をする澄川を眺めながら、奏太はぼんやりと思ったものである。

教室に戻ってからも、しばらくは澄川の話題で持ちきりだった。残念ながら澄川は奏太のクラスの授業とは無関係なので、女子からは悲鳴と嘆きと現担当の数学教師の悪口まで飛び交い、大騒ぎだった。男子は面白くなさそうに舌打ちをし、奏太も周囲に合わせて適当に相《あい》槌《づち》を打っておいた。実はちょっとだけ澄川に習ってみたかったとは、もちろん口に出さず思うだけに留《とど》める。

社交性があり順応性も高い澄川は、【なずな荘】にもすっかり馴染《なじ》んで上手《うま》くやっていた。気さくで厭味《いやみ》のない性格は、十歳年の離れた奏太にとっても付き合いやすかった。高校生で一人暮らしをする奏太を心配してか、時々差し入れを持ってきてくれることもあったし、順番に回ってくるゴミ捨て場の掃除当番も一緒に手伝ってくれて助かった。往来で人に出会えば爽やかな笑顔で挨拶し、加えてあのルックスなのでご近所さんからの評判も上々だ。

――いい人が入ってくれてよかったわね。

生前の祖父母をよく知る人たちからそう声をかけられると、奏太も嬉しかった。天の上から見守ってくれている彼らも安心していることだろう。澄川が【なずな荘】に来てくれてよかったと心の底から思う。

新学期が始まって一週間が経《た》った頃のことだった。

昼休憩、家政科室を出た奏太は廊下を歩いている途中、澄川の姿を見つけた。珍しく一人だ。

いつもは女子生徒に囲まれている印象が強いせいか、一人でいるとかえって新鮮に映る。百八十に近い長身とそれに見合った長い手足にライトグレーのスーツがよく似合っていた。アパートで見かけるラフな恰好とは違い、前髪を撫で付けて額を出した姿は、人当たりのよさそうな中にも男らしい凛々《りり》しさのようなものを感じさせた。改めてこうやって見ると、女子が騒ぎ立てるのもよくわかる。高校生のブレザーとはまったく違う、大人の雰囲気。

遠目に澄川の後ろ姿をぼんやりと眺めながら、ふいにあれと思った。ここは特別教室が集まる別棟だ。彼はこんなひとけのないところで何をやっているのだろう。

「先生」

声をかけると、澄川がびくっとして驚いたように振り返った。

「……何だ、奏太くんか」

ホッとしたように息をつく。すぐに「おっと」と慌てて「高良くん」と言い直した。

さすがに学校内で教師が特定の生徒を親しげに呼ぶのはまずい。それに澄川ファンの女子に奏太との関係を知られてしまうと、彼女たちがアパートまで押しかけてくる恐れもある。そんなことにでもなれば近所迷惑なので、奏太はなるべく学校では澄川に近付かないように気をつけていた。澄川も彼なりに気を使ってくれているのだろう。学校で話すのはこれが初めてだ。

「先生、こんなところで何してるの」

「え？　あ、いや……」

澄川が途端に狼狽《うろた》え始めた。忙《せわ》しなく辺りを見回し、誰もいないことを確認すると声を潜めて奏太に訊ねてくる。「ちょうどよかった。実は迷っちゃってさ。職員室ってどこだっけ」

「職員室？」

奏太は一瞬きょとんとする。「えっと、ここは別棟だから、職員室のある北校舎に行くには二階の渡り廊下から直接行った方が早いんだけど」

「何だ、二階に上がればいいのか。ありがとう、奏太くん」

澄川が爽やかに笑って、歩き出す。

「あ、先生。そっちに行くと外に出るよ。階段はこっち」

「え？」

くるりと背中を向けた澄川が、慌てて戻ってきた。

「危ない危ない、また迷うところだった。階段はこっち？」

「うん。俺も教室に戻るところだから、途中まで一緒に行くよ」

本当は奏太が行きたい西校舎には、先ほど澄川が向かいかけた一階の渡り廊下を通った方が近いのだが、この際仕方ない。澄川と一緒に階段を上り、渡り廊下に出るドアを開けた。

「悪いね。まだどこにどの教室があるのか覚え切れなくて」

「俺も入学したばかりの頃はよく迷ったから。四つも校舎があるし」

「そうなんだよ。この学校広いし、渡り廊下もあちこちにあって入り組んでるからさ」

澄川が参ったとため息をつく。

「この渡り廊下が北校舎の三階につながってるんだ。こっちとあっちで高低差があるから」

中庭を見下ろしながら、「ややこしいな」と澄川がぼやく。

「そういえば、奏太くんはあんな場所で何してたの？　昼休憩なのに」

「ちょっと家政科室で部長と話をしていて」

「部長？」

「あ。俺、料理部なんだ」

「料理部？　へえ、そんな部活があるんだ」

「うん。一応、副部長。だけど今、ちょっと問題があって」

「どうしたの」と、聞き上手の澄川が柔らかい物言いで促してくる。

「顧問の先生がいなくなっちゃって、部員数もぎりぎりだし。もし顧問のなり手がない場合は、部活自体がなくなるかもしれないって、さっき部長から相談されたとこ」

一学期まで料理部の顧問は伊原だった。しかし彼女が産休に入ってしまったため、早急に新しい顧問を探して書類を生徒会に再提出しなければいけない。その件で部長は今朝、生徒会長に呼び出されたのだそうだ。期限は今月いっぱい。書類を提出して承認されるまで活動停止だと言われたらしい。

「今日の放課後からさっそく顧問探しをしないといけなくて……」

「よかったらそれ、俺がなろうか？」

「え？」

奏太は思わず目を丸くして澄川を見つめた。

「……いいの？」

「いいよ。顧問の先生が急にいなくなったってことは、伊原先生が料理部の顧問だったんじゃないの？　だったら俺がそれも代わりに引き受けるよ」

にっこりと笑った澄川が、神様のように思えた。

「ありがとう、先生」奏太はホッと安堵《あんど》した。「よかった、これで部活ができる。もうすぐ文化祭もあるし、今年は部員を増やしたいから何かアピールできるようなことをやりたいって思ってて。先生って、本当にいい人だよね」

「……そう？　褒め言葉と思って、ありがたく受け取っておくよ」

明るい太陽の下で見る笑顔は一層爽やかだ。

いい先生に出会えてよかった。奏太は叔父に感謝する。カッコよくて性格もよくて、非の打ち所がない澄川。

化けの皮は、ある日突然剝《は》がれた。

■2■

九月に入っても一向に秋の気配は訪れない。

今日も朝から汗ばむような暑さで、奏太は玄関を出た瞬間、ぎらぎらと強烈な太陽の光にうんざりした。

「よう」

戸締まりをしていると、背後から声をかけられる。

「あ、猪瀬さん。おはよう」

あずまやで新聞を読んでいた猪瀬がニヤニヤしながら言った。

「何だよ、今日はデートか？　せっかくの日曜日だもんな、楽しんでこいよ。しっかりやれよ。大丈夫だ、外泊なら叔父さんには黙っておいてやるから」

「……何ですぐそっち方面に話が転がるかな」

奏太は下ネタが大好きな大人を冷めた目で見て、ため息をつく。

「全然違うよ。今からスーパーに買い出しに行くところ。冷蔵庫の中が空っぽだから」

「お前、本当に高校生か？　何だよ、スーパーじゃなくて薬局に行けよ。どれ買っていいのかわからないなら、お兄さんがついて行ってやろうか」

「そんな恰好でご近所をフラフラうろつかないでよね。不審者で通報されても知らないよ」

タンクトップとトランクス姿のだらしない猪瀬を一睨《ひとにら》みすると、奏太は自転車を押してさっさと門を出た。ひゃひゃひゃひゃと猪瀬の変な笑い声が聞こえてくる。【なずな荘】の敷地はブロック塀で囲まれており、更にあずまやのある中庭は建物の死角に入るため、門からは見えない造りになっている。それをいいことに、住人たちはしばしば下着のような恰好でうろついているのだ。ここに女性がいないのも彼らが好き勝手できる理由の一つかもしれない。

「……まあ、こんなところに女の人が引っ越してくるわけないか」

奏太は嘆息した。澄川のようなきちんとした大人が入居してくれただけでも幸運なことなのだ。彼は下着一枚でうろうろしたりしないし、朝からビール缶を片手に競馬新聞とにらめっこをしたりしない。ニヤニヤしながら美少女フィギュアを眺めたり、徹夜でプラモデルを組み立てたり、高校生に怪しいオモチャの使い方をレクチャーしたりしない。

そういう意味で、澄川は【なずな荘】の他の住人たちとは一線を画していた。正に奏太が求める理想の入居人。

また、教師としても尊敬している。澄川のおかげで料理部は活動を再開させることができたのだ。部長をはじめ数少ない部員たちもみんな彼に感謝していた。

澄川はまだ寝ているのだろうか。

日曜なのだし、休日くらいはゆっくりしたいだろう。いつも落ち着いているので余裕があるように見えるけれど、慣れない職場で働くのはきっと大変に違いない。

先日は教員仲間に歓迎会をしてもらったそうで、赤い顔をしながら遅くに戻ってきた。たまたま奏太はコンビニに行った帰りで、門の前で出会ったのだ。『ちょっと飲みすぎちゃったかな』と笑っていたが、付き合いで断れなかったのだろうなと少し気の毒に思った。それでも、心配する奏太が部屋まで付いて行こうとしたら、澄川は『大丈夫だから、奏太くんも部屋に戻って。おやすみ』と優しく頭をぽんぽんとして、しっかりとした足取りで階段を上って行った。猪瀬や兎丸あたりなら、酒臭い息を吹きかけながら図々しく奏太に負ぶさってくるところだ。

根本的に人間の質が違うのだろう。

奏太はスーパーに辿《たど》り着き、主婦に混ざってカートを押して回り、会計を済ませて店を後にする。空調の効いた場所から外に一歩出ただけで、汗が滲《にじ》むようだった。毎日暑いが、洗濯物がすぐ乾くのは助かる。今朝ベランダに干した衣服が、もう乾いているかもしれない。

自転車を漕《こ》いでアパートに戻る。

猪瀬の姿はもうあずまやになかった。さすがに外は暑かったのだろう。三つある建物のどれもがシンと静まり返っていて、誰が在宅で誰が留守なのかさっぱりわからない。

奏太は自分の部屋に戻り、買い物袋の中身を冷蔵庫に入れる。昼食は冷やし中華にしようと準備を始めたら、二階から何か物音が聞こえてきた。

澄川は出かけていないようだ。

もともとそのつもりで買ってきた二人分の麺《めん》を茹《ゆ》でて、ハムとキュウリとトマトを切り、錦糸玉子を作って、タレを調合した。

時々、ガタンバタバタドンドンと何かが落ちたり、部屋を行ったり来たりする足音が聞こえてくる。普段は足音もあまり聞こえてこないので、珍しいなと思う。掃除でもしているのかもしれない。

茹で上がった麺を一気に氷水で締める。

料理が苦手なようなことを言っていたから、たまにはこれくらい差し入れしても迷惑にはならないだろう。部活の件でも世話になったことだし。

少し迷ったが、食器ごと二階に運ぶよりは、この部屋に来てもらった方が手間も省けるだろうと考える。盛り付けを終えた皿を一旦《いったん》冷蔵庫に入れて、奏太は素足にサンダルを引っ掛けると澄川を呼びに二階に向かった。

外階段を上り、一〇二号室の玄関ドアをノックしようとしたその時だった。

「うわああっ！」

部屋の中から叫び声が聞こえた。続いてガタンガタンッ、と何かが倒れるような大きな音が鳴り響く。

「え？」奏太は焦った。「先生？　先生！　どうしたの！」

ドンドンと乱暴にドアを叩き、半ば混乱しながら慌ててノブを回す。鍵は開いていた。

「先生！」大きくドアを開き、奏太が中を覗《のぞ》き込んだ次の瞬間、「ぎゃあああっ、出た出た出たああ！」と、いきなり前方から何かが突進してきた。

「ぶっ」

一瞬、視界が真っ暗になる。むにっと固くて弾力のある生温かい何かに顔面を覆われたまま、強引に押し出されるようにして後退した。玄関を出て、コンクリートの通路に戻る。更に押されて、手すりに背中がぶつかった。突進してきたそれに、ぎゅっと両腕ごと体を締め付けられる。

「……ぶはっ、イッタぁ」

手すりから身を乗り出すようにして、大きく仰《の》け反《ぞ》った。顔面を空中に逃がして思いっきり空気を吸い込む。危うく窒息するかと思った。

一体、何が起こったのか——奏太は息を弾ませながら、状況を把握する。

身動きが取れないのは何かが体に絡み付いているからだ。肌色の何か。ぎゅっと奏太に抱きついている何か。汗ばんだ、生温かい人肌。

「……え」

奏太は自分の目を疑った。

「先、生……？」

トランクス一枚しか身につけていない澄川が、奏太にしがみつきながら酷《ひど》い形相で部屋の中を指差し叫んだ。

「で、でで出たんだよ、アイツが！」

「……アイツ？」

「黒いアイツだよヒッ、ほら！　そこ、そこそこ」

ギャッと、澄川が怯《おび》えたように飛び跳ねて、奏太を盾にする。

「ほら今、そこでゴソゴソ何かが動いただろ！　早くドアを閉めねェと、こっちまでアイツが出てくる！　ああ、もう、何で引っ越して早々ヤツと遭遇しなきゃなんないんだよ！」

「黒いアイツって……もしかして、ゴキブリ？」

「おい、その名前を口にするんじゃねェよバカ！　気色悪いだろ」

——バカ？

唖然《あぜん》とする奏太の背中を、澄川がぐいぐいと押してくる。「なあ、そこからヤツの姿が確認できるか？　ちょっとでも見えたら教えてくれ」

「…………」

今、自分の背中に隠れてビクビク怯えているこのパンツ一丁の男は、一体誰だろう。

「……あの、見当たらない、みたいですけど」

奏太もかなり動揺しているらしい。思わず言葉遣いが他人行儀なものになる。

「本当に？」

「はい……あ、何か今、動いたかも」

「うぎゃっ」

背後から澄川が飛びつくようにして抱きついてきた。固い剝《む》き出しの胸板が背中にぐりぐりと押し当てられる。筋肉質の腕が奏太の首を容赦なく締め付けてくるので、「ちょっと、苦し……っ」咄嗟にもがいた途端、ドスッと肘《ひじ》が上手い具合に後ろの鳩尾《みぞおち》にめり込んだ。「はうっ」と、澄川が低く呻《うめ》いて頽《くずお》れる。

「あ——ご、ごめん先生。とりあえず、ゴキ……黒いイキモノを退治すればいいんだよね」

蹲《うずくま》る澄川を宥《なだ》め、奏太は仕方ないので恐る恐る開け放たれた靴脱ぎ場に足を踏み入れた。すぐ近くでカサカサと不穏な音がする。シューズボックスの上に置いてあった古新聞を手に取り、手早く丸めて筒状にする。一番手前のゴミ袋の位置をそっとずらすと、下から黒光りする件の害虫が現れた。カサカサと素早く床を這《は》うその背中に狙《ねら》いを定めて、一気に新聞を振り下ろす。

「——先生。黒いヤツ、一匹は始末したよ」

ハッと澄川が顔を上げた。

「本当か！」

「うん。この中にいるけど」

死骸《しがい》を入れたコンビニのレジ袋を差し出すと、「キャッ」と女子みたいな悲鳴を上げる。

「お前、何考えてンだ！　そんなもん、こっちに近づけるんじゃねェよ」

「たかがゴキブリ一匹で、大の大人がギャーギャー騒がないでよ」

呆れ返ると、澄川が青褪《あおざ》めた顔で睨みつけてきた。

「大人だったら何でも平気だと思うなよ。怖いものはいくつになっても怖いに決まってんだろ！」

いっそ清々《すがすが》しいくらいの逆ギレだった。ショックで言葉にならない。目の前の人物は一体誰だ？　奏太の中で聖域に鎮座していた像がガラガラと音を立てて一気に崩れ落ちてゆく。幻だったのだ。奏太がその見た目も中身も間違いなくカッコイイと、密《ひそ》かに目標とし憧《あこが》れていたあの大人は最初から存在しなかった。いるのはうっすらとヒゲを生やし、寝癖がついたままのボサボサの髪を振り乱しながら、パンツ一丁で大騒ぎする不審人物。爽やかさの欠片《かけら》も見当たらない、澄川清人の本性。

ムカムカと、わけのわからない怒りが胃の底から込み上げてくる。

奏太はすうっと大きく息を吸って、低い声で言った。

「そんなにゴキブリが嫌ならさ」

澄川をキッと睨みつける。さすがの奏太もここまで裏切られては黙っていられない。

「ちゃんとこの部屋を片付けてよ！　何だよ、あれ！　どれだけゴミを溜《た》めてんだよ。足の踏み場もないじゃん。俺、今まで自分の部屋の真上が、まさかこんな酷いことになってるなんて思ってもみなかった。ただでさえ蒸し暑いのに、そりゃ虫も湧《わ》くに決まってるだろ！」

ドアを開け広げたその奥の魔窟《まくつ》を指差し、一息に畳み掛ける。

「サイアクだよ、先生！」

初めて入った一〇二号室の中は、目を疑うほどのゴミや物で溢《あふ》れ返っていたのである。


「ショックだ。実はちょっと憧れてたのに」

奏太はゴミ袋にゴミを詰め込みながら、泣きたくなった。

これが理想と現実というものだろうか。残酷な現実に目も当てられない。爽やかで人当たりのいい『澄川先生』の部屋は、同じ六畳間でも清浄な空気が流れていて、あまり物はないけれど趣味のいい家具でシンプルに纏《まと》められているはずだった。窓辺には観葉植物なんかも飾ってありそうだなと想像していたのに——。

「プッ、お前の頭の中はどんだけ乙女なんだよ。奏太の周りにいる女子でもそんな少女漫画みたいなこと考えてねェだろ」

奏太の妄想をゲラゲラと笑いながら、すっかり化けの皮が剝がれた澄川が古新聞をビニール紐《ひも》で縛っている。

好感度が満点に近かった昨日までの澄川は、もはや影も形もなかった。爽やかな彼からは想像もつかない汚部屋に、無精ひげの浮いただらしない二十七歳の男の笑い声が響き渡る。【らっきょう記念日】と、でかでかとプリントされた趣味を疑うTシャツの袖《そで》を捲《まく》り上げて、頭にはタオルを巻き、下は目がチカチカするようなド派手なトランクス一枚。上に何かを穿《は》けと言っても、暑いから嫌だと子どもみたいなことを言って拒否されたのだ。これではずぼらな他の住人たちと何ら変わらない。幻滅もいいところだ。

ゴキブリ退治をした後、平常心を取り戻した澄川が大騒ぎをしたら腹が減ったと言い出したので、ひとまず昼食をとることにした。奏太もいろいろと混乱していて、一旦頭を整理する時間が必要だったのである。

奏太の部屋へ一時避難し、二人で冷やし中華を食べてから再び魔の一〇二号室に戻ってきた。いくら現実逃避をしてみたところで、この惨状だけは今日中にどうにかしなければいけないという結論に達したからだ。これ以上放っておいたら、いずれ真下の奏太の部屋にまで被害は拡大するだろう。そんなのは冗談じゃない。

ブーブー文句を言う澄川を部屋に押し戻して、監視役の奏太も一緒になって大掃除の真っ最中だ。

「……『奏太くん』が、いつの間にか『奏太』になってるし」

澄川の爽やかイメージはすでに崩壊した。彼の方も早々に奏太の前で猫を被《かぶ》るのは諦《あきら》めたようで、言葉遣いも表情も仕草も、もはや別人だ。

「え？　何だよ、何か言ったか？」

「別に何でもない。いつまで新聞を縛ってるんだよ。早くそっちのゴミを片付けてよ」

「はいはい。急に態度が冷たくなったなあ」

澄川が面倒そうにゴミ袋を持って移動する。

「この前、引っ越してきたばっかりなのに。どうやったらこんなに汚せるんだよ。うわっ、靴下……これもゴミでいっか」

「おい」澄川が慌てて待ったをかける。「何でもかんでもゴミ扱いするな。俺の着る物がなくなるだろ。洗濯機に入れてくれ」

「自分で入れてよ。汚いな、もう。ここから虫が湧いたんじゃないの」

恐る恐る指でつまんで、素早くポイッと洗濯機の中に投げ入れる。足元にもう片方の靴下を見つけ、嫌々ながらつまんで持ち上げたら、紺のボクサーパンツだった。

「ギャッ、ばっちい」

思わず投げ捨てると、またちょうどいい位置に澄川の顔があって、ビタンとパンツが彼の顔面に張り付く。

「……おい」

「あ、ごめん。だって、そんな物が落ちてるから」

「お前はどこの女子だ！　同じ男のクセにパンツ一枚で何をギャーギャー騒いで……」

その時、澄川の周辺でカサカサと乾いた音がした。

「ひっ」と甲高い悲鳴を上げた澄川が、途端に駆け寄ってきて奏太に抱きつく。「出た！　おい、そこに何かいるぞ！　まさかまたアイツじゃないだろうな」

「……そっちこそ、虫一匹に女子みたいにギャーギャー騒がないでよ」

奏太は白けた目で澄川を見やり、雑誌の下から這い出してきた足が何本も生えた名前も知らない虫を一撃で仕留めた。

「お前、意外とカッコよかったんだな」

「先生はすっごくカッコ悪いよね」

「何言ってんだよ。この前まで『先生、カッコいい』って、褒めてくれてたくせに。『先生って、本当にいい人だよね』なんて、尊敬の眼差《まなざ》しで見つめてきたのはどこの誰だったっけ」

澄川が揶揄うみたいに奏太の肩を組んできたので、虫の死骸の入った袋を目の前に近づけてやった。びくっとした澄川がささっと遠ざかる。

「先生って、もしかして二重人格？」

「は？」澄川がおどけたように肩を竦めてみせた。「部屋がちょっと汚いくらいで二重人格呼ばわりするなよ。失礼な奴だな」

「……ちょっとってレベルじゃないと思うけど」

何を言っても無駄な気がして、奏太は諦めたように大きなため息をついた。

その後も、ギャーギャーと言い合いながら作業を続けて、夕方には何とか人が住めるまでに回復した。

「いやあ、見違えるようだな」

すっかり片付いた六畳間の真ん中で、澄川が大きく伸び上がる。指の先がもう少しで天井に届きそうだ。

掃除機がないと言うので一階から持って来た自前のそれのコンセントを巻き取って、奏太もようやくホッと息をついた。

「これからは、こんなに散らかす前にちゃんと片付けてよね。また虫が湧くよ」

「その時は、奏太に助けを求める」澄川が図々しく言いながら、首を回す。「なかなか部屋の掃除にまで手が回らないんだよ。下っ端はやることが多すぎてさ」

そういえば、座卓の上にパソコンと紙の束が置いてあった気がする。そこだけは澄川がさっさと自主的に片付けていたので、学校関係の物だったのだろう。家にまで仕事を持ち帰っているのかと思うと、ちょっとだけ同情しそうになる。が、しかしいくらなんでもあれだけ汚くなるまで放っておくのはやりすぎだ。

「そうだ」

澄川が左右の肩を回しつつ奏太を振り返って言った。「今日見たことは、学校では絶対に秘密だぞ。俺のイメージが台無しになるから」

人の悪い顔をしてニヤッと笑う。

「……わかんない。ついうっかり口が滑ってしまうかも」

「そんなことしたら、俺は料理部の顧問を降りるぞ」

「はあ?」奏太は思わず声を上げた。「何でそうなるんだよ、卑怯《ひきょう》だ!」

「卑怯じゃない。これは取引だ」

カラカラと笑う澄川。奏太は歯痒《はがゆ》い気持ちで睨み付ける。

「あー、でもすっきりした。正直、限界を感じてたんだよな」

澄川が冷蔵庫からビール缶を取り出した。畳に座っている奏太にはコーラの缶を渡してくれる。喉《のど》が渇いていたので、奏太はありがたくそれを受け取った。プルトップを引き上げると、澄川がカツンと軽く缶を合わせてきた。

隣に腰を下ろした澄川がビールを飲む様子を見てから、奏太も口をつける。久しぶりに飲んだコーラは懐かしい味がして、喉で炭酸が爽やかに弾《はじ》けた。

「さっきの限界を感じてたって、何の話?」

気になって訊ねると、澄川が缶から唇を離して「ああ」と言った。

「高良オーナーから甥っ子が東元に通っているって聞いたからさ。学校でも家でも先生やるのって、思った以上にストレス溜まって参った参った」

「え」奏太は澄川を見つめる。「俺が東元の生徒だって、最初から知ってたの?」

「まあね」と、彼はあっさり頷いた。

「最初に会った時から何だか妙に懐かれてるなとは思ってたけど、ここで素の自分をバラして学校で変な評判を立てられても困るし、まあ奏太には気を使ったよ。そしたら今度は、あんなキラキラした純粋な目で俺のことを見つめて『先生、いい人だね』って、かわいいこと言い出すからさ。こっちも今更被った猫を脱ぐわけにもいかず、あー疲れた疲れた」

壁にもたれて、無造作に両足を投げ出す。トランクスから伸びた長い足の先で、すね毛がそよそよと微風に揺れていた。初めてこの場所で会った時の印象と比べて、えらい違いだ。

こんなの納得いかない。コーラの缶を傾けて、ヤケ飲みをしようとした途端、盛大にむせた。ぎょっとした澄川が「何やってんだ」と、ゲラゲラ笑いながら背中をさすってくる。

「……何で、猫を被る必要があるんだよ」

澄川がちらっと横目に奏太を見た。

「そりゃお前、カッコイイ先生でいたいからに決まってんだろ。ほら俺、いたいけな男子生徒までが憧れちゃう存在なわけだし。みんなの夢を壊しちゃいかんだろ」

「もう幻滅したから、心配しなくても大丈夫だよ」

「そこだよ」澄川がビール缶を持った手で人のことを指差した。「奏太にバレて、やっと肩の荷が下りたって感じだな。やっぱり仕事とプライベートはきちんと分けたい! ニコニコしすぎて顔が筋肉痛だ。もうここでは余計な気を使わなくていいし、ようやくのびのび暮らせるなあ」

「のびのびって、パンツ一丁でうろうろするのはやめてよ」

「えー、男同士なんだから別にいいだろ。外から見えない場所なら、他のやつらもパンツ一丁で庭を歩いてるし。あれ、実は羨《うらや》ましかったんだよな。奏太の目がある手前、家でも服装や髪型をきちんとしてないといけないから窮屈でさ。いやー、バレてよかったよかった。素晴らしいね、この解放感！」

澄川が楽しそうに言って、美味そうに喉を鳴らす。

もうダメだ。理想がどんどん遠退《とおの》いてゆく。十年後の自分はこうなりたいと思える、憧れの大人像に出会えたと思ったのに――詐欺に遭った気分だ。すべては奏太の一方的な思い込みに過ぎないと言われてしまえばそれまでだが、どうせ騙《だま》すなら完璧に騙し通して欲しかった。ようやくまともな住人が来てくれたと喜んだのも束の間、【なずな荘】にまた一人ダメな大人が増えただけだった。

「……通報されるようなことだけは絶対にしないでよね」

「了解。俺も教師の肩書きを持ってるんだから、そんなおかしな真似はしませんよ」

「……大人なんて信用できない」

ぼそっと呟《つぶや》き、奏太はがっくりと項垂《うなだ》れた。

■3■

澄川が女子高生に囲まれている。

キャッキャと浮かれた声を上げて澄川に群がる女子たちを遠目に眺めながら、奏太は心の中でお気の毒にと思っていた。

ニコニコと爽やかな笑顔を振りまいているが、その男の正体はとんでもないものぐさだ。普段の口調もそんな人当たりのいい優しいものじゃなく、もっと雑で汚くて偉そう。そのくせ、虫一匹にキャーキャーと涙目になって大騒ぎする、とても情けない男なのである。

おそらく今の澄川は、ネコを百匹くらい被っているはずだ。

確かにこうやって見れば、例の汚部屋で暮らしていたとはとても思えないほどの完璧な仕上がりだった。綺麗《きれい》に撫で付けられた頭髪に寝癖は見当たらないし、髭《ひげ》もきちんと剃《そ》っている。しかし、今日着ているあのワイシャツは、奏太が昨日アイロンをかけた物だ。

――そろそろ、何でもかんでもクリーニングに出すのは限界だと思ってたところだったんだよ。金もかかるしさ。奏太がいてくれて助かった！　こんなことならもっと早くにバラしておくんだったな。

夕飯のラーメン一杯で散々扱《こ》き使われて、結局、貴重な日曜日のほとんどを澄川と一緒に過ごしてしまった。特に予定はなかったものの、いいように振り回された自分が何だか悔しい。みんなあの爽やか笑顔に騙されちゃダメだと、メガホンで叫んで回りたい。

チヤホヤされている澄川に恨みがましく視線を送っていると、予鈴が鳴った。

ざわざわと周囲が動き出す。奏太も教室に戻るために踵《きびす》を返す。とその時、いきなりドサッと右肩に何かが圧《の》し掛かってきた。

「やあ、高良くん」

「――!」

いつの間に近寄ってきたのか、胡散臭い笑顔の澄川が奏太の肩に手をのせて立っていた。自然な足運びで奏太を誘導し、なぜか階段の踊り場まで連れて行かれる。

「な、何?」

「何でそんなにビクビクしてるのかな、傷つくだろ。さっきずっと俺のこと見てたよね」

「み」奏太は思わず目を逸《そ》らす。「見てない。自意識過剰なんじゃないの」

「ウソつくな。熱い視線がビシビシ突き刺さってくるから誰かと思えば、お前がじっと何か物言いたげな目でこっちを見つめているもんだからさあ。どうしたの? まさか――」

ぐっと声を低めて、奏太の耳元で囁《ささや》いた。

「約束を破って、誰かに喋《しゃべ》ったわけじゃないよな?」

「そ、そんなわけないだろ。バラしたら部活の顧問がいなくなっちゃうし」

心外に思って睨み返すと、澄川は少し面食らったような顔をしてみせた。

「……ま、そうだよな。俺がいないと料理部存続の危機だし。ちょっと調べてみたけど、どの先生も大体どこかの部活の顧問を引き受けていて、手が空いている先生を見つけるのも一苦労だ。俺が辞めると本当にピンチになるぞ」

「何だよ、それ。脅しかよ」

澄川が面白がるようにニヤニヤと笑う。こんな人の悪い笑い方は絶対に他の生徒には見せないくせに、本当に腹立たしい。

「俺が喋らなくても、油断して自分からボロを出さなきゃいいけどね」

「そんなヘマするかよ。それよりお前の俺を見る目があからさまで怖い。不審者を見るような目つきで俺を見るんじゃないよ、まったく。周りから変に思われたらどうするんだ」

「ごめんね。俺、正直者だから」

「それはどういう意味かな、奏太クン」

「あ、ゴキ……」

途端に澄川がびくっと肩を撥《は》ね上げた。

「……と思ったら、壁の傷だったみたい」

「！」澄川がひくりとこめかみを波立たせる。「お前なあ……」

フンとそっぽを向いた奏太の頬を、澄川がいきなりつまんで引っ張ってきた。

「にゃ、にゃにしゅるんだよ、ぼ、暴力反対！」

「かわいがってやってるんだよ。何だこのお肌は、ツルツルしやがって」

「あっ、澄川先生だ！」

その時、階段を上がって来る女子生徒たちの声が聞こえた。ハッとした澄川が素早く奏太から手を離す。

砂糖に群がる蟻《あり》みたいにウキウキと女子が寄って来て、「先生、何やってるの」と甘えたような声で訊ねた。三人いるうちの一人は見覚えがある。去年のクラスメイトだ。

「うん？」

澄川が爽やかな笑顔で振り返った。その鮮やかな変身っぷりを目の当《ま》たりにして、奏太はぎょっとする。ニヤニヤと意地の悪い笑みがパッと消え去ったかと思うと、瞬時にあの胡散臭い笑顔に切り替えて振り返り、にっこりと微笑んでみせたのである。

「ちょっと質問を受けていたところ」

「えー、私も先生に訊きたいことあったんだけど」

「ごめん、もう職員室に戻らないと」

澄川が申し訳なさそうに微笑む。女子の目はみんなうっとりとしていて、奏太はただただ唖然とするしかなかった。

「数学の質問があれば、放課後に職員室に来てくれたら説明するから。ほら、もう教室に戻って。授業が始まるよ。高良くんも、何かわからないことがあったらまた訊きに来てね」

にっこりと微笑みかけられて、奏太はぽかんと開いた口が塞《ふさ》がらない。口調や声のトーンまでがらりと変えて、何て恐ろしい猫被りの天才なのだろうか。呆れるのを通り越して、尊敬すらしてしまう。もし今ここで本物のゴキブリが出現したら、躊躇《ためら》わず素手で摑《つか》んで投げつけてやるのに。

爽やかな笑顔を崩さず、澄川がやんわりと女子と奏太を教室に追い立てる。

納得いかない気分で階段を上る。自分がここまで連れて来たくせにと不満顔で睨み付けると、気づいた澄川が奏太にだけわかる形でニヤッと唇を歪《ゆが》ませた。


学校での澄川は相変わらずカッコつけてばかりで、見ているこっちが引くほどの爽やかぶりを発揮していたが、【なずな荘】においては違った。

奏太にぐうたらな本性がバレた時点で、これ幸いとばかりに他の住人たちにもあっさり暴露してしまったのだ。今ではすっかりダメな大人たちと一緒になって、ますます図々しくのびのびと過ごしている。

今日も澄川は帰宅後に自分の部屋で着替えた後、なぜか奏太の部屋に上がり込んできた。パンツ一丁で歩き回り、風呂上がりの濡《ぬ》れた頭を拭《ふ》きながらミネラルウォーターのペットボトルに口をつけている。

奏太はガスコンロの前に立って、ブツブツと文句を垂れていた。

「何で俺の部屋で風呂に入ってんだよ。自分の部屋に戻って入ればいいだろ」

「えー、遠いだろ」

「このすぐ上じゃん！」

「ケチケチすんなって。差し入れを持って来てやっただろ」

「焼きソバの麵やキャベツに豚肉をそのまま持って来られても困る。結局、調理するのは俺なんだから。たまには先生が作ってよ」

「せっかくの材料が無駄になるぞ？ いいじゃないか、お前の作るメシは美味いんだし」

さすが料理部副部長！ と澄川が、褒めているのかバカにしているのかわからない軽い口調で言う。

「もう、服ぐらい着てよ。肌色がちらついて目障りだから」

「何だよ、俺の肉体美にドキドキして困っちゃうか。結構着痩《や》せするタイプだからなあ」

フライパンの中身を覗き込みながら、ニヤニヤと馬鹿げたことを言い出したので、思いっきり足を踏み付けてやった。悲鳴を上げた澄川が右足を抱えて身悶《みもだ》える。

「おまっ、少しは手加減しろよ。容赦ないな」

「今日、女子に先生のことを訊かれたんだけど」

「あ？」

「数学準備室から出てきたところを見られてたみたい。『高良くんって、澄川先生と仲いいの？』って、訊かれた」

放課後、家政科室に向かっていた奏太は、突然走って現れた澄川に拉致《らち》されたのだ。有無を言わさず数学準備室に連れ込まれて、一体何事かと思えば、掃除道具入れの中にゴキブリの死骸を見つけたという、ただそれだけのことだった。

――もう死んでるよ。

――死んでてもアイツがそこにいるだけで嫌なんだよ。頼む、捨ててきてくれ。

情けない澄川に代わって、死骸を始末させられたのだ。

「へえ。で？　何て答えたんだ」

「部活の顧問って言っておいた。先生目当ての部員が増えるかも」

「ああ？　そんな不純な動機で入部されても困るだろ。せっかく料理好きな奴らが集まってる場所なのに。何かおかしいなと思ったらすぐに俺にも教えろよ。対策を立てるから」

冗談のつもりだったのに、意外とまともな答えが返ってきて、奏太は思わず面食らってしまった。

「おっ、美味そう。一口味見……熱っ」

懲りずに横に立った澄川が、菜箸《さいばし》を奪ってフライパンから直接焼きソバを啜《すす》る。

「もう、行儀悪いな」

「おおっ、美味い！　お前、やっぱり料理上手だな。なあ奏太、俺のとこに嫁に来ないか？　大事にするぞ」

「バ、バッカじゃないの。早くお嫁さん見つけて、ここから出て行った方がいいよ」

「えー、嫌だ。ここ、居心地いいんだモン」

何がモンだ！　かわいこぶる澄川に苛立《いらだ》ちながら菜箸を取り返す。腹が減ったと背後につきまとう邪魔な澄川を狭い台所から追い出していると、ふいに玄関ドアが叩かれた。

「奏太くん、いる？」

思わず奏太と澄川は顔を見合わせる。

「兎丸さんだ」

「ああ、いいよ。俺が出る」

コンロの火を止めようとした奏太に断って、澄川が玄関を開けた。

「奏太く……あれ、澄川さん。何だここにいたのか、二階の電気がついてなかったから、まだ帰ってないのかと思った。ちょうどよかった。焼き鳥を買って来たからさ、みんなで食べない？　あーでも、何かいい匂《にお》いしてるんだけど、もう夕飯食べちゃった？」

「いや、まだこれから。今、ちょうど焼きソバができたところだから」

まるで自分が作ったふうに澄川が言う。

「あ、奏太くんの焼きソバ？　やった、俺も食いたい。じゃあそれも持って、あずまやに移動しようよ。今、猪瀬さんが調味料組を呼びに行ってるからさ。今日はサービスデーで、焼き鳥一本なんと三十円！　ビールもたくさんあるし、みんなで焼き鳥パーティーをしよう」

「だってさ」と、澄川が奏太を振り返った。全部丸聞こえなので、奏太はわかったと頷く。

「じゃあ、あずまやに集合ね」と言って、兎丸が去って行った。

一旦ドアを閉めた澄川が戻ってくる。

「ここの人たちって仲いいよな。最初に話を聞いた時は、高校生の一人暮らしってどうかと思ってたんだけど、ここなら安心。よかったなあ、俺も含めていい人たちばかりで」

「……飲んでばっかりだけどね」

「楽しく酒が飲めるって幸せなことなんだぞ。まあ、未成年にはまだわかんないか。そうだそうだ、奏太用にお茶のペットボトルも持って行かないと」

澄川が勝手に冷蔵庫を開ける。しょっちゅう部屋にやってくるので、冷蔵庫の中身の半分は澄川が持ち込んだ物だ。チーズや魚肉ソーセージなど、酒のツマミが多い。それでも一応は気をつけているのか、アルコール類を残して帰ったことは一度もなかった。

「先生、ついでに戸棚から大きめの皿を一枚出してよ」

「おう」勝手知ったる他人の家とばかりに、当たり前のように戸棚から要望通りの皿を取り出して持ってくる。そうして、ハッと何かに気づいたみたいにいきなり神妙な顔をしたかと思うと、「しまった、焼きソバの取り分が減ってしまう」と、呟いたのだった。

すっかり日が暮れたあずまやに、いつも通り六人全員が集合して飲み会が始まった。

澄川が二人分食べるつもりで多めに買ってきた三人前の焼きソバと、各種焼き鳥、佐藤の仕事先で取り扱っているハムやソーセージもテーブルに並ぶ。

「みなさん、今日はいい酒が手に入りました」

塩田が焼酎《しょうちゅう》の瓶を取り出し、奏太を除いた全員が「おおっ！」と沸いた。聞くところによると、結構な高級品なのだそうだ。そんな情報をみんなが当たり前のように共有していることに驚く。大人になれば自然と詳しくなるものなのだろうか。

いつも通り五人の酒盛りが始まり、奏太は焼き鳥をもくもくと食す。炭火焼きの香ばしさは家庭ではなかなか出せない。

最近は流されるまま澄川と一緒に食事をする習慣が出来てしまったせいか、平日の夕飯時刻が若干遅めだ。料理部の活動がある日はいいが、ないと時間を持て余してしまうし、腹もすく。だが一人で先に夕飯を済ませると、後で澄川がブーブーと文句を垂れてうるさいので仕方なく彼の帰宅を待っているのだ。奏太の空腹はピークに達していた。焼き鳥のタレと塩を交互に食べながら、時々ハムとソーセージを添えた焼きソバを啜り、お茶で流し込む。

「……うわっ、これ何」

モモを取ったつもりだったのに、それまでと食感が違う。クチャクチャする。

「皮だろ。何だよ、苦手か」

隣に腰を下ろした澄川が訊いてきた。

「……うん、何か脂っぽい」

「それがいいんだろ。ウマいのになあ」

言いながら、ひょいと奏太の手から串《くし》を取り上げる。「お子さまにはやっぱ、こっちかな」と、代わりにモモ串を渡してきた。「どうも」と受け取ると、澄川はニッと唇を引き上げて、奏太の食べかけの皮を白い健康的な歯で挟み、串から引き抜く。

「そういうのが好きなの?」

「ん?　まあ、普通に食べるけど」

「ふうん。じゃあ、今度から肉の脂身があったら先生にあげるよ」

「いやいや、鳥皮と脂身はまた別だからな。おかしなモンを作るなよ」

焼きソバを蕎麦《そば》みたいに豪快に音を立てて啜り込んでいる澄川を見やりながら、奏太は少少複雑な気持ちになる。

「最初の頃の先生はそんな食べ方してなかった。もっとスマートで上品な感じだったのに」

「んあ?　そんなお行儀よくチビチビ食べたって美味くないだろ」

「そういう問題じゃなくて。何ていうかさ、学校にいる時の先生とは全然違うし、ホント変わりすぎ……」

「何だ、それで最近の奏太くんは拗ねてたのか」

いきなり背後から声がして、奏太はぎょっとして振り返った。会話を盗み聞きしていた兎丸が、よいしょとベンチの背を乗り越えて奏太の隣に座る。彼といい他の住人といい、どうしてみんな後ろから現れるのだろうかと恨めしく思う。

兎丸の登場に驚く奏太とは対照的に、平然とした澄川が不思議そうに言った。

「何だよ、奏太。何に拗ねてるんだよ」

「……拗ねてない。こっちが訊きたいよ。何の話だよ、兎丸さん」

「え？」兎丸がつくねを頬張って言った。「だからさ、キラキラして王子様みたいだった澄川さんが、急にパンツ一丁でうろうろし出して、おっさん臭くなったからがっかりしてるんでしょ？　奏太くん、王子様バージョンに懐いてたし」

「別に、懐いてなんかない」

「またまた、贔屓しまくりだったくせに。まあ、俺はこっちの澄川さんの方が人間味があって好きだけどね。最初から胡散臭いと思ってたんだよ。何となく同類の臭いがしてたから」

「アハッ、兎丸くんと一緒にされたくないなあ」

奏太を挟み、両脇で澄川と兎丸がアハハハと笑い出す。

確かに、初対面の時に抱いた澄川の印象は名前通りに爽やかで清潔で物腰も柔らかく、王子様というのは少々言いすぎかもしれないけれど、十六の自分から見ればそれくらい大人でかっこいいなと思ったのだ。それが今はどうだろう。王子様どころか、汚部屋に住みつく外面だけは文句なしの綺麗な顔をした図々しい悪魔。奏太が澄川にがっかりしていると指摘した兎丸の言葉は、図星をついていた。

「というかさ」と、澄川が少し呆れたように奏太を見やった。

「またお前は、そんな少女漫画みたいなことを考えてたのかよ」

「少女漫画は関係ないだろ。先生があまりにもギャップがありすぎるんだよ」

「しょうがないよ。大人なら誰もが都合に合わせて顔を使い分けてるものだって」

「そうそう」兎丸の言葉に澄川が頷く。「高校生だって、家族と友達に見せる顔はまったく一緒ってわけじゃないだろ。奏太、お前は運がいい。学校でのイケメン澄川先生も見れるし、プライベートの俺だって見放題だぞ？　もっと喜べよ」

引き潮のように気分がざあっと冷めてゆくのがわかった。

「……自分でイケメンとか言っちゃう時点で、残念な人だよね。ますます幻滅」

ぼそっと返した途端、「うわっ、かわいくない！」と、二人に声を揃えて非難された。

「あーあ、澄川先生のちょっとしたお茶目なジョークだったのに。ププッ、もう奏太くんってば、自称イケメン先生のハートは血まみれだよ。楽しいことしてくれるなあ」

「傷ついた。先生は物凄《ものすご》く傷ついた。最近の高校生は何でこんなに冷めてるんだろう」

がっくりと項垂れた澄川が嘆く。

「昔、教育実習に行った時も、こっちが話しかけてるのに『はあ』とか『そうっすね』とか生返事ばっかで、こいつ本当に聞いてるのかよって、何度心が折れそうになったことか。塾講師をしてる頃はそこまでじゃなかったけど、女子中学生や女子高生の話を聞いてると、親の悪口とかも結構出てきてさ。世の中のお父さんって大変だなって心が痛かったよ」

「へえ。でも最近の十代って、親と友達みたいな関係の子が多いって聞くけどね」

兎丸が缶ビールに口をつけながら言う。澄川が「あー、確かにそういう子もいたな」と、記憶を探るようにして呟いた。

「まあ、そこまで仲良しこよしだと、また別の問題が出てきそうだけどな。奏太のうちはどうだ？」

急に水を向けられて、奏太は返答に窮した。

「さあ？　母さんとは、むこうが忙しかったからあまり一緒に何かをしたっていう記憶がないし、父親は物心ついた時からいなかったし。親子関係って訊かれても、あんまり答えることがないかな」

一瞬、澄川が息を飲んだのがわかった。兎丸は特に変わりない。彼も含めて、他の四人は奏太の家庭環境を知っているからだ。

「そうか」澄川が申し訳なさそうに言った。「俺、勘違いしてたわ。高良さんから少し話は聞いてたんだけど、両親とも仕事の都合で海外にいるんだと思い込んでた。そうか、じゃあ高良さんは、お母さんのご兄弟なのか」

「うん。母さんの弟。だから苗字が一緒なんだけど」

どうやら澄川は父方の兄弟だと思っていたらしい。しんみりとしてしまった場の空気に、奏太は内心でため息をついた。

「別に、変な気遣いはいらないから。俺、幸せだし。今の生活も、正直、結構楽しいし」

言ってから、我ながらちょっとクサかったかなと後悔した。兎丸が「いいコに育ったねえ」と、しみじみと呟いて寄越すので、余計に恥ずかしくなる。

ふいに鼻を啜る音が聞こえた。隣を見ると、なぜか澄川が「ううっ」と目頭を押さえて泣いていた。

「は？　え、ちょっと、先生？」

戸惑う奏太の肩をいきなり摑み、澄川が涙声で叫ぶ。

「奏太！　俺のことを父ちゃんだと思っていいからな。どんどん甘えろ！」

「……え、嫌だよ。こんなぐうたらな父親ならいらない」

「強がるなよ、チクショー」

突然ぎゅっと抱き締められて、奏太は大いに焦った。

「強がってなんかないってば。ちょっと、離してよ！　酔っ払ってんの？　うわっ、服に鼻水がついた、汚《きたな》っ！」

「いやあ澄川さんって、案外熱いタイプだったんだねえ。ちょっと面倒臭いかもー」

「兎丸さん、笑ってないでこの人どうにかしてよ！　もう、暑苦しい」

「甘えちゃいなよ。今なら、お小遣いが欲しいなってかわいく言えばくれるよ？」

「もう、ふざけてないで助けてよ！　く、苦しい、誰か」

兎丸は面白がって助けてくれそうもないので、他の三人に呼びかける。

テーブルで酒を酌《く》み交わしていた彼らまでが、なぜか鼻を啜り、目頭を押さえていた。

「奏太くんには、五人の父親がいるって、思ってくれて、いいから」

佐藤が丸い頬を伝った涙を拭いながら、声を詰まらせる。

啞然とする奏太のＴシャツで鼻水を拭った澄川が、「よし、今日は一緒に寝るか」と、馬鹿げたことを言い出した。

「絶対イヤだ！」

「おいおい反抗期か？　悩みがあるならいくらでも相談に乗ってやるぞ。そうだな、まずは裸の付き合いだ。銭湯にでも行ってゆっくり……」

「もうヤダ、ホントに鬱陶しい！」

思いっきり突っ撥《ば》ねる。ガーンとショックを受けた澄川が「そんなに拒絶しなくてもいいだろ」と、本気で落ち込んでしまった。

4

澄川という人間はギャップの塊のような男だ。

その涼しげな見た目に反して、中身はぐうたらな熱血漢。奏太の中で、ますます憧れや尊敬の念が遠ざかってゆく。

だが、そんな精神的に暑苦しい彼も悪いところばかりではなかった。

下宿生活をしていた頃は、年老いた大家に代わって日曜大工や力仕事を引き受けていたからと、諸々《もろもろ》の雑用を進んで手伝ってくれる。佐藤が踏み抜いた椅子やガタがきていたあずまやのベンチの修理に、天井の電球の付け替えなど。背が高く、力もあるので、奏太が苦労する場面でも彼なら時間もかけずに難なくやってのけてしまう。これも年の功——奏太だってまだこの先背が伸びる可能性は十分にあるし、筋力もつける予定だ。筋肉の盛り上がった逞《たくま》しい二の腕や、汗を拭おうとTシャツの裾《すそ》を捲り上げた際に覗く割れた腹筋を横目でちらちらと盗み見ながら、頭の中で自分の痩身《そうしん》と比較してみる。差は歴然。同じ男としてそこは悔しい気もするけれど、正直に言って、澄川が手を貸してくれてとても助かっていた。

先日の日曜もこんなことがあった。

奏太がドライバーを探しに庭の倉庫で工具入れをあさっていたら、祖父の代から何十年も使っていた棚がとうとう崩壊したのだ。

埃が舞い上がり、床に散乱した釘やら何やらをしばらく茫然《ぼうぜん》と眺めて、奏太はため息をつくしかなかった。バラバラになった棚は板が朽ち、ボロボロになっていて修復不可能。今までもっていたことが不思議なくらいだ。困ったなと途方に暮れていると、ちょうどそこに澄川が通りかかったのである。

「あーあ、こりゃもうダメだな。買い換えるしか……でも、ちょうどこの隙間に入る大きさの棚があるかな。作った方が早いかも」

「えっ、作れるの」

奏太が思わず驚くと、澄川はニヤッと笑った。

それから澄川は何件か電話をかけた後、アパートで唯一車持ちの猪瀬に許可を得て、奏太を連れて出かけたのだ。

「先生、運転できたんだ?」

「まあな、ゴールドだぞ。おい、何だその目は。ペーパーじゃねェよ。そんな不安そうな顔しなくても、時々乗ってるから大丈夫。隣にお前を乗せて無茶な運転はしないよ」

言葉の通りの安全運転で、工務店を経営している澄川の友人を訪ねた後、ホームセンターに寄って、アパートに戻ってきた。きちんとサイズを測って切ってもらった木材を、借りてきた釘打機で手際よく組み立てていく。あっという間に棚は完成し、ついでに空き缶や空き瓶、ペットボトルを仕分けできる可動式のゴミ箱も作ってくれた。飲み会の時はあずまやにこれを置いておくと後片付けがかなりラクになる。

「……すごいね、先生」

「そうだろ？　ちょっとは見直したか」

「うん、ちょっとだけ見直した」

「本当にちょっとだけかよ。かわいくないなあ」

ブーブー不満を零《こぼ》す澄川をちらっと横目で見ながら、内心かっこいいと思ってしまったことは内緒だ。ハサミやカッターを使った図画工作は得意な方だが、木材や工具を扱うのは苦手。へっぴり腰になり、まともにノコギリも引けない。さっきも澄川に大笑いされたのだ。替われと言われて交代した澄川は、奏太が苦戦した作業を鮮やかな手つきであっという間に片付けてしまった。今まで日曜大工なんて縁がなかったからあまり考えたことがなかったけれど、こういうことをさらっとこなせてしまう人は素直にかっこいいと思った。奏太としても、フライパンよりノコギリを扱える方に憧れる。

「そういえば、もうすぐ文化祭だよな」

部屋から奏太が運んできた麦茶のグラスを傾けながら、澄川が言った。「俺も高校の頃は、クラスでいろいろ作ったな。それこそ、ノコギリで木を切ったりトンカチで釘を打ったり。奏太のクラスは？　何やるんだ」

「展示。当日はみんなそれぞれ回りたいだろうし。うちのクラス、あんまりイベント事に積極的じゃないから。部活の出し物をメインに考えている人が多い」

「何だよ、つまんないな。文化祭といえば屋台とか喫茶とかお化け屋敷とか、みんなで手分けして看板作ったり買い出しに行ったりしないのかよ」

「しないんじゃない？」

「カーッ、冷めてるなあ」

頭に巻いていたタオルで汗を拭い、日陰になったコンクリの地面に腰を下ろした澄川が、空を仰いで嘆いた。「奏太はさ」と、ふいに目線を戻して訊いてくる。

「将来、何になりたいんだ？」

じっと見つめられて、奏太は返答に困った。

「特にこれといったものはないよ。まだ、あんまりそういうことを考えたことがない」

「ふうん。まあ、高校生の大半はそんなもんか。将来についての熱血指導も鬱陶しがられるだけだし」

「そんなこととしてたの？」

初耳の話に思わず訊き返すと、澄川が「教育実習の時の話な」と答えた。

「高校三年生の一学期っていったらそろそろ本格的に受験の準備をし始めるし、進路をはっきりさせなきゃいけなくて迷う時期だろ。だから実体験とか、俺の友人はどうだったとか、大学に入ってから後悔したこととか、何かヒントになればいいなと思ってついつい熱く語っちゃったんだよ。そしたら生徒に『先生って、見た目はカッコイイけど、何か中身は思ってたのとちがーう』って、引かれてさ。良かれと思ってやったことが裏目に出たというか、真剣に話せばいいってもんじゃないんだなって、距離感の大切さを学んだよ」

当時を思い出したかのように遠い目をして、ため息をつく。

「学習塾は、みんな勉強をしたくて通ってる子たちばかりだから、やりがいはあるけどやっぱり学校とは違う。だけど、いざ教師として学校で生徒たちと触れ合う機会に恵まれても、なかなか思ったようにはいかないもんだよな。理想と現実の差を毎日感じる」

珍しく、戸惑っているような口調だった。普段、学校で見かける澄川は、笑顔で何でもそつなくこなしているような、そんな完璧なイメージすらある。生徒への対応もとても紳士的で評判がいい。大人の余裕がある。実際、奏太以外の生徒は澄川のことをそう思っているはずだ。だからこそ、奏太は【なずな荘】と学校とであまりにも違う澄川の猫かぶりに苛立ちを覚えてしまうのだけれど、初めて聞いた彼の本心はちょっと意外なものだった。

「……先生は、どうして教師になったの？」

澄川が「うん？」と、ちらっと奏太を見た。少し考えるような間をあけ、「高校時代に世話になった恩師の影響かな」と言った。

今の彼からは考えられないことだが、当時の澄川は数学が大の苦手でテストでも赤点続きだったらしい。次の定期試験の点数次第では留年するかもしれないという瀬戸際で、必死になって教えてくれたのが件の数学教師だったという。

「放課後もずっと付き合ってくれてさ。マンツーマンで猛勉強。実はさ、俺自身はちょっと諦めかけてたんだけど、その先生が『絶対に留年はさせない』って、目を血走らせて言ってくれてさ。ああこの人、俺のためにこんなに一生懸命になってくれるのかと思ったら、意地でも平均点はとらないとって思ったんだよ。それからはひたすら先生が作ったプリントの問題を解いて解いて解きまくった。おかげでちゃんと三年で高校を卒業できたし、今はこうやって数学の教師にまでなっちゃったんだから、人生は何がきっかけでどうなるかわかんないぞ」

澄川が揶揄うように、汗を掻いたグラスを奏太の頬にピトッとくっつけてくる。手の甲で拭うフリをしてみせたが、ひんやりとして気持ちよかった。

「へえ、先生にも高校生の時があったんだ」

「あるに決まってるだろ。今の奏太みたいに制服を着て学校に通ってましたよ。俺は学ランだったけどな」

「えっ、イメージと違う。ブレザーっぽいのに」

「俺たちが卒業した後から制服が変わったんだよ。もうちょっと早けりゃな。中・高、学ランだったからさ、ブレザーってのはちょっと憧れたな」

奏太は頭の中で東元の制服を着た澄川の姿を想像してみる。

「おい、何をニヤニヤ笑ってるんだよ」

「先生の制服姿を想像してみたけど、変だった」

「……言っとくけど、高校生の俺は当然ピチピチしてたんだからな。今の俺に制服を着せたらただのコスプレだろうが。もう一回、想像し直せ」

「無理。ピチピチとか言ってる時点でオジサンだもん。もうこの顔しか浮かんでこないよ。十七歳の先生なんて想像できない。あ、でも。あんまり頭はよくなかったんだなっていうのはわかった」

「奏太クン、本当にキミはかっわいくないなあ！」

「うわっ」

いきなり腕が伸びてきたかと思うと、澄川にぐっと肩を抱かれた。そのまま引き寄せられる。奏太のつむじの上に顎《あご》をのせてぐりぐりとしてきた。

「ちょ、ちょっとやめてよ！」

「生意気な子にはお仕置きだ」

澄川の軽い口調は完全に遊んでいる。彼はよくこんなふうに奏太を構ってきた。子どもとたわむれる父親の心境にでも浸っているのだろうか。奏太が片親だから気を使っているつもりか。それはそれで失礼だし、腹が立つ。しかも、度を越えたスキンシップは、あまり他人に触れられた経験のない奏太にとっては戸惑いでしかない。嫌がったら余計に澄川は調子に乗りそうだし、どういう反応を返していいのかわからないのだ。

学校の友人とここまで密着してじゃれ合うことは滅多にない。【なずな荘】の住人たちも、澄川ほど奏太を構うことはなかった。仲が悪いとか気を使うとかではなく、一定の距離感というものがあるのだ。人付き合いではそれが守られている方が心地よくもあったし、安定と安心感を覚えた。そういう暗黙のルールみたいなものが、澄川にはない。本性を現してからはいつも唐突で行動がまったく読めないので、こっちは無駄にドキドキしてしまう。

——真剣に話せばいいってもんじゃないんだなって、距離感の大切さを学んだよ。

先のしみじみと語った澄川の言葉が脳裏に蘇《よみがえ》り、奏太はどこがだと内心で毒づいた。教師のクセに学習能力が著しく欠けている。距離感も何もあったものじゃない。

ふざけるみたいに抱き寄せられて、澄川のTシャツから微《かす》かに汗の匂いがした。今日も天気はよく、朝から動き回っていた奏太も汗を掻いている。頭皮の匂いが気になって、頭の上にのった澄川の顎を外そうと体を捻《ひね》る。胸板を押すと、見た目以上にがっしりとしていて驚かされた。

「い、いい加減にしてよ」

「おっ」と、澄川が楽しげな声を上げる。「かわいいなあ、奏太は」

バカにしているのか？　本当に腹が立つ！　こんな人のことを、ちょっとでもカッコイイと思ってしまったさっきの自分を叱《しか》り飛ばしたかった。早くここから逃れようと、必死に手を突っ張る。しかし、その両手も澄川にあっさりと捕らえられてしまい、更に彼は幼い子どもにそうするみたいに奏太の両脇に手を差し込むと、自分の胡坐《あぐら》の上に乗せようとしてきたのだ。さすがにふざけすぎだ。奏太は慌てて抵抗した。

「や、やめろよ、くすぐったい」

「へえ。お前、ここが弱いの？」

澄川がニヤリと人の悪い顔で笑う。途端、奏太は嫌な予感に駆られて体をよじった。澄川の腕が逃がすものかとばかりに背後から絡みついてくる。嫌がる奏太を面白がって、こちょこちょとあちこちをくすぐってきた。

「うわっ、やっ、ちょ、ハハッ、先生、やめ……うきゃっ、フッ、ふハハッ、や、やめてってば、もうくすぐった……あっ」

胸元まで伸びていた澄川の指先が変な場所を掠《かす》めた。くすぐったさとは別の言い知れない感覚にびくっと体が震えて、思わず鼻から声が抜ける。その女の子みたいな高い声に、我ながらぎょっとした。

「……え？」

澄川も驚いたのだろう。一瞬、手の動きが止まる。

奏太は羞恥《しゅうち》にカアッと顔が熱くなった。いたたまれなくて、穴があったら頭から入って

埋まってしまいたい。あんな耳障りな甘ったるくておかしな声が、自分の口から出たものなんて認めたくなかった。恥ずかしすぎる。澄川も絶対に変に思ったに違いない。

背後から奏太を抱き締める澄川が戸惑うように声をかけてきた。

「そ、奏太？　どうし……ぐぅえっ」

咄嗟に肘鉄を食らわせる。澄川が何か余計なことを喋る前に、奏太は怯《ひる》んだ彼の腕を剝がして逃げ出した。鳩尾を押さえた澄川が、前屈《まえかが》みに手を伸ばしてくる。

「そ、奏太、待っ……」

「も、もうベタベタくっつかないでよ汗臭い！　ヘンタイ教師！」

「おまっ、ヘンタイはないだろ」

「学校で女子にこんなことしたら即訴えられるレベルだよ。まさか先生、ひとけのない教室に女子生徒を連れ込んで変なことしてないよね」

「するかよ！」

「どうだか。信用できない」

「お前なあ」澄川が腹をさすりながら嘆息した。「俺は学校ではいい先生で通ってるの。奏太以外の前で変なところを見せられるわけないだろ」

「だったら俺の前でも見せないでよ」

「それは断る」

澄川はきっぱりと言った。「なぜなら、奏太は俺の唯一の理解者だからだ。素の自分を出せる場所は必要だろ。お前は俺の大事な休憩所」

「か、勝手に人のことを休憩所扱いするなよ！　俺は全然、先生のことなんか理解してないし、できない」

フンとそっぽを向く。近付かないように、手だけ目一杯伸ばして澄川が飲み干したグラスを摑むと、奏太は素早く回れ右をした。さっさと部屋に戻ろうと歩き始めた途端、「おーい、この棚はどうするんだよ。倉庫に運ばなくていいのか」と、澄川の声。

「……っ」

奏太は歯嚙みして、無言で引き返す。

「おっ、戻ってきた」

「……うるさいな。運ぶからそっちを持ってよ」

「はいはい」

言われた通りに手伝う澄川の顔が、終始ニヤニヤと弛んでいるのが気に入らなかった。

「高良くん、そっちのリンゴはどう？」

三年の久住《くずみ》に訊かれて、奏太は火にかけた鍋の中を覗いた。

くし型に切ったリンゴが砂糖と一緒に煮詰まっている。とろりとした黄金色。甘酸っぱい匂いが鼻腔をくすぐった。

「水分がなくなってきました。そろそろ三十分経ったんじゃない？　もうちょっとしたら火を止めて冷ましておきます」

「わかった。そろそろ三十分経ったんじゃない？　部長、生地を冷蔵庫から出してくれる」

昨日購入したばかりだという新しいレシピ本を捲《めく》っていた部長の木下《きのした》が、いそいそと椅子から腰を上げる。現在、料理部の男子部員は彼と奏太だけで、あとの四人は女子だ。男子が部長と副部長を任されているものの、実質取り仕切っているのは三年の女子だったりする。奏太と同じ二年生は他に二人いて、今年は一年の入部希望者がゼロだった。どうにか細々と生き残っているマイナーな部活動の一つである。

毎週水曜はお菓子作りの日と決まっている。

今日は久住たっての希望でアップルパイを作ることになり、全員で手分けして作業の真っ最中だ。

コトコト煮える鍋のリンゴを見つめていると、ふと隣に人の気配を感じた。

「美味そうだな。味見係はいらないか」

澄川だった。

料理部の顧問を引き受けてくれたのは素直に感謝している。だが、あれはまだ奏太が彼の外面に騙されていた時のことで、化けの皮が剝がれた今、澄川も内心では面倒だと考えているに違いなかった。とはいえ、別に顧問が顔を出さなくても活動はできるし、前顧問の伊原は月に一、二回ほど様子を見に来る程度だったから特に問題はないだろう。

そう思っていたが、どういうわけか澄川はしょっちゅう家政科室にやって来る。

むしろ、本性を現す前よりも出席率がいいくらいだ。

横から物欲しそうに首を伸ばしてくる澄川を奏太は横目に睨みつけて、冷ややかに言った。

「いらないよ。先生は邪魔だからあっちに座ってて」

「何だよ、冷たいな」

澄川が小声で文句を言ってむくれる。周囲を見回すと、奏太以外の全員が別の作業台に集合して、冷蔵庫で寝かせたパイ生地を折り畳みながら伸ばしていた。多めに作ったので、アップルパイの他にもいくつかパイ生地を使ったお菓子を作る予定だ。

学校では奏太も一応、教師の澄川に対して敬語を使うように気をつけている。ボロが出ないようになるべく接触を避けたいのだが、部活動中はそうもいかない。人数も少ないし、下手に避けると余計に怪しまれてしまう。

澄川の方から砕けた口調で喋りかけられて、こっちもつい気を弛めてしまった。

「さっきも余ったリンゴを食べてたくせに。先生、こっそり俺の分も一個食べただろ。見てたんだからな」

「え？　そうだったっけ」

とぼける澄川をギロッと睨み付ける。他の部員に背を向けて、ニヤニヤと笑っていた。

「どいてよ。そっちのバットにこれを移すから」

「バットってどれだっけ」

「その銀色の入れ物」

「ああ、これか」

澄川が手を伸ばし、ステンレス製の調理バットを引き寄せる。「はい、どうぞ」と、奏太の前に置いた。

「……どうも」

火を止めて、鍋敷きに移動させた鍋からリンゴをバットに移す。

「何をしてるんだ？」

「あら熱を取るんだ。こうやって広げておいた方が早く冷めるから」

「へえ」興味津々の澄川がうずうずしながら言った。「手伝おうか」

最初の頃は見学だけだったが、最近はよくこうやって奏太の邪魔をしてくる。好奇心旺盛《おうせい》な子どもみたいだ。

――奏太を見ていて思ったんだけどさ、料理ができる男ってカッコイイよな。

包丁もろくに持ったことがないくせに、やり方を教えろとうるさいのだ。今日はリンゴの皮むきに挑戦して、部員全員をハラハラさせた。おかげでリンゴの大きさはバラバラ。

カッコつけたがりのくせに、こういう不器用さを隠そうとはしない。紳士的な表の顔を保ちつつ変に気取らない性格は、ミーハー気質ではない部員たちにも好評だった。

鍋のリンゴを箸でつまんで移すだけなので、これなら澄川にもできるだろう。

「じゃあ、はい。お願いします」

菜箸を渡すと、澄川が「任せておけ」と嬉しそうに受け取る。慎重にリンゴをバットに並べていく澄川を眺めながら、奏太は内心で変な人だなと思う。

彼の本性を知った時の失望感は言葉では言い表せないほどだったが、こうやって付き合っていくうちに、素の彼も思ったほど悪くないのではないかと考えてしまう時がある。

学校でも、カッコつける必要なんかないのに。

おかしなもので、あれが仮面だと知ってしまうと、涼やかで優しいイケメン先生の魅力は急降下し、反対にぐうたらなものぐさ澄川の鬱陶しさがちょっとだけクセになる。大雑把なくせに変なところで繊細な澄川は、教育実習の件がトラウマになっているのか、学校では熱血ぶりをひたすら抑えているようだった。

だが、それはそれでいい教師なのではないかとも思う。すべては生徒のことを考えた上での言動。多少鬱陶しくても、親身になって相談にのってくれる教師なら、奏太は別に嫌いじゃなかった。でもたぶん、女子生徒が王子様のように崇《あが》めている澄川に求めているのは、そういうことではないのだろう。

「よし、できた。全部並べたぞ」

見てくれとばかりに、澄川が得意げにバットを奏太の方へ寄せてきた。

「うん、いいんじゃない?」

「だろ! 見ろよ、この美しい並べ方。六×六で隅まできっちり。二つ余ると美しくないから食べた」

「食べたの? いつの間に……っ」

開けた口の中に、澄川がすかさず何かを押し込んでくる。びっくりして思わずそれを噛み締めてしまった。しゃりっと小気味いい音が鳴り、舌の上に甘酸っぱい味が広がる。

「これでお前も同罪だからな」

奏太の耳元で低く囁いた澄川がニヤリと笑った。甘ったるい匂いが二人の間で立ち上り、なぜかドキッとする。慌ててリンゴを飲み込み、奏太は作業台の下で澄川の脹脛《ふくらはぎ》に蹴《け》りを入れた。「痛っ」と、澄川が声を上げる。「お前、先生にむかって何てことをするんだ。後で覚えてろよ、奏太」

フンとそっぽを向く。学校では名前で呼ぶなと言っているのに。原因不明の動悸《どうき》がする心臓に戸惑いを覚えつつ、奏太は別の作業台に集まっているみんなの元に移動する。なぜか澄川までが後ろから金魚の糞《ふん》みたいについてくる。

リンゴの砂糖煮を冷ましている間、澄川はパイ生地班に混ざって、女子に教えてもらいながら型抜きでリーフ型に刳《く》り貫《ぬ》く作業を任されていた。奏太は木下と二人でチョコパイを作る傍ら、あら熱を取ったリンゴをパイ皿に敷いた生地の上にのせ、更に上から細く切った生地を交差するように並べて蓋をする。その上に澄川が刳り貫いたリーフをのせて、最後に卵黄を水で溶いた物を刷毛《はけ》で塗った。オーブンに入れてしばし待つ。

焼き上がったアップルパイを教室の後ろの長テーブルに運んで、切り分ける。アイスクリームを添えて、みんなで試食だ。

「うん、美味《おい》しい。今回はシンプルにリンゴの砂糖煮だけだったけど、カスタードとかアーモンドプードルとか入れてもいいよね」

「アンズとかどうですか?」

「あ、美味しそう。クルミとかも入れたら、食感が変わっていいんじゃないかな」

作った物を食べながら、感想やアイデアをいろいろ言い合えるのもこの部ならではだ。奏太はこの時間が好きだった。みんな料理が好きな人ばかりなので、話を聞いているだけで楽しい。ここで出たアイデアを実際に家で試してみたこともある。それをまたみんなに報告して、美味しかっただの、あれは失敗だっただのと話題にするのが楽しいのだ。料理に興味のない友人たちとはできない会話である。

「本当に美味しいよ。お店で売っているのよりも、俺はこっちの素朴な味の方が好きかな」

澄川も作るのを手伝ったアップルパイを食べながら、満足そうに女子たちの会話に混ざっていた。みんなの前なので、口調も食べ方も猫を被っている。

「先生は、ゴハン系だと何が好きなんですか」と、久住が訊ねた。話題はスイーツからランチに移り変わり、澄川が「そうだなあ」と考える素振りをしてみせる。

「オムライスかな」

「へえ、そうなんですね。どこか美味しいお店を知っているんですか」

「うーん、そうだな。去年できたお店なんだけど……」

澄川と女子を中心に盛り上がる会話を聞きながら、奏太は内心で案外子どもっぽい料理を挙げてきたなと意外に思う。もっときどった料理名を言うかと思ったのに。実際の彼はがっつりとした丼系も好きなのだが、それよりはオムライスの方が『澄川先生』のイメージに合っているかもしれない。

「卵はとろとろ派ですか？　それとも薄皮？」

「俺は断然薄皮派だね。チキンライスをくるっと包んであるヤツが好きだな」

「そういえば、高良はそっちの作り方が苦手だったっけ」

唐突に、隣に座っていた木下が思い出したように言った。いきなり水を向けられて、奏太は「え？」と狼狽える。ちょうど同じことを考えていたので、ぎくりとした。

「オムレツは上手く作れるのに、薄皮はいつもすぐ破けるって、言ってなかったっけ」

「あ、……はい。先輩、よくそんなこと覚えてましたね」

そこへ「へえ」と、対面の澄川が意外そうに口を挟んできた。

「器用な高良くんでも苦手な料理があるんだね。ちょっとびっくりしたな」

「……俺は、オムレツ派なんです」

「そうなんだ？　残念。俺とは好みが合わないのかな。でもオムレツも嫌いじゃないよ」

にこにこと澄川が爽やか笑顔で朗らかに言う。だがその目は別の言葉を発している。何だよ、作れないのかよ。奏太はムッとしながら無言でアップルパイを頬張った。テーブルの下で、澄川がさっきの仕返しとばかりに揶揄うように奏太の脛《すね》を爪先《つまさき》で蹴ってきた。


後片付けを終えた後、奏太は帰る前にトイレへ行った。家政科室に戻る途中、「おーい、高良」と声をかけられる。

振り返ると、友人の松永《まつなが》と柳井《やない》が廊下を歩いてこっちにやって来るところだった。

「あれ、まだ残ってたの？」

「うん」松永がニカッと八重歯を見せて笑う。「柳井に数学を教えてもらってたんだ。俺、明日の授業であたるからさ」

「あ、そっか。俺はこの前あたったから、まだ次は回ってこないな」

二人とも去年同じクラスになり仲良くなったのだが、今年は柳井だけクラスが分かれた。

「高良はこんなところで何やってるんだ？」

背の高い柳井が低い声で訊いてくる。のんびりとマイペースな男だが、三人の中では一番頭がいい。

「俺は部活。もうそろそろ終わる頃だけど」

「ああ、料理部か。そっか、道理でお前から美味そうな匂いがすると思った」

松永がくんくんと鼻を動かし、腹が減ったと腹部をさする。余ったパイやお菓子があると言うと、松永が目を輝かせた。奏太よりも若干背が低い彼は、元気で人懐っこいところが動物にたとえると犬っぽい。反対に柳井はどちらかというと物静かなタイプで、のんびりとしたイメージはキリンみたいだ。

「そういえば」と、柳井が思い出したように言った。「新しい顧問が決まったって喜んでたよな。結局、誰になったんだ」

「ああ、言ってなかったっけ」

奏太は僅かに顔を引き攣《つ》らせる。あの時は本当に嬉しくて、ガラにもなくはしゃいだ自覚があった。今思い出すのも恥ずかしい。「えーっと……澄川先生。もともと料理部の顧問は伊原先生だったし。他に空いてる先生がいなかったんだ」

松永が「スミカワかよ！」と、声を上げる。

「アイツが顧問なら、女の入部希望者がじゃんじゃん来そうだな」

「まあ、来るにはいっぱい来たんだけど……」

澄川が料理部の顧問になったと女子の間で噂《うわさ》が広まり、一時期、家政科室に入部希望者が殺到したのだ。部長の木下はテンパって青褪めるし、他の女子部員も混乱して対応が追いつかない。キャーキャーと大騒ぎしてうるさい上に、横柄な態度の女子の集団。奏太もいい加減辟易《へきえき》し始めた頃、騒ぎを聞きつけた澄川が現れたのだ。その瞬間、いつもは平穏な家政科室がライブ会場みたいに騒音の渦に巻き込まれた。

一見して状況を把握した澄川は、更に彼女たちに向けてとんでもないことを言い出した。

——今から、入部試験を行います。彼より上手にオムレツが作れたら一次通過とするので頑張って下さいね。

そう爽やかに告げて、大声で呼んだのがなんと奏太の名前だったのである。とんだとばっちりだった。

「それでそれで？　何人合格したんだよ」

松永が興味津々で問いかけてきた。

「先生が審査員で、一次通過者が三人だったかな」

「結構キビシメだな」柳井が真面目な顔で言う。「倍率ってどのくらいだったんだ」

「三十人くらいはいたから一割弱？」

「へえ。じゃあその三人は入部したのかよ」

「いや、それがさ」

笑顔の澄川に『手を抜いたら顧問を辞めるぞ』とこっそり脅されて、仕方なくいつも通りにオムレツを作った奏太は、案の定、女子たちの反感を買った。容赦なく突き刺さる視線に射殺されそうになりながら、心の中で澄川を呪《のろ》い続けたものだ。

全員の試験が終わると、なぜか澄川がみんなを集めて『せっかく来てくれたんだから、お茶でも飲もうか』と、隣の空き教室でお茶会を始めてしまったのである。奏太も含め、正式な部員は追い出された。

「何だそれ、いかがわしいお茶会だな」

「で、お茶会が終わるとみんなニコニコして帰って行ってさ。せっかく合格した三人も『やっぱり入部やめます』とか言い出して、結局、新入部員ゼロ。先生に何をしたのか訊いても全部はぐらかされるし。まあ、卵やお菓子代は先生の自腹だったから別にいいんだけど」

「部員が増えなくて残念だったな」

「んー。でも火や刃物を使うから、中途半端な気持ちで入って怪我《けが》をされても困るし」

「案外、澄川先生もそういうことを考えて、無茶な入部試験やお茶会をやったのかもしれないな。どうせ集まったのは、部活じゃなくて先生目当ての女子ばっかりだったんだろ」

柳井の言葉に、奏太は思わず目を瞠った。おそらくその通りだと思う。以前、冗談のつもりで先生のせいで女子が押しかけて来たらどうしようと話したことがあったが、その時も澄川は料理部のことを真剣に考えてくれているのが伝わってきた。

「いやあ、どうだろうな」腕組みした松永が冗談めかして言った。「そんな深いところまで考えてないかもよ。ただ単に好みの女子がいなかっただけとか」

「だとしたらサイアク」と、奏太も笑う。もちろん、そんなことを本気で思っているわけではない。

「俺はあの先生、結構好きだけどな」

柳井がぽつりと言った。なぜかその瞬間、奏太の心臓がドキッと変な風に脈打つ。

「え？」

「教え方は上手いし、話も面白いし」

淡々と続ける柳井の言葉に、何だそういうことかと奏太は胸を撫で下ろした。そこで、あれと内心首を捻る。どうして今、自分はホッとしたのだろう。

「……そっか、ヤナのクラスって数学は澄川先生なんだっけ」

「スミカワの授業ってわかりやすいの？」

「ああ。俺は伊原先生より澄川先生の方が相性がいい」

「へえ、スミカワねえ。顔面偏差値が高いだけかと思ってた。そんなにわかりやすいなら、俺たちも一回授業を受けてみたいよな、高良」

「え？　ああ、うん……」

「俺がどうかした？」

いきなり別の声が割って入り、三人は揃ってびくっと背筋を伸ばした。噂をすれば何とやらだ。振り返ると、案の定そこには澄川が立っていた。

「うわ、スミカワ……センセ」松永がヤベッと目を泳がせる。「いや、何でもないです。そうだ高良、部活が終わったんなら一緒に帰ろうぜ。先に下駄箱に行ってるわ」

「ああ、うん。わかった」

「それじゃ、失礼しまっす」と、引き攣り笑いの松永と柳井がそそくさと去って行く。置いていかないでくれと心の中で叫びながら渋々二人を見送って、一人取り残された奏太は恐る恐る振り返る。目の合った澄川がニヤリと笑った。

「こんなところで教師の悪口か？　放課後の廊下は思った以上に声が響くんだぞ」

「そ、そんなんじゃないよ」

奏太も慌てて歩き出した。「二人が待ってるから、早く行かないと」

後ろからなぜか澄川もついてくる。

「お前が友達とあんなふうに喋ってるところを、初めて見たような気がする」

「……別に、俺にだって友達くらいいるよ」

「まあ、そうなんだけど。普段、大人を相手にしているところばかりを見てるせいかな。何か新鮮だった。ああ、高校生なんだなって」

話しかけてくる口調がどこか嬉しそうだ。

「今日は魚が食べたい気分だな」

「……食べればいいじゃん」

「鮭《さけ》のホイル焼きがいい。あれを作ってくれ」

「何で俺が！」

家政科室の前まで来ると、「それじゃ、寄り道せずに帰るんだぞ」と、澄川が踵を返した。

「中に入らないの？」

「これから数学の教師陣が集まって会議があるんだよ。ちょっと帰りが遅くなるかも」

「ふうん」

「寂しいだろうけど、メシを作って待っててくれ。なるべく早く帰るようにする」

「は？　何言ってんの、全然寂しくないし」

「強がんなって」

ケラケラと笑って、澄川がポンポンと奏太の頭の上で手のひらを弾ませた。完全に子ども扱いだ。奏太は苛立ちながら、乱暴に手を払いのける。

澄川がようやく歩き出したかと思ったら、「あ、そうだ」と、再び立ち止まった。

「料理部は文化祭どうするんだ？　家政科室の使用許可を取らなくてもいいのか？」

問われて、奏太は返事に詰まった。

「それは、先輩たちに聞いてみないと……」

「早くしないと、申請書の受け付けが締め切られるぞ。今年の文化祭は部員確保のためにいろいろ計画してるって、前に言ってただろ」

ハッとして、思わず澄川を見つめた。澄川が「ん？」と小首を傾《かし》げる。

「……何でもない」

「そうか？　気をつけて帰れよ」

奏太は家政科室に入るフリをして、廊下を歩く澄川の背中を振り返った。

覚えていてくれたんだ？

いつだったか、澄川が校内で迷っていた時の会話が思い出される。料理部存続の危機で本当に困っているところに、彼が顧問を買って出てくれて、それがすごく嬉しかった。部員を増やすために、今年の文化祭では料理部をアピールできるようなことをしたい。澄川は、奏太が興奮気味に話した内容をちゃんと覚えてくれていたのか。

嬉しい。何気ない澄川の言葉を、思った以上に喜んでいる自分に若干戸惑う。

雑談に花を咲かせている先輩たちに挨拶をして、奏太は松永と柳井と合流する。

二人と別れてから、奏太はスーパーに寄った。鮮魚コーナーで秋鮭の切り身が入ったパックを見つけると、仕方ないなと思いながらカートに入れた。

■5■

料理部の現在の部員数は六人である。

このうち三年生が三人。二年生が三人。三年が卒業したら、部員は一気に半減する。そうなると、再び部の存続の危機に陥ってしまうのだ。

生徒会規約によると、人数が五人以上揃わないと部として認められない。このまま部員が集まらなければ、いずれは同好会に降格してしまう。同好会になると部費ももらえないし、今は部室代わりに出入りしている家政科室も自由に使えなくなる恐れがある。

来年の新入生が入ってくれればいいが、それでも奏太たちが卒業したらまた同じことの繰り返しだ。切実な希望として、現在はいない一年生部員が欲しい。

「えー、それでは今年の文化祭も、例年通りレシピ本の販売ということでいいですよね」

木下の言葉は、すでに決定事項のような口ぶりだった。

奏太は慌てて周囲を見回したが、他の部員はみんな異議なしという雰囲気だ。

「田所《たどころ》先輩。そういえば、今日は久住先輩はどうしたんですか?」

作業台の対面に座っていた三年生部員に訊ねると、彼女は「ああ」と教えてくれた。

「今日から家庭教師が来るんだって。初日だから遅れちゃマズイって帰ったよ」

「家庭教師？　先輩、家庭教師をつけるんですか」

「そうらしいよ。私も、ここに来て息抜きばっかりしてちゃダメなんだけどねえ。部長は二年の頃から塾通いしてるし。塾も家庭教師もない独学の自分としてはちょっと焦るな」

田所がため息をつきながらステンレス台の上に突っ伏した。そんな話を聞いてしまうと、奏太も喉まで出かかっていた言葉を思わず飲み込んでしまう。そうなのだ。三年にとっては高校最後の文化祭だが、同時に受験勉強を並行してやらなければいけない。中には出し物の準備を面倒に思う人も当然いるだろう。

料理部は、一年間の活動内容をレシピ本として一冊にまとめて販売するのが伝統となっている。その年代によっては、レシピ本プラス模擬店で飲食物を販売することもあったらしいが、奏太が入部した去年はレシピ本のみだった。料理部なのだから模擬店は当たり前。初めての文化祭で忙しくなることを覚悟していた分、肩透かしを食らった気分だった。

今の三年生の様子を見ている限りだと、今年もそれで決定してしまいそうだ。

料理部の現状を考えれば、文化祭は絶好のチャンス。ここは絶対に模擬店を出して、もっと積極的に部をアピールすべきだと思う。たぶん、一年の中には料理部という部活動が存在することと自体を知らない人もいるはずなのだ。レシピ本だけでは人は集まらない。集客率がいいのはやはり飲食関係である。

せっかくの料理部なのに——奏太は歯痒い気持ちで頭を悩ませる。何か、先輩たちを動かすいい案がないだろうか。帰宅してからも授業中も、ずっと料理部のことを考えてしまう。

「……ら。なあ、高良」

ハッと現実に引き戻された。耳に喧騒《けんそう》が広がり、奏太は目をパチパチと瞬《しばた》かせる。見慣れた教室だ。随分と周囲が騒がしい。耳にキンと響く甲高い声は女子か。くいっと制服の袖を引っ張られて、奏太は後ろを向いた。松永が少し驚いたような顔をしてみせる。

「高良、目がまん丸。びっくりしすぎて声が出ないとか？　だよなあ。昨日、俺たちが話していた内容を全部聞かれてたのかも」

「え？」

その時、「静かに」と、前方から妙に耳に馴染みのある声が聞こえてきた。落ち着いた低めのどこか大人の色気も孕《はら》んだよそ行きの声音。奏太は弾かれたように首を戻す。

「――――！」

唖然とした。女子たちがいつにも増して騒がしい理由をようやく理解する。

教卓の前には澄川が立っていたからだ。

「こら、静かに。他の教室から苦情がくるから」

涼やかだがよく通るその一言で、キャッキャと騒いでいた女子たちがおとなしくなる。澄川がにっこりと微笑むと、あちこちから小さな黄色い歓声が上がった。背後で松永が「すげえな、スミカワマジック」と、羨望《せんぼう》と厭味の呟きを零す。

奏太は爽やかに教壇に立つ澄川を茫然と凝視した。どうして彼がここにいるのだ。

「今日の数学の授業ですが、野田《のだ》先生が急用で来られなくなりました」

自分がこの教室にいる理由を、澄川が順を追って説明する。

「このクラスは他のクラスより遅れ気味だそうで、野田先生とも相談して、今日の授業は僕が担当することになったからよろしくお願いします。ああ、最初の挨拶は飛ばそう。ちょっと時間をとっちゃったから。せっかく板書してもらっているので、さっそく始めようか。それじゃあ、問題集の二一五番を解いた人。前に出て説明してくれるかな」

澄川の声に、一人の女子生徒が「はーい」と嬉しそうに立ち上がる。野田の授業形式は、新しい単元に入ると数時間を使って一気に説明し、その後は問題集の応用問題をひたすら解くというやり方だ。問題集は毎回出席番号順に解答者を割り振られて、次の授業開始前に最初の三人が板書しておかなければならない。授業が始まると、一人ずつ前に出て説明する。そして野田が補足しながら進めていくのだ。

一番手の女子の説明を澄川は脇のパイプ椅子に座って聞いていた。

いつもは黒板の文字をノートに書き写しながら説明を聞く奏太だが、今日はそれどころではなかった。普段は野田が座っている場所に澄川がいるのだ。教室の空気が全然違い、浮ついている。教師が一人入れ替わっただけで、こんなにも違和感があるとは思わなかった。

奏太は気づくと止まっている自分の手を叱咤《しった》して、シャーペンを動かす。しかしどうにも澄川が気になり、チラチラと見てしまう。女子生徒の説明がまったく頭に入ってこない。

再びチラッと盗み見るように視線を向けた瞬間だった。なぜか同じタイミングで澄川までもがこちらを向き、ぶつかるようにして目が合ってしまう。

ぎょっとして、反射的にバッと顔ごと逸らした。

びっくりした――奏太は、数行しか埋まっていないノートに思わず突っ伏す。今にも口から心臓を吐き出しそうだ。バクバクと尋常ではない音が自分の胸の奥で鳴っている。

「――以上です」

奏太の動揺が収まりきらないうちに、女子の解答は終了した。

「はい、ありがとう。質問がある人は？」

椅子から腰を上げた澄川が、教室を見渡す。今度は目が合わないように、奏太は顔を伏せたまま動かなかった。

「いないようなので、それでは席に戻って。この問題は公式に当てはめるだけなので、あまり捻りはないから大丈夫かな。今、この式は一次方程式だけど、これが二次方程式になるとどうなるか、一応頭に入れておいて下さい。また授業で詳しくやると思うけど、これから先は二次方程式の問題がドンドン出てくるから」

澄川が黒板に向き直り、例題を書き込む。悔しいことに、柳井が言っていた通り、澄川の授業はとてもわかりやすかった。

こうやって見ると、本当に教師なのだなと改めて思う。普段が普段なので、爽やかな外見は胡散臭い印象しかなかったけれど、初めて授業を受けてみて男女共に人気があるのもわかる気がした。スーツの上着を脱ぎ、シャツの袖を捲って教壇に立つ姿はやはりかっこいい。うっかり見惚《みと》れてしまいそうになって、奏太は慌てて我に返った。

「それでは、例題を一問。三分ほど時間をとるので、各自解いてみて下さい」

周囲が一斉にノートに向かい始める。奏太も一拍遅れてシャーペンの尻をノックした。

一見、難しそうな問題だが、先ほどの澄川の説明を思い出して適当な公式に当てはめていく。答えを導き出し、念のためにもう一度計算をしてみた。合っている。脇の走り書きを消そうとして、消しゴムが手から抜けて床に落ちた。

しまったと、慌てて床の上に転がった消しゴムを目で探す。とその時、ふっと頭上に影が落ちた。視界の端にスーツのスラックスが入る。

ハッと顔を上げると、澄川が奏太の机の前に立っていた。

「はい、どうぞ」

にっこり微笑んだ澄川が、拾った消しゴムを手渡してきた。

「……ありがとう、ございます」

軽く頭を下げて、それを受け取る。俯《うつむ》きながら乱暴にノートの走り書きを消していると、澄川が去り際にこっそりと耳打ちしてきた。

「……あんまり見つめるなよ。緊張するだろ」

「――！」

思わず顔を撥ね上げたが、澄川は何事もなかったかのように歩いて行ってしまう。澄ました背中を睨みつけながら、奏太は消しゴムを握り締めた。カアッと首筋に熱が上ってきて、耳まで熱くなる。実際にチラチラと見ていた自覚があるから、余計に恥ずかしい。

この消しゴムを思いっきり投げつけてやろうか。そう思った途端、澄川が振り向いた。目が合い、一瞬だけニヤリと厭味ったらしく唇を歪めてみせる。

誰か、あの悪魔みたいな笑い顔を目撃していないか。奏太は素早くキョロキョロと周囲を見回す。しかし残念なことに、みんなの視線は手元のノートに留まっていて、誰一人目が合わなかった。

ようやく数学の授業が終わり、澄川が教室を出て行くと、奏太は机に突っ伏した。

「……疲れた」

呟いて息をつく。授業内容はわかりやすかったが、精神的疲労が大きい。あの後も、澄川とは何度か目が合って、その度に奏太はドキドキさせられた。別に見ようと思って見ていたわけではない。たまたま板書を書き写すために顔を上げたら、そこにいた澄川が目に入っただけのことだ。授業中に、こんなにも教師と目が合ったのは初めてのことだった。

「いやあ、噂どおり」

後ろの席から身を乗り出すようにして、松永が言った。

「思った以上にスミカワの授業はわかりやすかったな。俺の頭でも理解できたし」

「……まあ、そうなんだけど」

奏太は言葉を濁す。内心ぐったりとしていた。一コマで一日分の授業を受けた気分。こんなことなら多少わかりにくくても野田の方がマシだ。

ため息をついて、奏太は腰を上げた。松永が訊いてくる。

「あれ、どこ行くの？」「トイレ」「行ってらっしゃい。あ、英語のノート見せてくれ」

松永にノートを渡して教室を出ると、廊下で女子たちに捕まっている澄川を見かけた。相変わらず抜け目のない爽やかスマイルを振りまいている。

何となくムカッとする。なるべく視界に入れないようにして、トイレに向かった。

用を足して手を洗っていると、ふいにトントンと肩を叩かれた。

「？」顔を上げた瞬間、鏡に映った人物を見てぎょっとする。

「うわっ！」

「シッ、声が大きい。そんなに驚くなよ」

澄川が鏡越しにニヤリと笑った。

「何でこんなところにいるんだよ。ここ、トイレだぞ」

「だからだろ。男子トイレにまで女子は入って来ないから」

「教師は教員用のトイレがあるじゃん。どっちにしろここにいたら目立つって」

言った傍《そば》から、男子生徒が入ってくる。澄川の姿を見つけて、びくっと一瞬立ち止まり、会釈をして奥に急ぐ。

「先生、迷惑だよ」

「同じ男なのになあ」

ぶつぶつと文句を零す澄川を男子トイレから連れ出す。廊下の隅に寄って、奏太は周囲を気にしながら小声で言った。

「何やってんの？　こんなところでフラフラしてたらまた女子に捕まるよ。早く職員室に戻りなよ」

「いや、ちょっとお前に訊きたいことがあったからさ」

「訊きたいこと？」

奏太が鸚鵡《おうむ》返しに訊ねると、澄川がどうも腑《ふ》に落ちないという顔をして言った。

「昼休憩に木下が俺のところに来たんだよ。文化祭は何だっけ、レシピ本？　の販売に決まったって言うから。お前が前に言ってた話と違うだろ？　ちょっと気になってさ」

「それは……」

思わず澄川から視線を逸らしてしまった。

「昨日、話し合ったんじゃなかったのか？」

「話し合ったよ。それで、例年通りにレシピ本の販売ってことに決まったんだ」

「何で」

「何でって」

奏太は言葉を詰まらせる。澄川が小さく息をついた。

「お前はそれでいいのか？　やりたいことがあったんだろ。昨日も、何か一生懸命に書いてたじゃないか。カップケーキ――だったっけ」

「ちょっ、見たのかよ！」

睨み付けると、澄川が慌てたように首を横に振った。

「たまたまだって、たまたま見えたんだよ。ほら昨日、お前の部屋でメシ食うテーブルを片付けてたら、お前がいつも勉強してる方の机からノートが落ちて、そこに紙が挟まってて」

「……あ、あれは別に、適当に書いた物だから」

「そうか？　書きかけだったが、俺はあの案は面白いと思ったけどな。何であれをやらないんだ？　レシピ本なんかより、よっぽど人が集まるだろ。部員勧誘も兼ねて気合入れるんじゃなかったのかよ」

澄川に言われて、奏太は返事に困った。ドンと胸を衝かれたような気分だった。

「……でも、先輩たちもいろいろと忙しいし。それにもう、決まったことだから」

僅かな間をあけて、澄川がハアと聞こえよがしのため息をついた。

「お前はさ、何かを我慢してる時って、右の口の端をちょっとだけ上げるんだよ」

「は？」

目を一度瞬かせた奏太を、澄川はじっと見つめてくる。

「俺が猫を被るのをやめて最初の頃は、よくそんな顔してたぞ。何か言いたいことはあるけど、言っても無駄だから初めから諦めてる感じ。最近は俺に対してはなくなってきたが、あいつらには何をそんなに遠慮してるんだ？」

問われて、奏太は面食らった。そんな自分でも知らなかった癖を、まさか澄川に指摘されるとは思わなかった。同時に、すべて心の内を見透かされているようで怖くなる。

「お、俺は別に、そんな遠慮なんて……」

「部員を増やしたいんだろ？　はっきり言って、レシピ本を売るだけじゃ効果があるとは思えない。後輩だからって言うべきことは言わないと後悔するぞ。料理部がなくなってもいいのかよ」

「先生には関係ないだろ」

「関係ないわけないだろ。俺は顧問だ」

もっともなことを言われて、奏太は思わず押し黙った。さすがに澄川に失礼だったと反省する。幼稚な八つ当たりを恥じた。気まずさに目を逸らす奏太の腕を澄川がぐっと摑む。

「お前が俺に頼んだんだろ、部の存続の危機だって。料理部をなくしたくないって言ったのはどこの誰だ」

諭すような言葉に、奏太は何も言い返すことができなかった。

その日の放課後、料理部全員が校内放送で澄川に呼び出された。

本来なら、活動日ではない。怪訝《けげん》そうな顔をして家政科室にやって来た部員たちを前に、澄川がさっそく切り出した。

「文化祭の出し物について、もう一度考え直してみないか」

「え？　でも、もう決まって……」

戸惑う木下に、澄川が頷く。「昨日の話し合いのことは聞いた。でも、せっかくの料理部なんだ。もっといろいろできるんじゃないかな？　料理部の今後を考えても、やるべきだと思うんだよ」

「はあ、ですが……」

やはり木下は乗り気ではない。他の三年生も難色を示している。一度決まったことを何でまたという空気が漂い始める。二年生の二人は様子を見守るといった感じだ。

「あの」

奏太は思い切って手を上げた。全員の視線が一斉に自分に集中する。

「はい、高良くん」と澄川が促してくる。

奏太は立ち上がった。大きく息を吸って吐き出し、全員に向けて言った。

「現在の料理部の部員数は六人です。先輩たちが卒業してしまうと俺たちは三人になって、最低でもあと二人は入部してくれないと、たぶん部として存続していくことが難しいと思います。顧問の問題があったばかりだし、生徒会も見逃してはくれないと思います。それで、できればこの文化祭で部員勧誘も兼ねて、何か料理部をアピールできることをやりたいんです。俺に案があるので、まずはこれを見てもらえますか」

奏太は手元の用紙をみんなに配った。今日の授業中も使って書き上げたそれを、澄川にコピーしてもらったのだ。

「カップケーキを作って売るんです。それに、各自でデコレーションをしてもらうっていうのはどうですか。かわいいトッピングとかデコペンとか。先輩たち、ケーキのデコレーションも得意じゃないですか。クリームで花を作ったりするヤツ。ああいうのもその場で教えたり、メッセージを書いて誰かに渡すのもいいですし、文化祭の雰囲気も後押しして、これを機に好きな相手に渡すっていうのもアリだと思うんです。デコレーション自体を楽しみながら友達とわいわいできるし……」

一方的に喋っていた奏太は、そこで一旦言葉を切った。周囲の様子を窺《うかが》うと、みんな手元の紙を黙って見つめている。なかなか反応が返ってこない。不安に駆られる。

「……俺、この部がなくなってほしくないんです」

俯いていた全員の頭が時間差でゆっくりと持ち上がった。

「最初は、部長に声をかけられて、俺は一人暮らしを始めたばかりだったから、ここで夕飯を済ませたらいいかって、そんな軽い気持ちで入部したんです。でも、先輩たちはみんなすごく料理が好きで熱心に研究している人たちばかりで。最初は戸惑ったけど、いろいろと教えてもらううちに、俺もすごく楽しくなってきたんです。毎回、作ったものをみんなで食べながら、感想とか思いついたアイデアとかを言い合うのも楽しみだし。だから、そういう場所がなくなるのは、絶対に嫌だ」

言いながら、自分は料理部や彼らのことをこんなふうに思っていたのだなと、自分自身思い知らされたような気分だった。だが、紛れもない本心だ。ここまで言うつもりはなかったのに、何かに衝き動かされるようにして口が勝手に動いたみたいな変な感覚だった。

短い沈黙を真っ先に破ったのは、久住だった。

「私も料理部がなくなるのは嫌だな。高良くんのこの案、すごくいいと思う。賛成」

「え？」

咄嗟に振り返る。にっこり笑った久住が「私からも一つ提案があるんだけど」と言った。

「レシピ本を作るのをやめない？　去年も作ったはいいけど、結局半分しか売れなかったよね。わざわざ製本しなくても、こういうコピー用紙でいいから一枚ずつ置いて、興味がある物だけを取ってもらえばいいんじゃないかな。去年も一昨年《おととし》も、手にとって見てくれる人はいるんだけど、『内容はいいけど値段が高い』っていう声を結構耳にしたんだよね」

「そういえば、去年私も売り子をしてた時、似たようなことを言われました」

「でしょ？　その分のお金をカップケーキの材料費とトッピング代に充てたらどう？」

「確かに、こういうのは女子が好きそうだよな。文化祭は中学生も来るから、来年うちを受験しようと思っているコにもいいアピールになるかも」

「楽しそうですよね。ちょっとウキウキしてきた」

「まあ、カップケーキを何個も作るのは大変だろうけど。準備が忙しそうだね。デコレーションをしてもらうならそれなりに広い場所が必要だし。机のセッティングとか看板とか」

「そこは二年生が中心になって動きますから！」

思わず食い気味に言うと、先輩たちが揃って驚いたような顔をした。

奏太は我に返り、しまったと慌てて同級生の二人を振り返る。「ごめん、勝手に決めて。手伝ってもらってもいいかな」

「もちろん」と、彼女たちが笑って頷いた。

「よし、じゃあ決まりだな」

パンと手を叩いて、それまで黙って話を聞いていた澄川が立ち上がった。

「知り合いにスーパーで働いているヤツがいるから、材料を安く仕入れられないか交渉してみる。木下と高良は実行委員に提出する書類を急いで作れ。明日が締め切りの物もあるから今日中に提出してこい。他の奴らは必要な材料のリスト作成。予算も計算しろよ。それを持ってスーパーに交渉しに行くから、なるべく早めに出してくれ。あとは場所が決まってからだな。当日、家政科室は使用してもいいけど模擬店として使うことはできないからな」

テキパキと指示を出す様子に、奏太を含めた全員が呆気《あっけ》にとられる。「澄川先生って、こういう人だったっけ」と、誰かが呟くのが聞こえて、奏太の方がひやひやした。

木下と相談しながら企画書を作成していると、澄川がやって来た。

おもむろに椅子を引いて腰を下ろし、奏太をじっと見てくる。

何だろうか。無言の視線に晒《さら》されるのが落ち着かなくて、奏太は顔を上げた。

目の合った澄川が、静かに唇を引き上げる。

「よかったな」

思いがけない言葉に、咄嗟にどういう反応を返していいのかわからなかった。奏太は戸惑い、ただ黙ってこくりと頷く。自分一人だったら、きっとこうはいかなかった。受験勉強を優先したい先輩たちに遠慮して、例年通りの文化祭を迎えていたはずだ。澄川が背中を押してくれたから、料理部が動き始めた。感謝している。早く、澄川に礼を言わなければ。

しかしいざ構えると口が上手く動かず、ありがとうの一言がどうしても出てこなかった。

■6■

慌しい毎日が過ぎて行った。

模擬店の場所は、人通りの多い中庭から一番近い校舎の一階に希望を出した。そこなら家政科室との行き来も便利だし、呼び込みもしやすい。しかし当然、競争率は高い。後日行われた、場所決めのくじ引き。ここで何と、奏太が見事に当たりを引き当てたのだ。見守っていた全員が大喜びだった。奏太をスゴイスゴイと褒め称《たた》えるものだから、少々気恥ずかしかった。中でも一番興奮していたのは澄川だ。「お前、天才だな！」と、奏太の頭をわしゃわしゃと容赦なく撫で回して嬉しそうだった。

通常の活動は週三が基本だが、奏太たち二年生は放課後になると毎日家政科室に集合して作業を進めた。幸いクラスの準備は少なく、言い出しっぺの奏太が中心になって動く。

三年生は無理をしないようにとお願いしたが、塾や家庭教師の予定がない田所は皆勤賞だった。「だって、高校生活最後の文化祭だし」と、楽しそうに準備をしている彼女の様子に、奏太も嬉しくなる。「こんなことになるんだったら、文化祭が終わってから家庭教師を頼むんだったな」と、久住がぼやいていたのも印象的だった。

書道の段持ちである木下が看板の文字を書き、みんなで「何か硬いね」と言いながら、落ち込む木下をよそにカラフルに仕上げていく。そんな木下部長は器用な手先をいかして、リボンとビーズでラッピング用の小さな飾りを作っていた。こういうのがあるのとないのとでは、やはり見た目も随分と変わってくる。細々とした作業は嫌いじゃないので、奏太も一緒になって手伝った。反対にあまり得意ではない女子たちは「うちの男子は考えることが乙女だよね」と、感心しつつ笑っていた。

いよいよ文化祭が明日に迫ると、料理部は全員フル稼働で働いた。教室のセッティングにカップケーキの準備。デコレーション用とラッピング用のコーナーに分け、必要なものをテーブルに並べての確認作業。『ご自由にお取り下さい』とポップを貼りつけたラックにコピーしたレシピを並べていく。女子の案で、クリスマスケーキやバレンタインのチョコ関係のレシピも揃えた。

「おー、頑張ってるな」

澄川が差し入れを持って顔を出す。澄川のおかげで材料費が思ったよりも安くついて、その分の予算を他に回すことができた。件のスーパーは少し場所が離れていたが、澄川が車を出してくれたのだ。時間がある時はちょこちょこ様子を見に現れて、一緒に作業を手伝ってくれもした。澄ました顔をしているが、本当はこんなふうにみんなで協力して何かをするという作業が好きな人なのだ。男手が足りないので、物凄く助かった。

「みんな、おなかが減ってないか」

澄川がコンビニのレジ袋を机の上に置く。「おにぎりを買ってきた。具は早い者勝ちだ」

「やった！」と、久住と田所が真っ先に袋をあさる。

奏太はペットボトルのお茶を人数分の紙コップに注ぎ、一つを澄川に差し出した。

「おっ、ありがと」

「今日は手作りじゃないんだ」

海老マヨのセロファンを剝きながら、奏太はぼそっと言った。澄川がぎくりと顔を引き攣らせる。先日、描きかけのポップを家に持ち帰って作業を続けていると、澄川がやって来たのだ。夜食に作ってくれた不恰好なおにぎりを持って。

「……さすがに六人分は握れねェよ。あんなアツアツのゴハンに触り続けたら、俺の繊細な手の皮が悲鳴を上げるだろ」

「弱いなあ」

「うるせェよ」

ピンと額を指先で弾かれる。「もう、痛いな」と額を押さえながら、奏太はなぜか変にざわつく胸の高鳴りに戸惑いを覚えた。

慌てておにぎりにかぶりつく。パリッとした海苔《のり》の食感。この食べ慣れた味に文句はない。だが、少々べちゃっとした水っぽい白飯に海苔がべっとり張り付いていたあのおにぎりの方が、なぜか奏太には美味しく感じられた。

いよいよ文化祭本番を迎えて、料理部の【デコケーキ】は思った以上に大盛況だった。ターゲットの女子生徒が友達同士で入れ替わり立ち替わりやって来て、教室内は常に賑《にぎ》わっていた。私服姿の中学生も結構見かけた。

自分で好きにデコレーションできるというのがウケたのか、多めに作ったはずのカップケーキがどんどん減っていく。クリーム絞りの手本をしてみせる久住や田所の周りには人だかりができているし、ラッピングコーナーでは二年女子が中心になって接客をしている。木下は入り口でカップケーキの販売に忙しく、奏太も各場所の補助で動き回っていた。

「奏太くん」

残り少なくなったデコペンを補充していると、ポンと肩を叩かれた。振り返ってびっくりする。

「兎丸さんに猪瀬さん……え、本当に来たの？」

「もちろん」と、二人がケラケラ笑った。文化祭だと伝えると、「いいなあ、俺たちも行きたいなあ」と冗談交じりに言っていたが、まさか本気だとは思わなかった。

「女子高生がいっぱい」「眼福だな」

「ちょっと、変な目で見ないでよ。あ、佐藤さんと塩田さんも一緒なんだ」

木下にお金を払ってカップケーキを四つ受け取っている二人を見つける。こっちの二人と違ってどことなく挙動不審だ。ほぼ女子生徒で埋まっている室内で、成人男性四人は明らかに浮いていた。

「ちょうど俺たちみんな暇だったから、全員で来ちゃった」

「奏太くんの晴れ舞台をこの目にしっかり焼き付けに来たぞ」

「何それ、わけわかんない」

奏太そっちのけで女子の品定めをし始める二人を引っ張って、部屋の隅に連れて行く。三次元の女子高生に完全に圧倒されている佐藤と塩田を保護しに向かうと、「奏太くん！」と二人に抱きつかれた。カップケーキはじゃんけんで負けた塩田のおごりだという。

四人に店の趣旨を説明すると、彼らはそれぞれ黙々と作業に没頭し始めた。しばらく放っておいても大丈夫だろう。

ラッピングの接客を手伝っていると、どこかに行っていた澄川がいつの間にか戻って来ていて「おい」と耳打ちしてきた。

「何であいつらがいるんだ」

「ああ、兎丸さんたちでしょ？　さっき来たんだよ。もうびっくりした。まさか本気で来るとは思ってなかったからさ」

「俺、もう一度見回りに行ってくるわ。あいつらがいなくなった頃に戻ってくる……」

「あれえ、澄川さーん」

澄川が目を瞑って、諦めたように肩を落とす。真っ先に気づいた兎丸が寄って来て、更にぞろぞろとやって来た三人に奏太たちは囲まれた。澄川の笑顔が引き攣っている。

奏太はおかしいのを我慢しながらぼそっと呟いた。

「もう逃げられないね」

「くそ、しくった」

澄川が観念したようにため息をつく。兎丸がニヤニヤしながら言った。

「あれ？　今日はパンイチじゃないんだ？　ここではちゃんとイケメン先生の仮面を被ってるんだねえ」

「シッ、声がでかい」

焦る澄川を、四人がワケ知り顔でニヤニヤと揶揄う。

「あ、そうそう。はい、奏太くん。俺からのプレゼント」

「え？」

急に水を向けられて、奏太はきょとんとした。手渡されたのはカップケーキ。ピンクのデコペンでデカデカと『チェリー』と書いてある。澄川がプッと噴き出した。

「ちょっと、兎丸さん！」

「センセイには俺からプレゼント」と、今度は猪瀬がニヤニヤしながら持っていたカップケーキを澄川に渡した。

「は？　気持ち悪いな、こんなのいらない——って、おい！」

「何？　何て書いてあるの？」

奏太が覗き込むと、慌てた澄川が必死にケーキを手で覆って隠そうとする。だが僅かに遅く、ばっちり見えてしまった。『１００人斬り！』

「いやあ、『斬』って字が難しかったぜ。でも結構上手く書けてるだろ」

「……」

奏太は無言で澄川を見た。

「ちっ」澄川が焦って首を横に振る。「違うぞ！　こんなのこいつらの冗談に決まってるだろ。全然違うからな」

「……ふうん」

「おい、信じてないだろ。本当に違うって」

「知らないよ、先生の下半身事情なんて。俺、あっちを手伝ってくるから。みんな、澄川先生に案内してもらったらいいよ」

「ちょ、待って奏……た、高良くん」

「せっかくだから案内してもらおうよ。先生がいたら女子高生がわんさか寄ってくるかも」

「は？　勝手に回ってろよ。おい、引っ張るな。やめろって」

四人に連れられて、澄川は教室から出て行った。奏太は五人の姿が見えなくなったのを確認して、フンと鼻を鳴らす。

手元に残った兎丸作のカップケーキを見つめて、思いっきりかぶりついた。せっかく焼いたのにこんなイタズラするなよな。ムッとしながらデコペンで文字が書かれた部分をすべて頬張る。もごもごと口を動かしつつ、澄川が持っていたカップケーキの文字が脳裏を掠め、なぜだかよくわからないが無性に苛々した。

「さっき話してた人たちって、高良くんの知り合い？」

少し客足が引き、手があいた久住がラッピングコーナーにやって来た。

「ああ、はい。同じアパートに住んでいる人たちで」

「へえ、そうなんだ」久住が納得したように頷いた。「そっか。高良くんって、今一人暮らししてるんだっけ。高校の文化祭にまで来てくれるなんて、いい人たちだね」

何と答えていいのかわからず、奏太は曖昧《あいまい》に笑って誤魔化す。

「澄川先生とも話してたみたいだけど」

「あ、えっと、澄川先生が案内役を買って出てくれて。あの人たち迷子になりそうだから」

「そうなんだ？　先生もいい人だし、優しいよね。でもちょっと、最近の先生はイメージが違うなって思ってたんだけど」

ぎくりとした。

「……イメージ、違ってました？」

「うん。何だろう、もっとこう、一歩引いた感じで生徒を見守っているようなイメージだったんだけど、あんなふうに私たちと一緒になって手伝ってくれるとは思わなかったから」

思い出し笑いをする久住が、「いい先生だよね」と言った。その言葉に、なぜか奏太までもが嬉しくなる。

「まあ、そうですね」

「イメージが違うといえば、高良くんも今回の文化祭で相当イメージが変わったかな」

「え？」

久住がくすっと笑った。

「整っている顔立ちの印象もあるんだろうけど、もっと物事に対して冷めててクールな人だと思ってたんだよね。普段から割とテンションが低めでしょ？　だから、あんなふうに真剣に部のことを考えてくれていたなんて、正直びっくり。高良くんから何かをやろうって私たちに声をかけてくれるとは、たぶんみんな思ってなかったよ」

気恥ずかしいような、申し訳ないような気分だった。

「すみません。特に先輩は家庭教師をつけて本格的に受験勉強を始めた時だったのに。いつも遅くまで俺たちと一緒に残ってくれて嬉しかったです」

「ううん」と、久住がかぶりを振る。

「お礼を言いたいのはこっちだよ。嬉しかった。みんな高良くんに感謝してるんだよ。せっかくの文化祭だしね。過去の二回とも料理部としての思い出はあんまりなくて、だから、今年はこのメンバーで何かできてよかった。すごく楽しかったよ。ありがとう」

世話になった先輩からの言葉にぐっときた。ちょっとだけ泣きそうになって、慌てて込み上げてくる感情を抑え込む。

「こっちこそ、楽しかったです。でもまだ、文化祭は終わってないですけど」

「あ、本当だ」久住が笑う。「何か今、もうこれで卒業しちゃうみたいな感じだったね」

「先輩。俺、絶対に料理部がなくならないように頑張りますから」

一瞬、彼女が驚いたように目を瞠った。

「うん、任せた。それにしても、高良くんも澄川先生も、案外熱い男だったんだねえ」

おかしそうに笑う久住を前に、奏太は思わず押し黙る。無性に恥ずかしかった。

澄川の熱血ぶりと一括《ひとくく》りにされるとは心外だ。しかし文化祭までの一ヶ月間、夢中で駆け抜けた自覚はあった。思えば、こんなに何か一つのことに熱中して過ごしたのは初めてかもしれない。久住に言われた通り、これまでの自分は積極性に欠けていて、何事に対しても熱量が小さい冷めた人間だったと思う。

そんなに変わっただろうか。

でも思い当たることは多い。だとしたら、間違いなく澄川の影響だ。

――いい先生だよね。

久住の声が脳裏に蘇る。途端になぜか激しい動悸がして、奏太は咄嗟に胸元を押さえた。

何だ、これ。カアッと頬まで熱くなり、焦って必死に手団扇《てうちわ》で風を送る。

「暑い？　窓を開けようか」

「……すみません」

気を使ってくれる久住に申し訳なく思いながらも、なかなか頬の熱が引いてくれなくて困った。

もうだいぶ落ち着いてきたから、高良くんも休憩して校内を回ってきていいよ。

田所に言われて、奏太はエプロンを外して教室を出る。

この階の教室は他にも運動部や文化部主催の模擬店に使用されているため、廊下は混雑していた。一旦校舎を出て、中庭の様子を窺う。こちらは屋台がずらりと並んでいるので、人込みの中を歩くのも一苦労だ。

香ばしい匂いが漂ってきて、腹が減ったなと思う。そういえば昼食もまだだ。松永や柳井はどうしているのだろう。二人してカップケーキを買いに来てくれたのは午前中だった。それから随分時間が経っているし、柳井のクラスの出し物はお化け屋敷だったから、もしかしたらそっちで忙しいかもしれない。松永は誰かと一緒に回っているのだろうか。

人込みを抜けて、校舎に入る。別世界に来たかのように喧騒が消えて静かになる。松永に電話をしてみようかなと思った時だった。

背後からいきなりぐっと口元を手で覆われた。

「――！」

驚いて咄嗟に腕を振り回そうとした寸前、「待て落ち着け、俺だ」と、耳元で慌てたように誰かが言った。

声はよく知っているもので、奏太は一気に脱力する。

「まったく、乱暴なヤツだな。また俺の鳩尾に肘鉄を食らわそうとしただろ」

口を塞いでいた手を外しながら、背後の人物がブツブツと呟いた。乱暴なのはどっちだ。奏太はキッと目を吊《つ》り上げて振り返り、相手を睨み付けた。

「……何するんだよ。誘拐犯みたいな真似して」

澄川が不本意そうに顔を歪めた。

「まだこの辺をあいつらがうろついているかもしれないだろ。もう本当に勘弁してくれよ。調味料コンビはいいが、獣コンビは最悪だな。あいつらと一緒にいたら、俺はもう明日から学校に来られなくなる」

「兎丸さんと猪瀬さんに何かされたの？」

「……聞かないでくれ」

本当に疲れきったように言うので、奏太はそれ以上を訊くのはやめておいた。

「料理部の方は一段落ついたのか」

「うん。カップケーキも残り少ないし。今、順番に休憩を取っているところ」

「そうか。それじゃ、行くか」

「行くって、どこへ」

「三階あたりの空き教室。腹減っただろ。俺も腹ペコだ」

持っていたビニール袋を掲げてみせる。いい匂いがすると思ったら、澄川だったのか。

「何で三階?」

「一階にいたら見つかるかもしれないだろ。どこから獣たちが俺の財布を狙っているかわからないからな。まったく、散々人を脅してたかりやがって」

階段を上る澄川の後を追いかける。ここの校舎は文化部の展示がメインなのか、人は疎《まば》らだ。三階まで来るとシンと静まり返っていた。

「おっ、ここが空いてるぞ」

澄川が引き戸を開けて、さっさと入っていく。どこからか女子の甲高い笑い声が聞こえてきた。別の教室に誰かがいるのだろう。

部屋に入ると、さっそく澄川が窓辺の席に座った。「お前はそっち」と言われて、前の席の椅子を引っ張り出して机を挟んで向かい合う。こういう体勢はよく後ろの席の松永相手にしているけれど、澄川がそこにいるというのは変な感じだった。

「やっぱり、こういう机に大人が座ってると違和感あるよね」

「そうか?」澄川が袋をあさりながら言った。「俺は懐かしい。高二の文化祭の時期って、俺は確かここらへんの席だったんだよ。学校は全然違うけどな。窓側の列の後ろって競争率高かったよなあ。ま、くじ引きだったからその時の運なんだけど」

「自分がどこに座ってたかなんて覚えてるの」

「んー、大抵忘れたけど、この席はよく覚えてるな。当時の教室もちょうど三階で、高さもこんな感じだった」

澄川が窓の外を眺めて、遠い目をする。

「……ここからよく好きな子を眺めてたとか?」

何とはなしに訊いてみると、澄川が目をぱちくりとさせた。

「涼しそうな顔して、お前の脳ミソは本当に少女漫画みたいだな」

途端に奏太はカアッと頬を熱くする。

「何でだよ。別に、先生だって高校生の頃は一応まともだったんだろうし、そういうことがあっても不思議じゃないかなって思っただけじゃん。思い出深い席なのかなって……何か先生、急にたそがれてるし」

「今でも十分まともですぅ。覚えてたのは、たまたま仲のいいヤツが固まってた席順だったからだよ。ちょうど文化祭の準備で盛り上がって、遅くまでこの席で作業してたなって、思い出したんだ。心配しなくても、そんなお前が好きそうな胸キュンエピソードはないから」

「な、何で俺が心配するんだよ。早くそれ、袋から出してよ。おなかすいた」

「はいはい」と、澄川が笑いを堪《こら》えながら発泡スチロールの容器を取り出した。「焼きソバとお好み焼きとフランクフルト、あとタコ焼き。ちゃんと焼けてるといいけどなあ。お好み焼きなんて特に、火力を間違えて中が生焼けだったりするし」

澄川が箸を持ち、お好み焼きを真ん中から半分に割って確かめている。「おっ、ちゃんと焼けてる」

「これ全部一人で食べるつもりだったの？」

焼きソバとお好み焼きを半分ずつ容器に入れ替えて、澄川が奏太に渡してきた。

「歩いてたら、いろんな屋台から生徒たちが買って買ってって、呼び止めてくるんだよ。無視するわけにいかないだろ。ちょうどお前が来てよかった。そろそろ料理部の方も落ち着く頃だろうし、連れ出しに行こうかと思ってたんだよ」

「……そうだったんだ」

松永と連絡を取る前でよかった。箸を割りながら、ふとそんなことを考えてしまった。

フランクフルトが二本、お茶のペットボトルも二本。本当に、奏太と一緒に食べるつもりだったのだ。

「いただきます」

「しっかり食えよ。お前、朝からずっと動きっぱなしだっただろ」

「うん。あ、おいしい」

「結構いろんな店が出てたな。定番からちょっと変わったものまで。まだメイド喫茶ってやってるところがあるんだな。俺たちの頃もあったぞ。まあ、活気づいていて何より」

「そういえば、天文部がプラネタリウムやってたのに。もう上映時間を過ぎたっぽい」

「ここの学校に天文部なんてあったのか。テニス部の女子が星のクッキーを売ってたぞ。あの四人が鼻の下を伸ばして食ってたけど」

「猪瀬さんたち、どこをほっつき歩いているのかな。不審者で通報されてなきゃいいけど」

模擬店の話題を中心に、澄川と話しながらせっせと箸を動かす。空腹を思い出したみたいにどんどん胃に詰め込んだ。あっという間に容器が空になる。

「そういえば、さっき久住先輩にお礼を言われたんだ」

「お礼？」

「文化祭、楽しかったって。高校最後の文化祭で、このメンバーで何かできてよかったって言われた」

「そうか」澄川がペットボトルに口をつけながら、嬉しそうに頷いた。「実際、本当に楽しかったからな。忙しかったけど、みんな生き生きしていたぞ。お前もいい顔してたし。俺も混ぜてもらって、久しぶりに学生時代に戻ったみたいな気分でワクワクさせてもらった」

「塾講師だったら、文化祭は経験できないもんね」

「そうなんだよ。こういうイベントは学校生活の醍醐味《だいごみ》だな。やっぱり青春ってのはこうじゃなきゃ、もったいないだろ。みんなが礼を言うのもわかる。お前があそこで言い出さなかったら、こんな充実した文化祭にならなかっただろうからな」

「でも、きっかけは俺じゃないよ」

フランクフルトの最後の一口を食べて、串を容器に置いた。「ん？」と、澄川が軽く目を瞠る。奏太は少し躊躇ったのち、言った。

「先生が、俺の背中を押してくれたから……そうじゃなきゃ、忙しくなることがわかってて、わざわざ一度決定したことを取り止《や》めてこっちにしましょうなんて、みんなに言えなかったと思う。先輩たちもびっくりしたって。普段の俺の性格からはあんな積極的に出るなんて誰も想像してなかったみたい。俺自身、こんなに夢中で何かをやったのって、初めてだと思う。すごく楽しかった。全部、先生のおかげだよ」

澄川を見つめて、一つ息を吸い込む。

「あ、ありがとう。先生」

やっと言えた。ずっと言わなきゃと溜め込んでいた言葉をようやく伝えられて、肩の荷が下りたような気分だった。驚いたのか澄川が急に黙り込んでしまったのが気になるが、奏太はさっと目を伏せて、照れ臭さを誤魔化すためにタコ焼きを爪楊枝で一個拾って頬張る。

「俺も、ありがとうだな」

「え？」

上目遣いに対面を見ると、澄川がじっと奏太を見つめていた。不本意ながらドキッとしてしまう。

「こういうの、ずっと夢だったんだよ。生徒と一緒になって夢中で何かを作り上げていくっていう現場に自分も居合わせたかった。奏太が叶《かな》えてくれたんだ。ありがとな」

「……先生も、楽しかった？」

「ああ。正直、昨日からずっと上手くいくかドキドキしてたんだけど、今日の料理部の大盛況振りを見てホッとした。あんなに盛り上がるとはなあ。評判よかったぞ。カップケーキを持った女の子たちが楽しそうに話しているのを聞いて、何だか俺まで嬉しくなってさ」

澄川のその飾り気のない言葉が何よりも胸に響いた。「そっか」奏太は呟いて、思わず頬を弛ませる。

「本当は、教師があまり口出しするようなことじゃないってわかってたんだが、お前がせっかく考えた案を無駄にしたくなくてな。鬱陶しがられるかもしれないって思ったけど、でも奏太にそんなふうに言ってもらえてよかった」

「うん。感謝してるよ」

頬杖をついた澄川が、面食らったように一瞬押し黙った。

「俺のやったことは単なるお節介だ。お前が自分の気持ちを正直にぶつけたから、みんなの心だって動いたんだよ。毎日遅くまでよく頑張ったな。お疲れさん」

机越しに手を伸ばし、労《いた》わるように奏太の頭を撫でる。いつもは子ども扱いするなとムッとなるのに、今日はなぜか嫌じゃなかった。それどころか素直に嬉しいと思う。

ちらっと上目遣いに窺うと、澄川と目が合った。形のいい唇の端を引き上げて、彼が微笑みかけてくる。奏太も照れ臭いが自然と口元が綻《ほころ》ぶ。

頭を撫でていた手がぴたりと動きを止めた。

「？」

ふっと笑みを引っ込めた澄川が、じっと奏太を見つめる。そうかと思うと、おもむろに親指の腹で奏太の下唇に触れてきた。

驚いて、思わず硬直する。少しひんやりとした指先の感触が、薄い敏感な唇をゆっくりと撫でた。ゾクッとして、胸が高鳴る。机を挟んだ二人の距離は変わらないのに、空気が一変したような気がした。心臓の音が鼓膜のすぐ内側で鳴っているみたいに、脳にまで激しく響き渡る。緊張して息も出来ない。澄川の様子も変だ。珍しく真面目な顔をして、じっと奏太を見つめてくる。目が逸らせず、無意識に喉が鳴った。澄川は、何でこんな――。

ふいに軽く下唇をつままれた。澄川がふっと顔を逸らす。

「……鰹節《かつおぶし》がついてた」

カツオブシ？

「――！」

奏太はハッと我に返って、慌てて手の甲で口元を覆った。瞬時にカアッと首筋から熱が上がってくる。

「拭わなくても、もうついてないから大丈夫だよ」

「あっ、俺」奏太はどうにもいたたまれず、急いで立ち上がった。「そ、そろそろ戻らなきゃ。接客、交代しないと。ゴミは俺が捨てるから」

「いや、いいよ。俺がやるから、そのままにしといて」

「う、うん。じゃあ、もう行くから。ごちそうさま」

「ああ、頑張れよ。後で俺も顔を出すから」

奏太は頷き、小走りで教室を出た。

ドアを閉め、すぐ横の壁にもたれかかるようにして廊下にしゃがみ込む。

「――び、びっくりした……」

まだ、心臓がドクドクと異常なほど高鳴っている。顔も熱い。きっと、鏡で見たら真っ赤になっているに違いない。澄川にばれなかっただろうか。

奏太は膝《ひざ》を抱えた手に額をくっつけて、詰めていた息を吐き出した。シンと静まり返った廊下に、自分の心臓の音だけが大きく響き渡る。苦しい。俯きながら、そうっと下唇に指を触れさせた。

……キス、されるかと思った。

何でそんなふうに考えたのだろう。キスなんて一度もしたことがないのに。しかも相手は澄川だ。男同士でキスも何もない。

「鰹節が付いてるなら、最初からそう言えばいいじゃん。人の口に、あんないやらしく触らなくても……ヘンタイ教師」

毒づき、奏太は乱暴に唇を擦《こす》りながら立ち上がる。火照った顔を冷やすように、階段を一気に駆け下りた。

■7■

文化祭の効果がさっそく表れた。

一年生の入部希望者が家政科室を訪ねてきたのだ。友人同士の女子二人。

彼女たちはデコケーキのお客さんだった。デコレーションやラッピングのやり方を丁寧に教えてくれた料理部員や、和気藹々《あいあい》とした部の雰囲気に惹《ひ》かれて自分たちも入部したいと言ってくれたのである。

「先生！」

奏太《そうた》は廊下を歩いていた澄川《すみかわ》を見つけて、駆け寄った。

「おう、どうした」

振り返った澄川が、少し驚いたみたいに言った。「珍しいな、そんなに走って」

呼吸を整える時間も惜しくて、奏太は息も切れ切れに伝える。

「先生、一年の女子が二人、料理部に入ってくれるって。さっき、家政科室に来てくれたんだよ。入部届けを渡して、もう帰っちゃったんだけど」

「本当か？」

「うん、これで一、二年が五人になった」

「よかったじゃないか！」

澄川が声を上げて、奏太の肩をパシンと叩く。興奮が伝わってくる。自分のことのように喜んでくれるのが嬉しい。

「これから、先輩たちにも報告してくる。木下《きのした》先輩は図書館にいるはずだから。久住《くずみ》先輩と田所《たどころ》先輩も、まだ教室にいるって」

部長を引き継いでまだ一週間ほどだ。

デコケーキの売り上げは予想以上だったけれど、レシピと一緒にラックに並べておいた部員募集のビラは、三分の一くらいしか減っていなかった。それでも二十人近くの人たちが興味を持ってくれたのだ。翌日にも誰かが訪ねてくるかもしれない。奏太は期待して、活動がない日も家政科室に入り浸っていたが、何の音沙汰《おとさた》もなく一週間が過ぎてしまった。せっかくのチャンスを活かせなかったと落ち込んでいた、その矢先のことである。

「それじゃあ、先生。明日、入部届けを受け取ったらすぐに持っていくから」

「おう、待ってる」

アパートでも顔を合わせるのに、変な約束だ。

「あ、奏太」

踵《きびす》を返しかけた時、澄川に呼び止められた。ひとけがないので大丈夫だとは思うが、校内で苗字《みょうじ》ではなく名前の方を呼ばれるのは珍しい。

「何？」

「お前さ」澄川が訊《き》いてくる。「今度の日曜は暇か？」

「日曜……」

ドキッとした。だがすぐに思い直す。奏太にとっては少々特別な日だけれど、それを澄川が知るはずもない。

「別に、特に何もないけど」

「よかった。だったら一緒に出かけないか」

「えっ！」

思わず腹から声が出てしまった。澄川がシッと人差し指を立てる。

「おい、あんまり大きな声を出すなよ。響くんだから」

「あ、ごめん。だって急に、先生が変なこと言うから」

「別に変じゃないだろ」

澄川が不本意そうに言って、気を取り直すみたいに一つ息をついた。

「プラネタリウムに行かないか。ほら、文化祭は忙しくて天文部がプラネタリウムをやってたのに見に行けなかったって言ってただろ。俺が前に住んでた場所の近くに海浜公園があって、そこにプラネタリウムがあるんだよ。暇なら行ってみないか」

思ってもみなかった誘いに、奏太は一瞬自分の耳を疑った。

「……いいの？」

半信半疑の戸惑う声に、澄川が苦笑する。

「何を遠慮してんだよ。それじゃ、決まりだな。猪瀬《いのせ》さんに車借りておくから」

「うん」奏太は大きく頷《うなず》く。「わかった。あ、今日は何が食べたい？」

「現金な奴だな。いつもはそんなこと訊かないくせに」

奏太の額をピンと人差し指で弾《はじ》き、澄川が笑って「親子丼」と答えた。

額を押さえながら、奏太は自分の足取りが随分と舞い上がっていることに気づく。日曜の約束が嬉しかった。何より、あんなちょっとした会話を覚えていてくれたことが嬉しい。しかし文化祭のあの時から、どうにも澄川のスキンシップには必要以上にドギマギしてしまう。何でもないことを過剰に意識してしまう自分に戸惑っていた。

「ねえねえ、澄川先生って彼女いるのかな」

別棟の図書館につながる渡り廊下を歩いていると、前方からやって来た三人組の女子とすれ違った。咄嗟《とっさ》に聞き耳を立てる。

「実は手作り弁当を食べてるところ、見ちゃったんだよね」

「えーウソでしょ、ショック」

「でもいない方が変か。澄川先生、カッコいいもん。どんな女なんだろ」

「やっぱり料理上手の美人じゃない？」

「料理かあ。私、リンゴの皮もまともに剝《む》けないんだけど」

それはさすがにヤバイでしょ、と笑い声が上がる。

奏太は一人で歩きながら、カアッと首筋が熱くなるのを感じていた。

――手作り弁当を食べてるところ、見ちゃったんだよね。

澄川の弁当を毎朝作っているのは、他でもない奏太だ。頰《ほお》が火照りだし、急に恥ずかしくなる。どうせ自分の分を作るついでだから手間とは思わないけれど、そんな勘違いをされているとは考えてもみなかった。澄川はこのことに気づいているのだろうか。

あの弁当を男子高校生が作っていると知ったら、彼女たちはどんな反応をするのだろう。

奏太と澄川の名誉のためにも周囲にバレるのは避けたい。そう思いつつも、二人だけの秘密に、なぜか今までに感じたことのない優越感を覚えてしまう自分がいる。


自分の誕生日と日曜が重なることが、一生のうちに何度あるのだろう。

奏太の場合、その貴重な数回のうちの一回がちょうど今年だった。

アパートの住人たちにも話したことはないし、もちろん三ヶ月前に初めて会った澄川との間では会話に上ったことすらない。澄川がプラネタリウムに誘ってくれた日が、たまたま奏太の誕生日だっただけのこと。

そういう偶然は、ちょっとだけドキドキする。

奏太は仕度を済ませ、火の元のチェックをしてから部屋を出た。

鍵をかけていると、カツンと足元に何かが落ちる。見るとキーホルダーの小さなマスコットだった。

「うわ、壊れた」

何かの景品で貰《もら》った物だったが、何の前兆もなくいきなり壊れるとちょっとへこむ。コンクリートの上に転がったそれを拾おうとしゃがんだところに、「奏太く～ん」と、背後から声がかかった。

振り返ると、なぜかあずまやに『マルニ』と『マルサン』の四人が集合していた。

「どうしたの？　今日は日曜なのに」

まだ九時過ぎである。大体いつも休日は昼まで寝ていることが多いのに。

「日曜だからだよ。今日は大事な日なんだ」

猪瀬が神妙な面持ちで言った。「今日のメインは荒れそうな気がする」

手に握り締めている物が競馬新聞だと判明すると、奏太は途端に冷めた目になる。

兎丸《とまる》がペンをくるくると回しながら冗談めかして言った。

「奏太くんも一緒に動物園に行く？　馬しかいないけど」

「行かない。用があるから」

「またスーパーに買い物か？」と、猪瀬がニヤニヤと訊いてくる。

「違う！　……今日はちょっと遠出」

「まさか」と、なぜか兎丸が口元に手を当てて立ち上がった。「奏太くん、とうとう彼女ができたんじゃ」

「マジで⁉」と、動揺する佐藤《さとう》と塩田《しおた》。

「おいおい、デートだったのか。よし、今夜は宴だな」「お赤飯炊かなきゃ」「奏太くん。まさか、今夜は帰ってこないつもりじゃ」「とうとう我々を置いて奏太くんも卒業か……」

「何の話だよ！　勝手に妄想しないでくれる？　全然そういうのじゃないから」

ムキになって否定すると、大人四人は競馬新聞でテーブルを叩きながらゲラゲラと笑っていた。揶揄《からか》われていると分かっていても、ついつい乗ってしまう自分が腹立たしい。

「でも、最近の奏太くん、ちょっと変わったよね」

「え？」

「前と比べて、顔に表情がよく出るようになった。それに何だか、毎日楽しそうだし」

兎丸が意味深に微笑《ほほえ》んで、じっと奏太を見つめてくる。わけもわからずぎくりとした。

「冗談じゃなく、本当に好きなコができたんじゃないの？」

「……ち」奏太は慌ててかぶりを振った。「違うよ！　そんなわけないじゃん」

「あー！　顔が赤くなった」「やっぱり今日はデートだな」「腹立たしいが、運を持ってるかもしれない。奏太くん、一から十六の中で好きな数字を言ってみて」「そっち系で縁起のいい名前の馬がいなかったっけ」「儲《もう》かったら、デート代を寄付してやろう」

「もう、違うって言ってるだろ！」

「朝から何をそんなに叫んでるんだよ」

ふいに背後で声がして、奏太はハッと振り返った。

澄川が怪訝《けげん》そうな顔をして立っていた。いつもは軽く撫《な》で付けている前髪を下ろして、黒のジャケットにすっきりとしたシルエットのジーンズを合わせている。ふわっと軽いライトグレーのストールが全体的に落ち着きすぎず、カジュアルな雰囲気に見せていた。カーディガンとチノパン姿の高校生の奏太と並んでも、そこまで違和感がない。無造作なヘアスタイルはいつもより少し若く見え、服装も学校仕様のスーツや着古したジャージと違って、一瞬ドキッとした。

「奏太、もう準備はいいのか？」

「あ、うん」

「それじゃ、行くか。猪瀬さん、車を借りるよ」

「おう、行ってらっしゃい。お二人さん」

「え」奏太はぎょっとして四人に視線を戻した。「みんな、俺と先生が出かけるって知ってて揶揄ったの？」

兎丸がテヘと笑う。「ごめんごめん。だって、奏太くんが面白いんだもん。しかも、満更でもないような反応するし」

「してない！」

「何の話だ？」と澄川が不思議そうに訊いてくるので、奏太は慌てて「な、何でもない。早く行こう、先生」と促した。「行ってらっしゃーい」と、暇人たちに見送られる。

澄川が運転する車に乗るのは二度目だ。文化祭の買い出しは女子四人が行ったので、奏太と木下は留守番だった。前回の棚が壊れた時から二ヶ月近く経《た》っている。

安全運転で車は進む。

助手席に座っていると、どうしても母親の運転を思い出してしまう。彼女の運転は荒い。保育園に通っていた頃は、毎朝青褪《あおざ》めて登園したものだ。そのまま急いで会社に向かう母の暴走車を眺めながら、事故を起こしませんようにと願っていた。しかしよくもまあ、これまで何事もなく無事だったものだと思う。神様に感謝しなくてはいけない。

それに比べたら、澄川の隣は天国だ。

急ブレーキも踏まないし、時計とにらめっこをしながら他の車に文句をつけない。保育園に寄って息子を預けてから出勤しなくてはいけなかった母と今の澄川では、状況が違うので比べては悪いのだけれど、懐かしい思い出が呼び起こされて少し嬉しかった。母は元気にしているだろうか。むこうはまだ昨日の夕方だから、慌ただしく働いているに違いない。先日電話で話した時は、忙しくてなかなか休みが取れないと言っていた。しかし充実しているらしい彼女の声はとても楽しそうだった。

三十分ほど走り、海浜公園に到着すると、駐車場に車を止めて少し歩いた。

いい天気なので散歩やジョギングをしている人たちがたくさんいる。家族連れやカップルの姿も目立つ。去年、駅の周辺に大型のショッピングモールが出来たそうで、この辺りにも若者が増えたのだと澄川が教えてくれた。それ以前はもっとのんびりした町だったらしい。

そういえば、学校でも誰かがそんな話をしていたような気がする。

「先生は、この近くに住んでたの？」

「駅のむこう側。古い住宅地にあった下宿に世話になってたんだけど、そこら一帯に駅前の再開発で立ち退《の》きの話が出ててさ。大家のばあちゃんはもう年だし、一足先に下宿を畳んで息子夫婦の家で世話になることに決めたんだよ。春先に話を聞いて、俺が一番最後まで残ってたからな。九月から高校で採用されることが決まって、バタバタしてたんだけど、ばあちゃんがぎりぎりまでいてもいいって言ってくれてさ。俺が出た後、すぐにばあちゃんも引っ越したんだ。だからもう、あそこには誰もいない」

「……そう、だったんだ」

「まだみんなが残ってたら、お前も連れて行ってやりたかったんだけどな。たぶん、ばあちゃんと奏太は気が合うと思うぞ。あと、あそこに住んでた連中には……オモチャにされるかもなあ。獣コンビみたいなのがいたし」

「大家のおばあちゃんには会いたいけど、先生の同類にはあまり会いたくないかも」

「おい、同類って言うな」

プラネタリウムは博物館内にあった。

薄緑色の建物は二年前に改装工事をしたばかりで新しい。座席数も増えて広くなったプラネタリウムでは、現在、秋と冬の星座を上映していた。

時間的にもちょうどよく、チケットを購入した澄川の後についてホールに入る。

「先生、自分のチケット代くらい払うよ」

「高校生に払わせられるか」

「俺の前でまでカッコつける必要ないだろ」

鞄《かばん》から財布を出そうとしたら、澄川に止められた。

「いつもお前には甘えさせてもらっているんだから、たまに出かけた時くらい黙って奢《おご》られとけよ。奏太の前でもカッコつけさせろ」

手を摑《つか》まれて、耳打ちされる。低く囁《ささや》く声に、なぜだか心臓がドキッと撥《は》ね上がった。

「……あ、ありがとう」

澄川が少し面食らったような顔をして、気分が良さそうに微笑んだ。

席につき、間もなくして照明が落ちてドームに星空が映し出される。記憶にある、幼い頃に叔父《おじ》に連れて行ってもらった文化センターのプラネタリウムとは、映像のクオリティが桁《けた》違いだった。本当に星が降ってくるような錯覚を起こしそうだ。星座や神話の解説を聴きながら、移り変わる星空を熱心に眺める。

四十分間の上映が終了し、ホール内がざわつき始めた。

「どうした？　ぼーっとして」

余韻に浸っていた奏太に、澄川が怪訝そうに話しかけてくる。

「……うん、綺麗《きれい》だったなと思って」

ほうと息をつくと、澄川が小さく笑った。

「満足したか」

「うん。連れてきてくれてありがとう」

一瞬の間があって、澄川が奏太の頭にポンと手のひらをのせる。

「何だよ、今日はやけに素直だな」

軽く押さえつけるようにして、澄川が立ち上がった。ポンポンとしてから手が離れる。また子ども扱いして――上目遣いに睨《にら》み、奏太も腰を上げた。

ホールを出て、グッズ売り場を見て回る。

銀色の小さな星が連なったキーホルダーを見つけて、奏太は思わず足を止めた。何気なく手を伸ばし、クルクルと回るキーホルダーやストラップがたくさんぶらさがっているポールから三連星のそれを一つ外す。

「そういうの、お前は好きそうだよな」

顔の横で声が聞こえてぎょっとした。背後から奏太の肩越しに覗《のぞ》き込むようにして、澄川の顔がある。思わず息を飲《の》んだ。距離が近い——焦ってキーホルダーをぎゅっと握り締め、慌てて一歩横移動する。

「ア、アパートの鍵に付けていたヤツが壊れたから、代わりの物が欲しいなって思っただけだよ。……何だよ、また少女趣味とかって揶揄うんだろ」

「いや」澄川がおかしそうに笑いながら言った。「別にそんなふうには思ってねェよ。どうせなら俺も買おうかな。鍵がよく鞄の中で迷子になるし」

「え、先生も買うの？」

「いいだろ、別に。せっかく星を見に来たんだし、記念に」

そう言うと、澄川は同じ物をもう一つポールから取り外した。奏太の手から勝手にキーホルダーを奪って、さっさとレジに持って行ってしまう。

「ほら。お前の分」

買ったばかりのそれをビニール袋から取り出して、奏太に渡してきた。

「ありがとう。あ、お金」

「だからいいって」

「……ありがとう。大事にする」

よほど嬉しそうな顔をしていたのか、澄川に「安上がりなヤツ」と笑われてしまった。別に構わない。勝手に誕生日プレゼントを貰ったみたいな気になって密《ひそ》かに舞い上がる。

もう間もなく次の上映が始まるようで、館内アナウンスが流れた。

改めて周囲を見ると、親子連れと同じぐらいカップル率が高い。ここはデートスポットなのかと初めて気づく。かと思えば、女子高生らしい集団が甲高い声で笑いながらホールに入って行った。

「先生と一緒のところを同じ学校の女子に見られたら大変だよね。明日、俺が質問攻めにあいそう」

ぼそっと呟《つぶや》くと、澄川が冗談めかして「モテる男は辛いよなあ」と自慢する。奏太は半ば呆《あき》れながら、「そういえば」と思い出した。

「先生が弁当を食べてるところ、女子に見られてるよ。弁当を作ってくれる彼女がいるんじゃないかって騒がれてた」

澄川が大笑いした。

「だったら、俺の恋人はお前だな」

「――は？」

奏太は思わず澄川を凝視する。

「だって、そうだろ。俺に弁当作ってくれるのはお前なんだし。奏太の手料理に慣れると、彼女探しのハードルが上がるな。何せ俺の胃袋はお前にがっちり摑まれてるわけだし」

「……俺より料理が上手《うま》い女の人なんか、山ほどいるよ」

「上手いとかそういうんじゃないんだよなあ」

澄川がぼやく。ただ彼は、奏太の味覚と自分の味覚が似ていると言いたかったのだろう。他意などまったくなく、だからそれを変に捩《ね》じ曲げて解釈する方がおかしいのだ。

なぜかまた高鳴り出した胸元を無意識に押さえる。最近、こういう意味不明な動悸《どうき》が多すぎる。しかも澄川と一緒にいる時ばかり。一体、どうしてしまったのだろう。

「ところで」と、澄川が会話の流れを取り戻すように、いつもの口調で言った。

「お前はどうなんだ?」

「えっ」奏太は咄嗟に声を撥ね上げる。「ど、どうって、何が?」

「だから、お前はその、好きな子ができたのか」

予想外のことを問われて、奏太はぎくりとした。早鐘を撞《つ》くみたいに心臓が鳴り響き、一瞬、頭の中が真っ白になる。どうしてそんなふうになったのか自分でもよくわからない。

澄川がバツの悪そうな顔をして続けた。

「いや、アパートを出る前にそんなようなことをみんなと話してただろ」

「……アパート? ああ、何だ。あっちか」

奏太の吐息混じりの呟きは、澄川には聞こえていないようだった。『あっち』って、どういう意味だろう。思わず口を衝いて出た言葉に内心で自問する。わけがわからない。心の動揺を誤魔化《ごまか》すように、早口で答えた。

「あんなの、兎丸さんたちのいつもの悪ふざけだよ。あの人たちは何でもすぐ下ネタに結び付けるんだから」

「ああ……まあ、確かに」

澄川もたった三ヶ月ほどの付き合いだが、彼らの性格はよくわかっているようだった。

「せ、先生こそ、彼女を作らないの？」

訊《たず》ねると、澄川が僅《わず》かに目を瞠《みは》った。

「だって俺には奏太がいるし」

「……っ、だから、そういう冗談はもういいって」

くっくとおかしげに笑う澄川を睨み付ける。男同士でこんな不毛なやり取りは、冗談以外の何ものでもない。それなのに、不覚にもドキドキしてしまう自分は、やはりどこかおかしいのではないか。

「先生はさ、いつもみたいに猫被《かぶ》ってれば女の人がむこうから寄って来るんだし」

「えー、猫を被らなきゃいけない相手を恋人にしたらストレスが溜《た》まるだけだろ」

「だったら被らなきゃいいじゃん」

「だったら奏太でいいじゃん」

「もう！」

苛立《いらだ》った声を上げると、澄川はケラケラと笑っていた。

館内にもカフェはあったが、どうせなら駅前でランチをしようという話になり、建物を出る前に奏太はトイレに行った。

用を足して戻ると、先ほどいた場所に澄川の姿が見当たらない。

きょろきょろと探していると、隣の柱の傍《そば》にそれらしき後ろ姿を見つける。

澄川は綺麗なお姉さん二人をナンパしていた。

「……何やってんだよ」

ムカッとして、奏太は急いで三人に歩み寄る。しかし近付くにつれて、彼女たちの表情や会話が確認できるようになると、自分が思っていたのとは違って戸惑う。

「お一人ですか？」

「もしよかったら、これから私たちランチに行くんですけど、ご一緒しません？」

どうやら、ナンパされているのは澄川の方らしい。大学生風の若くてお洒落《しゃれ》な彼女たちはどちらも細い生足を惜しげもなく晒《さら》し、胸も大きい。男なら誰もがフラッとついて行ってしまいそうな二人組だ。

しかし、澄川はにっこりと余所《よそ》行きの顔で微笑んでみせた。

「連れがいるから、ごめんね」

二人が揃《そろ》ってポッと頬を染める。奏太は呆れた。そこで笑顔を振りまく意味がわからない。案の定、断ったにもかかわらず彼女たちが立ち去る気配はない。まだ食い下がるつもりだろうか。

奏太は慌てて駆け寄る。「先生！」三人の間に割って入った。

女性二人がきょとんとした顔で奏太を見てきた。

「え、もしかして連れってこの子のこと？」

「カワイイ！　高校生？」

はしゃぎだす彼女たちに、奏太は戸惑う。

「先生って、学校の？　えー、教師なんですか」

「もしよかったら、こっちも二人ですし、四人でこれからどこか行きましょうよ。ね、キミはどこ行きたい？」

お姉さんたちに訊かれて、奏太は気圧《けお》されるようにして一歩後退《あとずさ》った。ぐっと横から肩を抱き寄せられたのは、その時だ。

「どこにも行かない」

低い声が言った。

「悪いけど、俺たちは二人で行くところがあるから。邪魔しないでね」

最後はにっこりと微笑んで、澄川が「行くぞ」と、奏太の肩を抱いたままさっさと歩き出す。「え、あ……っ」奏太は半ば引きずられるようにして歩きながら首だけ振り返ると、ぽかんとした二人が呆気《あっけ》にとられたみたいに立ち尽くしていた。

「せ、先生、いいの？　まだこっち見てるよ、あの人たち」

「いいに決まってるだろ。目を合わせるな、放っておけ。まさか、お前にまで色目使ってくるとはな」

チッと、澄川が珍しく舌打ちなんてものをしてみせる。彼女たちの言動が気に入らなかったようで、不愉快を露《あら》わにしていた。乗り込んだはいいものの、女性の気迫に怖気《おじけ》づいてしまった奏太は複雑な心境だった。あの場から連れ出してくれた澄川に、急に大人の男らしさを覚える。守られていると強く感じてしまった。また心臓がざわつき始める。

「……最初、先生があの女の人たちをナンパしてるのかと思った」

「はあ？」と、澄川が眉根《まゆね》を寄せた。「何でだよ」

「だって、最初にいたはずの場所からいつの間にか移動してるし。かわいい女の子を見つけてフラフラ寄って行ったのかと思った」

「お前、俺を何だと思ってるんだ。そんなわけないだろ。これを見てたんだよ」

そう言って、奏太に渡してきたのはプラネタリウムのパンフレットだった。

「星座の他にもオーロラとか流星群とかの回もあるらしいぞ」

「え、そうなの？」

歩きながらパンフレットを開いた途端、ぐっと澄川に肩を抱き寄せられた。ドキッと背筋を伸ばして顔を上げたと同時に、前から歩いて来た男性と擦れ違う。ぶつかるところだったのだ。肩に回っていた澄川の手がさりげなく外された。

「下向きながら歩くなよ。危ないだろ」

「う、うん」

慌ててパンフレットを畳む。心臓がドキドキとうるさい。

「今度は別の回を観に行くか」

「え、いいの？」

思わず訊き返すと、澄川が少し呆れたように言った。

「お前、いっつもそうやって訊くよな。いいから誘ってるんだろ」

余所行きじゃないとはっきりわかる顔で微笑まれて、奏太の胸が一際高く鳴り響いた。

松永《まつなが》たちとなら入るのを躊躇《ためら》うような洒落たカフェでランチをとり、せっかくだからとショッピングモールの中を歩いて回った。

日曜だからか、とにかく人が多かった。歩くのも一苦労で、人の頭しか見えない。何をしに来ているのかわからなくなる。

澄川が校内で履くスリッパが早くも潰《つぶ》れたと言うので、シューズ店を探して中に入った。どんな歩き方をしたら三ヶ月で履き潰すのかと不思議だったが、体育倉庫の用具の整理を手伝っていて何かの出っ張りに引っ掛けたらしい。底が外れたのだそうだ。

レディースのコーナーは客がたくさんいたが、メンズの方は比較的空《す》いていた。どれがいいか奏太の意見も訊きながら、三足ほど試しに履いてみて、一つに絞る。案外すぐに決まったので、目当てではないブーツやスニーカーを眺めながら、これは履きやすそうとか、こんな個性的な靴はどんなヤツが履くんだろうとか、澄川とあれこれ喋《しゃべ》りながら店内を見て回るのも楽しかった。

いくつか目についた店に出入りし、休憩してお茶までご馳走《ちそう》になる。それぞれ別のケーキを注文し、「今後の部活のために、いろいろ味見してみないとな」と言い出した澄川と半分ずつ分け合って食べた。どちらも美味《おい》しかったが、澄川は一個五百円もするケーキを食べながら、「俺は文化祭のカップケーキの方が好みだ」と言う。

「先生の舌は庶民派だね。あのカップケーキ、原価は何十円とかだよ」

「俺は素朴な味が好きなの。ああでもあれは、お前たちが一生懸命作っている過程も含めての味だったのかもな。店に求めても無理か」

カフェを出ると、今度はゲームセンターで遊んだ。意外な事にそれぞれのゲーム機をやり慣れていて、奏太は惨敗だった。悔しくて何度か再戦を挑むが、なかなか勝てない。唯一勝てたのがクレーンゲームだった。ちょうどいい位置にあったカメのぬいぐるみを狙《ねら》って、見事釣り上げる。澄川が数度挑戦して全部そっぽを向かれた、つぶらな瞳《ひとみ》をしたカメだ。

「やった！　はい、先生」

「？　何だよ」

「あげるよ。さっきのキーホルダーのお返し」

一瞬きょとんとした澄川が、ふっと笑って手のひら大のカメを受け取った。

「どうせなら、あっちのライオン取ってくれよ」

「無理だよ、あんなデカイの。それにあんまりかわいくないじゃん」

「んー、確かに顔がリアルだな。けど、このカメは鈍臭そうじゃないか？　お前みたい」

「どういう意味だよ」

ムッとすると、澄川はケラケラ笑いながら、「かわいいってことだよ」と言った。

夢中で遊んで、気がつけばもう五時を回っていた。

「ゲーセンで遊びすぎたな」

「だね。外、もう暗くなってきたし。先生がなかなか負けを認めないから」

「それはお前だろうが。もう一回、あともう一回って、結局全敗だったよなあ。もっと練習してから戦いを挑んで来い。いつでも相手になってやるぞ」

勝ち誇る澄川と言い合いながら、駐車場に向かった。帰り道は少し混《こ》んでいた。行きの倍の時間をかけて、ようやくアパートに戻ってくる。

もうとっぷりと日は暮れていた。【なずな荘】の駐車場に車を止めて外に出ると、何やら声が聞こえてくる。表からは見えないが、どうやら中庭に誰かいるらしい。

「またあずまやで飲んでるのかな」

奏太は呆れる。澄川は声も出さずに笑っている。

「今朝、みんなで集まって競馬の予想してたし。儲けたのかな……」

言いながら、同じ造りの『マルイチ』と『マルニ』の間の通路を抜けて中庭が見えた次の瞬間、

「誕生日おめでとう！」

パンパンパーン、と発火音が鳴り響いた。

びっくりして目が点になる奏太に、待ち構えていた四人が揃ってニヤリと笑う。手にはクラッカー。

「今日、奏太くんの誕生日でしょ」

兎丸に言われて、ぽかんとしていた奏太はハッと我に返った。

「……え？　知ってたの」

「ごめん。実は、知ったのって最近なんだよね。澄川さんに教えてもらってさ」

咄嗟に振り返ると、目の合った澄川はバツが悪そうな顔をして困ったように笑う。

「生徒資料を確認していた時に、偶然目に入ったんだよ。まったく、誕生日なら黙ってないでそう言えばいいものを」

ぽんと頭を軽く叩かれる。奏太はひどく戸惑った。こういう状況にあまり慣れていないから、どういう顔をしていいのかわからない。

「ほら、チキン。奏太くん好きでしょ。いちごのケーキもあるし」

「奏太くん用にシャンメリーも買ってきたから」

佐藤と塩田に連れられて、あずまやに辿《たど》り着く。猪瀬がシャンパンの栓《せん》をポンッと開けた。五つのグラスに注ぎ分け、奏太のグラスにはアルコールの入っていないシャンメリー。こんな華奢《きゃしゃ》で洒落たグラスがこのアパートにもあったのか。「おめでとう」と、猪瀬に手渡されたそれを不思議な気持ちで受け取る。とろりとした淡い黄金色の底から小さな気泡がシュワシュワと上ってゆく様子を、まるで夢の中にいるような心地で見つめた。

「よし。それじゃ、改めて奏太くんの誕生日を祝って、乾杯！」

乾杯！　チン、とグラスが軽やかな音を鳴らした。

いつも奏太のコップにはお茶が入っているので、みんなと同じ色の飲み物を口にするのは変に緊張した。一瞬、悪ふざけが大好きな大人たちに騙《だま》されているのではないかと疑ってしまう。恐る恐る舐《な》めたそれは、ただの甘い炭酸ジュースだった。みんなから口々に「おめでとう」と声をかけられる。

「……ありがとう」

照れ臭い。自分の誕生日をこんなふうに大勢に祝ってもらうのは初めてのことだった。

奏太が子どもの頃は、誕生日といえば母と一緒にファミレスで食事をするのが楽しみだった。それも彼女の仕事の都合で後回しになることも少なくなかったし、小学校の中学年あたりになると、奏太の方から仕事を優先してほしいと母に伝えた気がする。だが確か、それはすぐに母によって却下されたのだ。彼女の意地だったのか、その年からファミレスがちょっといいレストランに変更になった。それが中学三年の誕生日まで続いた。

友人同士ならメールを送りあったりするくらいだ。松永と柳井《やない》からは今朝メールをもらった。ありがとうと返信して、今年の誕生日も終わるはずだった。たまたま澄川と出かけて、それが思った以上に楽しかったなと満足した矢先のことだ。

——誕生日おめでとう！

脳裏にクラッカーの発火音と一緒にみんなの声が蘇《よみがえ》る。時間差でじわじわと胸が熱くなり始めた。シュワッと喉元《のどもと》で爽やかな炭酸が弾けて、嬉しさが込み上げてくる。

「さあて、じゃんじゃん飲んで食うぞ！　今夜はめでたいお祝いだからな」

猪瀬がさっそくチキンの箱を開けた。テーブルには他にもパスタやピザが並んで、何気なく奏太の好物が揃えてある。ああ、と思った。いつも適当に飲み食いしているようで、奏太の好みをちゃんと把握してくれていたのだな。澄川が皿にカルボナーラを盛り付けて、渡してくれた。うずらの卵と赤いウインナーのフライが二つ添えてある。

「奏太、これ好きだろ」

澄川に笑顔で言われて、ドキッと胸が震えた。自分はそんなことまで彼に話したのだろうか。記憶がない。この中では一番短い付き合いのはずなのに、澄川が奏太の好みを知っていてくれたことが、自分でも驚くほど嬉しかった。隣に澄川が腰掛ける。何でだろう。今日は一日中一緒にいて、散々話もしたはずなのに、急に緊張してきた。ドキドキして、大好きなうずらの卵もなかなか喉を通らない。

「奏太くん。これ、俺たちからのプレゼント」

ハッと顔を上げると、兎丸が大きな箱を抱えて立っていた。

「え?」

「ちょっと、ごめん。重いから一旦《いったん》ここに置くよ」と、奏太の横にそれを下ろす。赤いリボンがかかった段ボール。側面に書かれた商品名を読んで、目を丸くする。

「――オーブンレンジ?」

「そう」と、兎丸が頷いた。「ほら、今使ってるヤツのオーブン機能が調子悪いって、言ってたでしょ。これを使って、思う存分美味しい料理を作って下さいな」

兎丸が冗談めかして、箱をポンポンと叩いてみせた。軽く言っているが、結構な値段のする物だ。テレビの情報番組でも度々取り上げられている国内メーカーの最新型。

「……いいの？　こんなスゴイのをもらって」

「どうぞどうぞ」と、四人が声を揃えて言った。「奏太くんにはいつも世話になってるから」

「みんな、ありがとう。大事に使わせてもらうから」

「よかった、喜んでもらえて。身につける物は好みがあるし、そっちは澄川さんに任せた」

「え？」

てっきり五人からのプレゼントだと思っていた。思わず隣を向くと、澄川が「俺からはこれ」と、別の袋を差し出してくる。

「先生、これって……」

見覚えのある店名がプリントされた袋は、今日一緒に訪れたシューズ店の物だ。サンダルだけにしてはやけに袋が大きいなと思ったけれど、プラネタリウムの売店で買ったお菓子の箱が見えたので、荷物を一つにまとめただけだと気にしなかった。

中を覗くと、大きめの箱が入っている。

「……開けてもいい？」

「どうぞ」

ドキドキしながら箱を開けて、驚いた。現れたのはベージュのエンジニアブーツ。奏太が気に入って、でも高いなと思っていたそれだ。試着するならタダだからと、澄川に唆《そそのか》されていろいろ履き比べてみたが、やはり最初に目についたこれが一番気になっていた。

奏太は思わず顔を撥ね上げて澄川を見つめた。ニッと笑った彼が「気に入ったか？」と訊いてくる。

「……いいの？」

「またすぐそうやって訊く。お前のなんだから、いいに決まってるだろ」

呆れたように言われた。奏太はブーツを見つめて、それからもう一度澄川を見つめた。

「何で、俺がこれを欲しがってるってわかったの？」

「お前はわかりやすいからな。表情とか目線とか、よく見てたら気づく。言葉にしない分、顔で語ってる」

「……そ、そうなんだ？　自分じゃ、よくわかんないけど」

無意識の行動を指摘されて、奏太は大いに狼狽《うろた》える。そんなにわかりやすいのだろうか。自分では感情が顔に出ないように、結構上手くコントロールできていると思っていたのに。今日といい文化祭のことといい、調子が狂う。澄川と出会ってから、何だかそれまできっちり着込んでいた服を一枚一枚脱がされているような気分だ。ブーツを試着する時の心のうちを、何食わぬ顔をした澄川にすべて見透かされていたのかと思うと、ひどく恥ずかしい。

だがそれを帳消しにするくらい、このプレゼントは嬉しいものだった。それだけ、澄川が今日一日、奏太を気にかけてくれていたということだ。照れ臭い言い方だけれど、物そのものよりも、そういう気持ちが嬉しい。ポケットの中の、星のキーホルダーと合わせて、大事にしなくてはと思う。

「……すごく気に入ったよ。ありがとう、先生」

「そりゃよかった」と、澄川がくしゃりと奏太の髪を搔《か》き混ぜてきた。嬉しくて顔がどうしようもなくにやけてしまう。こんなの反則だ。サプライズなんてされたことがないから、どうやってこの気持ちを伝えたらいいのかわからない。

「あの、ありがとう。オーブンレンジもブーツも、大切に使うから。本当に、その……ありがとうございました」

堪《たま》らず、みんなに向けて頭を下げた。

「どうしたの、奏太くん」と、兎丸が笑った。「今日はやけに素直だなあ」

「一つ大人になったんだな。よし、大人になった奏太くんにもう一つプレゼントだ」

猪瀬がうんうんと頷き、何かを渡してきた。反射的に受け取った小さな袋の口を開けて、奏太はカアッと顔を熱くする。「ちょっと、猪瀬さん！」中身はソッチ系のグッズだった。

「十七歳だろ。これくらい男のたしなみだぞ」

兎丸と一緒になってゲラゲラと笑う。せっかく感動していたのに、台無しだ。

奏太の誕生日パーティーと言いつつ、案の定、主役を置いて酒盛りが始まってしまった。

これが【なずな荘】のいつもの風景だ。奏太はチキンを食べながら、諦念《ていねん》の思いで赤ら顔

の彼らを眺める。不本意極まりないことだけれど、この場所に落ち着きを覚えてしまう。何だかんだ言って、奏太はここと彼らが好きなのだ。

ベンチの端に並べたオープンレンジとブーツの箱を横目に見て、思わず頬が弛《ゆる》んだ。

それにしても、澄川はいつブーツを購入したのだろう。奏太も傍にいたのに、全然気が付かなかった。こういう段取りの上手さは、経験値がものをいうのだろうなと思った。十年も奏太より長く生きているのだ。誰かの誕生日プレゼントを選んだ事だって、今日が初めてではないのだろう。相手はきっと、その時々の恋人で――。

ズキッと、なぜか胸が鈍く軋《きし》んだ。あれ？　何だろう、この嫌な感じは。

その時、カーディガンのポケットにつっこんでいた携帯電話のバイブが鳴った。

びくっとする。慌ててケータイを取り出すと、母からの電話だった。ベンチを離れ、あずまやを出ながら画面を操作する。

「もしもし？」

『奏太？　まだ起きてた？』

「起きてるよ。こっちはまだ夜の八時だから」

『よかった、間に合って。お誕生日おめでとう、奏太』

母のやわらかな言葉に、一瞬目を瞠る。思わず笑みが零《こぼ》れた。

「ありがとう。そっちは朝でしょ。今、起きたところ？」

『まだ会社なのよ。ちょっとトラブルがあってついさっきまでバタバタしてたから。ようやく一段落ついたところ。間に合ってよかったわ。あら、騒がしいわね。誰かと一緒なの？』

「ああ、うん。アパートの人たちが誕生日を祝ってくれて」

『へえ、よかったじゃない。あ、そこに先生もいるの？　いるならちょっと替わってよ』

「え……替わるの？」

母に新しい住人が二階に越してきたと話したのは、もう三ヶ月も前のことだ。それからも奏太が度々話題にするので、彼女はずっと興味を持っていたらしい。

ちらっと盛り上がっているあずまやを振り返ると、なぜか澄川と目が合った。さっきまで奏太が座っていた場所に腰を下ろして、じっとこっちを見ている。ドキッとする。

何でそんなに不機嫌そうな顔をしているのだろうか。ドンチャン騒ぎをしている四人から離れて、一人ベンチに座る澄川をわけがわからない思いで眺めながら、奏太は渋々踵を返した。怪訝そうに見つめてくる澄川に、携帯電話を差し出す。

「母から。先生と話したいって」

「は？」

さすがに驚いたようだ。目をパチパチと瞬《しばた》かせて、「何で？」と視線で訴えかけてくる。

奏太も無言で首を傾《かし》げて返した。澄川が焦ったように咳払《せきばら》いをして、電話に出る。

「もしもし、お電話替わりました。はじめまして、東元《とうげん》高校で教師をしております澄川と申します。奏太くんには、【なずな荘】でもいろいろとお世話になってまして……」

今度は澄川がベンチを立ってあずまやから出て行った。

二人は何を話しているのだろうか。母が余計なことを喋っていないだろうか。背後が気になって仕方ない。体を捻《ひね》って、ちらちらと澄川の後ろ姿を何度も見てしまう。

ふいに澄川がこっちを振り向いた。ケータイを耳にあてた彼と目が合って、反射的にバッと顔を伏せる。急に激しい動悸がして、奏太は動揺しつつコップのお茶を一気に飲み干す。

間もなくして、澄川が戻ってきた。

「奏太。お母さんが替わってくれって」

「え？　ああ、うん。もしもし？」

『いい先生じゃない』と、ご機嫌な母の声が返ってきた。『あんたが懐くのもわかるわ』

「は？　べ、別に、そんなんじゃないって」

『何言ってるのよ。奏太が叔父《光彦》さん以外の人のことを話すのって珍しいじゃない。最近は澄川先生の名前がよく出てくるから、どんな人なのかと思ってたけど。いい人でよかったわ』

「……そんなに、しょっちゅう話してるみたいに言わないでよ」

回線の向こうで、母が笑った。『そこでの生活は楽しい？』

「……ん。まあまあ」

『あんたのまああはすごく楽しいって意味だからね。まったく天《あま》の邪鬼《じゃく》なんだから』

無性に恥ずかしくなって、奏太は一人むくれた。その後も少し話して、電話を切る。

「母が、先生によろしくって。……何？　そんなにニヤニヤして、気味が悪いんだけど」

「うん？」と、ベンチに座った澄川が、戻ってきた奏太を見つめながら肩を竦《すく》めた。

「母ちゃんに、俺のことを『頼りがいのあるいい先生だ』って、話してくれたんだってな」

「——！」

奏太は言葉をなくした。わけもわからずカアッと熱が首から上ってくる。

「そ、そんなの覚えてない」

「またまた。お前の母ちゃんが嬉しそうに話してくれたぞ。先生の話は息子から毎回のように聞いておりますって。うちの子は先生が大好きなんですよー、だってさ」

「ち、違う！　母さんが勝手に言ってるだけだって！　俺、そんなふうに言ってないもん」

「もー、天の邪鬼なんだから」

くっくとおかしそうに笑われて、奏太は顔から火が出るほど恥ずかしかった。母を恨む。

「ありがとうな、嬉しかった」

いたたまれず背を向けた頭に、ぽん、と軽い重みがのった。振り返ると、澄川が初めて見るようなひどく甘ったるい顔をして微笑んでいる。ドキッとした。女子に囲まれている時でも、こんなふうには笑わない。見てはいけないものを見てしまったような気分になる。

「教師の立場を抜きにしても、奏太に頼ってもらえるようになりたいよ」

ぽんぽんと頭を撫でられて、奏太は一瞬、胸がきゅうっときつく締め付けられるような息苦しさに襲われた。頭の中で澄川の言葉を反芻《はんすう》する。教師の立場を抜きにしても？　それって、どういう意味だろう。

途端に、心臓がかつてないくらいの速さで高鳴り始めた。ドドドドドッと迫り来る自分の心音に押し潰されてしまいそうになる。

何だこれ？　理解不能の体の変化に混乱し、何もしていないのに勝手に息が上がる。

「奏太？　どうした」

急に黙り込んだ奏太を不審に思ったのだろう、心配した澄川が肩に触れてきた。びくっと撥ね上げた顔が、ちょうど覗き込もうとしていた澄川とぶつかりそうになる。

「うわっ」と声を上げて、ベンチから転げ落ちそうになる。澄川が寸前で腕を掴み、引き戻してくれた。「おい、大丈夫か？　危ないだろ、何を一人で暴れてるんだ」

「……ご、ごめん」

視線を上げた途端、怪訝そうに見つめてくる澄川と目が合った。

ぶるりと心臓が震え上がる。次の瞬間、突然、何かが弾けた。

パチンッ！　――と、赤い実が裂けるイメージが脳裏に広がる。

なぜか唐突に、小学校の頃に図書室で読んだ本を思い出した。

■8■

これまでそんな本を読んだことすら忘れていたのに、なぜ急に思い出したのだろうか。

あれは確か小学生の頃だ。当時通っていた小学校では、読書の時間というものがあった。週に一度、みんなで図書室に行き、各自好きな本を借りて静かに読書をするきまりだった。

おそらく、その時に読んだ本の中の一冊。

内容は忘れたが、タイトルだけはなぜかずっと頭の片隅に残っていた。今考えてもインパクトのあるタイトルだと思う。当時の自分は何を思ってその本を手にしたのだろう。

どんな話だったっけ。奏太は居ても立ってもいられず、誕生日パーティーがお開きになって部屋に戻ると、すぐさまネット検索をかけてみた。とある短編集がヒットする。

記憶を手繰《たぐ》り寄せながら内容解説を読み、そうして、更に混乱する羽目になった。

その問題の表題作が、初恋のときめきを書いた物語だったからだ。


――涼しそうな顔して、お前の脳ミソは本当に少女漫画みたいだな。

かつて、澄川に言われた言葉だ。

あの時はムカッとしたけれど、今は本当にそうかもしれないと我ながら自分の偏った思考回路が心配になる。

気になっていた例の物語は、小学生の女の子が同級生の男の子に淡い恋心を抱《いだ》くというストーリーだった。そんなこっ恥ずかしい話を、澄川と目が合った瞬間に思い出すなんて、どう考えても奏太の頭がおかしい。第一それでは、今まで奏太が不審に思っていた胸の動悸や感情の昂《たか》ぶりは、すべてが澄川に恋心を抱いている証拠となってしまう。

「……バッカじゃないの。そんなわけないいじゃん」

奏太は独り言《ご》ち、思い切り頭を振った。

澄川は十も年上の学校の先生だ。百歩譲って、女教師ならまだそういうことがあってもわからないでもないけれど、澄川は奏太と同じ男である。大人の男を相手に初恋とかときめきとか、何だかもういろいろと間違っている。

「あーもう！」と、一人で奇声を上げながら、ボウルに割った卵を菜箸《さいばし》で解きほぐす。

放課後の家政科室には他に誰もいない。今日は料理部の活動日ではないからだ。文化祭も無事に終わり、部員も五人に増えた。ようやく一安心できたはずなのに、別のことで胸がもやもやするせいで、全然すっきりしない。

それもこれも全部澄川のせいだ。

「まともに恋愛したコトがないから、たぶん別の感情とごちゃ混ぜになってるんだよ。絶対そうだ」

ブッブッと卑屈に呟きつつ、熱したフライパンに油を引いて溶き卵を手早く流し入れる。油が弾けてジュワッと音が鳴り、黄色の液体に熱が加わって固まり始める。

昨日は、いろいろありすぎたのだ。誕生日だったし、みんなからサプライズパーティーまでしてもらって、気分が相当浮かれていたのだと思う。澄川がいつもより何割増しかカッコよく見えた。でもそれは、あの場の雰囲気によって作られたもので、冷静に考えれば澄川にドキドキするなんてことは生物学的におかしい。男の澄川に恋心とか、ありえない。

「バッカじゃないの」

ループする思考に自分で毒づきながら、卵の上にケチャップライスをのせる。

右手を軽く握って左手の親指の付け根あたりをトントンと叩きながらフライパンを揺らし、ケチャップライスに卵を巻きつけていく。

途中までは上手くいきそうだったのに、くるりと翻った薄皮の隙間《すきま》から赤いライスが飛び出して、形成しようとしたら卵が裂けた。

「あーあ……」

思わず落胆のため息が零れる。

何で上手く巻けないのだろう。文化祭が終わってからは、ほぼ毎日オムライスを作っている。飽きるので中身は変えて、とにかく薄焼き卵でくるもうとするのだが、これがなかなか難しい。卵焼きやオムレツは作れるのに、どうしても薄皮のオムライスが成功しない。

——器用な高良《たから》くんでも苦手な料理があるんだね。ちょっとびっくりしたな。

以前、爽やかな笑顔で澄川に厭味《いやみ》を言われたのを思い出し、奏太は「あー、もう」と頭を掻き毟《むし》りながら椅子にドサッと腰掛けた。

窓がコンコンと鳴ったのはその時だ。

外はもう薄暗い。一階の家政科室の窓を叩いていたのは、元部長の木下だった。

「先輩。どうしたんですか」

窓を開けると、図書館で勉強していたという木下は「電気がついているのが見えたから」と、笑いながら言った。

「今日は活動日じゃないだろ？　もうすぐ期末テストなのに、一人で何やってるの」

「あ……えっと、ちょっと練習してて」

木下が眼鏡の奥で僅かに目を細める。「ひょっとして、オムライス？」

一発で言い当てられて、奏太は驚いた。

「よくわかりましたね。あ、匂《にお》いがしてました？」

「ケチャップの匂いがね。あと、高良は案外負けず嫌いっぽいし」

「……そうですか？」

「うん。顔には出さないけど、地道にこっそり練習してそうなタイプ。澄川先生がオムライスの話をしている時に、俺が余計なことを言っちゃったからね」
木下の口から澄川の名前が出て、ドキッとする。

「別に、先輩が悪いわけじゃないですよ。俺もできないことがあると悔しいし。ちょうどいい練習になるっていうか」

「ほら、負けず嫌いだ」と、木下が人の良さそうな顔で笑う。そっちに行ってもいいかなと言うので、どうぞと答えた。渡り廊下から迂回《うかい》して、木下が家政科室に入ってくる。

「先輩がいるなら、卵を残しておくんだった。教えてもらったのに」

「でも、綺麗に巻けてるよ。ちょっとここが破れたくらいで、あとは悪くないと思うけど」

「その破れるっていうのが問題なんですよね。これまで一回も破れずに綺麗に巻けたことがないんですよ。力加減が間違ってるのかな」

せっかくなので、失敗したオムライスを木下にも食べてもらう。毎日一人で食べるのは飽き飽きしていた頃だ。

取り分けた皿を渡すと、木下が「いただきます」と手を合わせて、スプーンを持った。

「味は文句なしだけどね。卵の火の通り具合も絶妙だし。成功する日も近いと思うけど」

「だといいんですけどね」

「澄川先生にリベンジするの？」

「えっ」

奏太は思わずスプーンを持った手を止め、対面の木下を凝視する。

「いや、高良がさっき悔しいって言ってたから。完璧に作ったオムライスを、先生に見せつけたいのかと思って」

「……あ、う、ま、まあ、できないって思われたままなのも癪《しゃく》だし」

眼鏡の奥の穏やかな目に、頭の中を全部見透かされているのではないかと焦った。

「澄川先生が顧問になってから、何だか高良の意外な一面をたくさん見た気がするなあ」

木下がもぐもぐと口を動かしながら言う。

「高良はもっと、クールなヤツかと思ってた」

「それ、久住先輩にも言われました」

「ああ。文化祭の模擬店で【デコケーキ】をやるって決まった後、三年の三人で話したんだよ。田所も驚いてた」

「実はあの時、迷っていた俺の背中を押してくれたのが先生だったんですよね」

「へえ、そうだったんだ？　そっか、実は先生も熱血っぽいもんな。見た目と違って」

納得したみたいに木下が頷く。

「人との出会いで人間って変わるもんだから。澄川先生に顧問を頼んでくれたのは高良だったし、縁があったんだろうな」

「先輩も、何かそういう出会いがあったんですか」

急に木下が口ごもった。

「……まあ、今の彼女とか」

もごもごと発した言葉を聞き逃さなかった。奏太は目をぱちくりとさせる。

「先輩、彼女がいたんですか！」

「まあ、ね。うん」

照れながら顔を赤らめる木下を初めて見た気がする。

「え、三年の人？　どんな人なんですか」

「えっと、三年。クラスは違うけど。最初は絶対にこんなヤツとは気が合わないって思ってたんだけど……まあ、何というか、それからいろいろあって」

興味津々の奏太に、木下が困ったように笑った。

「俺のことはもういいから。そうだ、高良は？　高良はどうなの。そういえば、二年近く一緒の部活で過ごしたのに、料理以外の話をあまりした覚えがないな。高良はモテそうだけど、そういう話には興味がなさそうに見えたから。突っ込んで訊いたら嫌がられそうでさ」

「そうだったんですか？　普通にクラスの友達とは女の子の話もしますけど」

先輩たちから聞かされた自分の印象はどれも似たり寄ったりで、我ながらつまらなそうな人間だったんだなと思った。実際は、それなりに友人と楽しく過ごしてきたつもりだけど、傍《はた》から見れば取っつきにくかったのかもしれない。

松永たちとは年相応に女の子の話もするけれど、正直に言って、奏太自身はそこまで恋愛に興味があるわけではなかった。年齢＝彼女いない歴でも、特にどうとも思わなかったし、男同士でつるんで喋っている方が気もラクだ。それで十分に楽しい。きっと感覚がまだお子さまなのだろう。女の子と付き合いたいとか、触れたいとか、そういう感情がいまいち湧《わ》かない。

「先輩こそ、あんまりそっち方面は興味がないんだと思ってた。いつも料理本ばっかり捲《めく》ってたし」

「ああ、確かに」と、木下が苦笑する。

「高良は秘密主義っぽいけど、最近は恋愛方面で何かあった？　ちょっと雰囲気が変わったよね」

「え？」

急に質問が具体的になって、奏太は面食らった。

「お、俺は別に、何にもないですよ」

「好きな人ができたとかじゃなくて？」

「……っ」

咄嗟に言葉が出てこなかった。なぜか頭に浮かんだのは、澄川の顔。何でここで先生が出てくるのだと、ひどく焦って動揺する。

「……高良って、案外わかりやすいんだな」

プッと木下が噴き出した。

「耳まで真っ赤だよ。かわいいね、そんなにその人のことが好きなんだ？」

「ち、違っ、別に、そんなんじゃなくて……」

否定すればするほど顔がカッカと熱を帯び、とうとう木下が声を上げて笑い出した。

「いいじゃん、別に好きなら好きで」

「……いや。でも、絶対にそんなのありえないし」

「何で？　もう認めたようなもんだよ？　そんな真っ赤な顔してありえないとか言っても、まったく説得力がないからね」

何も言い返せなかった。

「……仮にそうだとしても、むこうは俺のことなんか、絶対に何とも思ってないですよ」

「相手に直接訊いたの？」と木下に問われて、奏太はかぶりを振る。木下がオムライスを咀《そ》嚼《しゃく》しながら、「だったらわからないじゃないか」と言った。

「世の中に『絶対』はない。自分次第でマイナスの状況もプラスに変えられるんだ。――って、うちの担任が言ってたけど」

「それは、受験の話ですか」

「んー、確か人生の話だったかな。ごちそうさまでした。おいしかったよ」

空になった皿にスプーンを置き、木下が真っ向から奏太を見てきた。「初心者の俺が偉そうなことは言えないけど」と前置きをして、少し照れ臭そうに続ける。

「恋愛こそ『絶対』はないと思う。俺がいい例だから。高良も頑張れ」

そんなふうにエールを送られると、本当に自分は澄川のことが好きなのではないかと錯覚してしまう。

あくまで仮の話だ。あのタイミングで脳裏に澄川の顔が浮かんだことが、まだ奏太自身納得できていなかった。まさか木下も、相手が料理部顧問だとは思ってもいないだろう。だから『頑張れ』という言葉が出てきたのだ。

木下と別れて、職員室に家政科室の鍵を返却しに行く。

ドアを開ける時、異様に緊張した。室内に澄川の姿が見当たらなくて、ホッと胸を撫で下ろす。今会ったら、物凄《ものすご》く変な顔をしてしまいそうだ。

職員室を後にして、薄暗い廊下を歩き、下駄箱に向かう。

階段を下りようとした時だった。

「あれ、奏太?」

耳に馴染《なじ》んだ声が降ってきて、奏太は思わずびくっと立ち止まった。

ハッと見上げると、ちょうど三階から澄川が下りてくるところだった。ぎょっとする。職員室にいなくてホッとしたのも束の間、まさかこんなところで会うなんて。

「今、帰りか。遅くまで残ってたんだな」

「う、うん。先生こそ、どこにいたの」

「数学準備室」と、澄川が上を指差して答えた。「期末テストが近いからな。他の先生たちと相談。あ、いくらお前でも問題は教えてやらないぞ」

「別に、訊かないよ」

言いながら奏太は咄嗟に顔を伏せた。鼓動が急に速くなる。ダメだ。変に意識してしまって、まともに顔が見られない。

「一人か？　俺はまだ帰れないんだよ。今日の夕飯は何？」

もう校舎内はほとんどひとけがなく、シンと静まり返っている。澄川も気を抜いているのか、砕けた口調は教師のそれではない。タタン、タタンと軽快なリズムをつけて階段を下りてくると、奏太の前に立った。

「どうした、俯《うつむ》いて。気分でも悪いのか」

弱い照明の下、澄川が長身を屈《かが》めるようにして、奏太の顔を覗いてこようとする。前髪を割って、体温の低い手のひらが額に触れてきた。

その瞬間、びくっと奏太の体は大きく震え上がった。

まるで電流が全身を駆け巡ったかのようだった。静電気が起こった時同様、反射的にバッと体を引く。弾かれたみたいに澄川の手から逃げる。

「奏太?」

怪訝そうに澄川が言った。

「どうしたんだ、お前。あんまり後ろに下がると危ないだろ」

更に距離を詰めてくるから、奏太は大いに焦る。心臓がバカみたいに脈打ち、苦しくてしょうがない。

「ちょ、近いって、先せ……」

がくん、といきなり足が落ちた。一瞬、何が起こったのかわからない。床が消えたことに気づかず、誤って階段を踏み外したのだ。と気づいた時には、もう体が大きく傾いていた。

「――!」

「危ないっ」

カシャン、と床に投げ捨てられたペンケースとバインダーが甲高い音を鳴らす。

仰《の》け反《ぞ》りそうになった奏太の腕を、寸前で澄川が掴み、力いっぱい引き寄せた。ぐんと重力に反して体が起き上がり、反動を殺しきれずに澄川の胸に飛び込む。

壁に背を付けた澄川に、ぎゅっと抱き締められた。

「……バカ、何やってんだよ。落ちるとこだったぞ」

「……」

ドッドッドッ、と駆け足の心臓の音が聞こえる。これは澄川のものだ。顔を押し付けた胸元から直接伝わってきて、対抗するように奏太の心臓はますます速く脈打ち出した。

「大丈夫か？　おい、奏太」

名前を呼ばれた途端、胸が詰まったみたいに苦しくなった。

顔を上げられない。今の自分がどんな表情をしているのか想像がつかない。ただ燃え上がるみたいに顔全体が熱く、ひどく息苦しい。

「おい、奏太。どうした、本当にどこか具合が悪いんじゃないのか」

なかなか動こうとしない奏太を心配して、澄川がゆっくりと背中をさすりながら訊いてきた。澄川に触れられた箇所がぞくぞくっと制服の下で粟立《あわだ》ち、背筋を言いようのない震えが駆け上る。

胸がきゅんと高鳴って、喉元に何かが迫《せ》り上がってくる。ぐっと声が圧迫されて、泣きそうになるくらい苦しい。体の奥で感情の塊がぶわっと膨れ上がる。

「せ、先生」

蚊《か》の鳴くようなくぐもった小さな声に、澄川が随分と優しい声で「うん？」と応えた。

自分の心臓の音に押し潰されそうになる。

「俺、先生のこと……」

ガラガラと、壁を曲がった先で職員室のドアが開いたのはその時だった。

びくっと肩が撥ね上がり、一瞬で我に返る。まだ自分が澄川に抱きついたままだと気づいた途端、「うわっ」と、奏太は思わず彼を突っ撥ねるようにして急いで離れた。

「ご、ごめんなさい」

「……いや。それよりもお前、本当に大丈夫か」

真顔の澄川に問われて、奏太はいたたまれない思いで頷く。

「う、うん。平気」

「何なら保健室で少し休んでろ。用事を済ませたら迎えに行くから。一緒に帰ればいいし」

「ううん！　いい、本当に何ともないから」

言いながら、奏太は床に散らばったペンケースとバインダーを拾い集める。「はい、これ」と、澄川に渡した。

「職員室に戻る途中だったんでしょ？　邪魔してごめん。それじゃ、俺は先に帰るから」

「一人で帰れるか？」

「何それ。子どもじゃないんだし、大丈夫だって」

顔が引き攣《つ》って上手く笑えない。「それじゃ」と、目を合わせずに言って、階段を一段下りた。「奏太」と、澄川の声が呼び止めてくる。

「気をつけて帰れよ」

「……うん」

澄川と別れ、奏太はほとんど息もせずに一気に階段を下りた。

踊り場で思わず顔を上げた瞬間、まだこっちを見ていた澄川と目が合った。ドキッと心臓が撥ねて、条件反射のように顔がカアッと熱くなる。咄嗟に目を逸《そ》らし、残りの階段を駆け下りる。照明があってないような薄暗さに感謝した。自分の顔が真っ赤に染まっている自覚があった。

一階に辿り着き、階段の手すりにもたれかかるようにして立ち尽くす。辺りは不気味なほど静まり返っている。今、この校舎にどれだけの人が残っているのだろう。聴覚を研《と》ぎ澄まして、階上の音を探る。

澄川はしばらくその場に留《とど》まっていた。ようやく足音が聞こえだす。ひとけのない校舎には、昼間は気にもしないような小さな音が驚くほど大きくこだまする。奏太も一緒に選んだ新しいサンダル。ペタンペタンと、ゆっくりと遠ざかって行くサンダルの音を、息を殺しながら耳で追いかける。間もなくして、ガラガラと職員室のドアが開いた。

「――――ハッ」

詰めていた息を吐き出し、奏太は堪《たま》らずその場にしゃがみ込んだ。まだ心臓が痛いほど高鳴っている。

「……ヤバイ。俺さっき、先生に何を言うつもりだったんだよ」

思い返して、カアッと頬に熱が戻ってくる。

あの時、職員室のドアを誰かが開けなければ、今頃どうなっていたのだろうか。自分で自分が恐ろしくなる。

だが、おかげで気づいてしまった。

往生際悪く言い訳するのを諦《あきら》めたというか、素直に受け入れてラクになったというか。

——いいじゃん、別に好きなら好きで。

木下の声が蘇った。そうか、やっぱり俺は。ぶり返した頬の熱を手の甲で確かめながら、ああ、これが答えかと自覚する。もう認めたようなもんだよ？　そんな真っ赤な顔してありえないとか言っても、まったく説得力がないからね——木下の言葉がストンと胸に落ちた。

張り裂けるくらいに激しい胸の鼓動も、息が詰まるような苦しさも。その症状に当てはまる答えは一つだ。

奏太は、やっぱり澄川のことが好きなのだ。

女の子すらまともに好きになったことがないから、自分が男にも恋愛感情を抱ける人間だとは知らなかった。

といっても、友人の松永や柳井に対してそんなふうに思ったことは一度もない。先輩の木下もそうだし、【なずな荘】の住人たちに至っては論外だ。

澄川だけが特別。そう考えた方が、いまだ動揺している奏太の心境的にもしっくりくる。

澄川だから好きになった。

化けの皮が剝《は》がれて一度はあんなに幻滅していたはずなのに、一体いつから真逆の感情を持つようになったのだろう。自分で自分がわからない。

澄川は相変わらず奏太の部屋に夕飯を食べにやって来る。

いつもと同じことをしているのにもかかわらず、奏太だけやたら緊張したり、不自然な行動を取ったりしてしまうのは、自分の気持ちを自覚してしまったせいだ。

澄川は家の中だと平気でパンツ一丁で歩き回るし、スキンシップはもともと多い方だし、学校では見せない素の顔で喋ったり笑ったりする。

そのたびに奏太はドキドキして、心臓がおかしくなりそうだった。

期末テストが一週間後に迫っているので、澄川も一応教師として考えているのか、食べるものを食べたら長居はせずにさっさと自分の部屋に戻って行く。

だが、奏太の部屋にはついさっきまで澄川がいた痕跡《こんせき》があちこちに残っているし、頭上で物音がするたびに聞き耳を立ててしまうし、勉強しようにもまったく手につかないという困った状況に陥っていた。本格的にヤバイ。

「あー、ヤバイヤバイヤバイ。数学がマジでわっかんねェ。なあ高良、これわかる?」

松永が問題集を開いて廊下を歩きながら、設問を指差してみせた。

「どれ？」奏太は横から問題集を覗き込む。「ああ、これか。俺も昨日解いてみたんだけど、いまいち理解できなかったヤツだ。解答を読んでも何でそうなるのかがわかんなくて」

「だよな！　この解説、マジ不親切じゃね？　仕方ない、今日の放課後も柳井に教えてもらうか。高良はどうする」

「俺も残る。家で勉強してても全然進まなくてさ。寝不足になるばかり」

言いながらあくびが出る。眠れない理由はテスト勉強だけではないけれど、とは口には出さずに心の中でぼやいた。

階段を下りようとした時だった。

踊り場がやたら華やいでいると思ったら、澄川が女子に囲まれていた。

「おっ、イケメンスミカワじゃん」と、松永が皮肉を込めて言う。

女子に笑顔を振りまいている彼を見て、奏太は複雑な気分になった。

「相変わらずモテてるなあ」

「……」

校内を歩いていればよく見かける風景だ。いつもなら「あーあ、またやってる」と、白けた目で眺めて終わりの日常化した風景。

それが今日に限ってなぜか、女子に囲まれてにこにこしている澄川を見ていると、無性に腹が立ってきた。女子高生相手に、何をそんなに鼻の下を伸ばして笑っているのだろう。

苛々しながら階段を下りると、気配に気づいた澄川がふっとこちらを見上げてきた。目が合い、ドキッとした奏太は思わずその場に立ち止まってしまう。澄川がにっこりと爽やかに微笑んで言った。

「二組の高良と——松永」

一緒にいた女子三人までが、奏太たちを見てくる。そこで初めて、彼女たちが教科書を手にしていることに気づいた。

澄川が笑顔で声をかけてくる。

「二人はいつも一緒だね。仲いいんだ？」

「まあ、去年からずっとクラスが一緒なんで。な？」

松永がふざけて奏太と肩を組んでみせる。奏太の方が少し背が高いので、松永に引っ張られるようにして体が僅かに傾く。

「……松永、重い」

「センセーは、こんなところで数学の授業っすか。俺にも教えてくださいよ。数学が全然わかんないんスよ」

「俺でよければいつでも。放課後なら職員室か準備室にいると思うから、訊きに来てくれたら教えるよ」

「本当っすか？」

「うん。高良もわからないところがあったらおいで」

澄川が松永から奏太に目線を移す。一瞬目が合ったが、奏太はすぐに逸らした。

「……俺は大丈夫ですから。行こう、松永。視聴覚室に行く前に職員室に寄らないと。俺、週番だし」

「ああ、そっか。放送で呼ばれてたっけ」

奏太は急ぎ足で階段を下りる。踊り場で澄川と擦れ違ったが、軽く会釈しただけですぐにその先の階段を駆け下りた。背後でそれじゃ、と松永が澄川と挨拶《あいさつ》を交わす声が聞こえる。

「高良、ちょっと待ってよ、急ぎすぎ」

追いかけてきた松永が、ようやく奏太と肩を並べて怪訝そうに言った。

「何？　何か怒ってる？」

「……いや、別に。急がないと、って思っただけで。怒ってなんかないよ」

「ふうん。ならいいけど」

松永がさほど気にしてないみたいに頷く。「そうそう、さっきのお前の素っ気ない態度。声が半端じゃないくらい冷たかったぞ。あのスミカワが変な顔してたし」

「……」

「高良って、アイツ嫌いだっけ。あれ、でも料理部の顧問ってスミカワだったよな」

「別に、そんなんじゃないよ。数学は柳井に教えてもらった方がわかりやすいし。わざわざ訊きに行くの面倒じゃん」

「ま、そうだよな。けどスミカワの授業って、かなりわかりやすくなかった？　一回、うちのクラスでも教えてくれただろ。つーか、俺まで名前を覚えられてたことにビックリした。何で？　高良の友達だから？　顧問なら特別待遇で教えてくれたりしないのかよ。最初からスミカワに習ってたら、今の俺はこんなに苦労してないのに」

松永があーあと嘆いた。

職員室に向かう廊下を歩きながら、奏太は先の自分の言動を思い返して、徐々に後悔しはじめていた。何もあんなあからさまにつっけんどんな態度を取る必要はなかったのだ。普段の自分ならもっと上手く流せたはずなのに——どうしてあんな感じの悪い言い方をしてしまったのだろう。その上、思いっきり澄川から目を逸らしてしまった。変に思われても仕方ない。

とにかく、あの場面を目にした瞬間、物凄く嫌な気持ちになったのだ。女子にちやほやされる澄川ではなく、澄川を囲む女子に嫉妬《しっと》した。そう正直に本人に伝えたら、澄川はどんな反応をするのだろうか。

やっぱり、これって普通の感覚じゃないよな。

隣の松永に聞こえないように、奏太はこっそりため息をついた。

放課後、書き終えた週番日誌を担任の机に置いて、奏太は職員室を出た。教室で柳井と松永が待っている。これから勉強会だ。

急いでいると、「高良」と呼び止められた。

ぎくりとする。振り向かなくても声だけですぐに誰なのかわかった。この三ヶ月で奏太が一番多く耳にしている人物の声だ。

「澄川先生、さようなら」と、女子生徒の声が聞こえてくる。

「さようなら。気をつけて帰るんだよ」

柔らかい声音で返しながら、澄川のサンダルの音が近付いてくるのがわかった。

真後ろに立ち、「おい、奏太」と小声で呼ばれた。

肩を叩かれて、奏太は渋々振り返る。

「……何ですか」

緊張を隠そうとしたせいか、思った以上に嫌そうな声が自分の口から出て、我ながら驚いた。澄川にもそれが伝わったのだろう。ムッとしたように眉間《みけん》に皺《しわ》を寄せる。

「何ですかじゃないだろ。何だよ、昼間のあの態度は」

低めた声で問われた。

奏太は奥歯を嚙《か》み締める。ここでなくても、どうせアパートに戻ったら訊かれるだろうと思っていた。用意していた言葉を頭の中に浮かべて、平静を装った声でなぞる。

「……別に、悪気があったわけじゃないよ。急いでいたからつい、ああいう言い方になっただけ。それより先生、学校でその呼び方はやめてよ」

「誰もいないし、お前にしか聞こえてない。大声で呼んだわけじゃないんだからいいだろ」

澄川が一つ息をつく。

「急いでいたのはわかった。でもちょっと傷ついたぞ。今週は週番なのか」

「……うん」

奏太は何でもないように軽く頷いて返した。しかし、どこか拗《す》ねたみたいな澄川に傷ついたと言われて、内心反省する。やっぱりああいう態度はよくない。

「もう帰るのか」

「ううん、もう少し残って勉強してから帰る。期末が近いし」

「図書館か。わからないところがあるなら教えるぞ。これから数学準備室に行くか？　ちょっと待ってろ、今鍵を持ってくる……」

「あっ、いいよ、友達に教えてもらうから」

踵《きびす》を返しかけた澄川を慌てて止めると、彼が「友達？」と訊き返してきた。

「……松永か」

「うん。あと、もう一人」

「柳井」と、澄川が答える。奏太は驚いて、思わず「何でわかったの」と訊ねてしまった。

「この前も一緒に三人で話してただろ。お前、友達少なそうだし」

澄川の返事にムッとする。一言多いのだ。

「悪かったな。どうせ、友達が少ないよ。先生みたいに外面がいいわけじゃないから。二人が待ってるから、もう行く」

「おい、ちょっと待て……」

「あ、澄川先生！」

廊下の向こうから女子生徒が二人、手を振っていた。うっと一瞬固まった澄川は、奏太の目の前で即座に胡散臭《うさんくさ》い微笑みを形作ってみせると、爽やかに振り返る。

「先生、さようなら」

「はい、さようなら。気をつけて帰るんだよ」

「はーい」と、女子たちは楽しそうに笑って去って行く。にこにこと手を振って生徒を見送る澄川。奏太はまた昼間のような苛立ちを覚えた。自分でもどうしていいのかわからず、歯痒《はがゆ》いほどに苛々して仕方ない。

「……先生のそれって、もう病気だよね」

「え？」

澄川が振り返る。まだ胡散臭い笑顔が張り付いたままだ。

「何か言ったか？」

「別に」奏太は刺々《とげとげ》しく言って、目を逸らした。そうこうしているうちに、また別の女子生徒が通りかかり、澄川を見つけて「先生、さようなら」と嬉しそうに挨拶をして寄越す。

澄川が猫を被り、奏太はますます機嫌が悪くなる。この学校で、女子生徒が嬉しそうに笑顔で挨拶をする教師なんて澄川ぐらいだ。本人も満更でもない顔で応えているからタチが悪い。

「……デレデレしちゃってさ」

「ん？　おい、さっきから何を一人でブツブツ言ってるんだよ」

ひとけがなくなると、すぐさま澄川は偽物の笑顔を引っ込めた。こっちの顔は奏太の前でしか見せない。そっちの方がよほど貴重だと頭ではわかっているのだけれど、苛々するのを止められない。女子にいい顔をする澄川は嫌だと思ってしまう。そして何より、そんなふうにまるで澄川を奏太一人が独占したいみたいな嫉妬剝き出しの考えを持つ自分が一番嫌だ。

「勉強会って、帰りは遅くなるのか？　あまり暗くならないうちに帰れよ。そうだ、今日は俺もちょっと遅くなるかも……」

「あのさ、先生」

奏太は食い気味に言った。

「ん？　何だ」

「俺、期末テストが終わるまでは勉強に集中したいから、しばらくは夕飯作るの無理だと思う。一緒に食べるのも」

澄川が思わずといったように、押し黙った。奏太は俯き、制服のスラックスの横でぐっと両手を握り締める。気まずい沈黙が落ちた。

「……そうか。うん、そうだな」

そう答えた澄川の声音はいつもと変わらなかった。自分で言い出したことなのに、特に何とも思ってないらしい彼の様子を目《ま》の当たりにすると、ショックだった。

「二学期のまとめだからな。範囲も広いし、一夜漬けじゃキツイぞ。わかった。しばらくお前の部屋に行くのは控えるよ。しっかりやれよ、赤点なんか取るんじゃないぞ」

「取らないように、今から勉強会をするんだよ」

「脱線して雑談会にならないようにな」

「ならないってば」

澄川が笑う。屈託のない笑顔に、胸が切ない音を立ててきゅっと引き攣れた。やっぱり、澄川のことが好きだと思う。

「頑張れよ」

何も知らない澄川は、いつものように奏太の頭に手をのせようとした。しかしその寸前、「あっ、いた！　澄川先生」と、女子生徒の声が聞こえてくる。澄川が珍しくびくっと震え、奏太もぎくりとした。

「先生、数学で訊きたいところがあるんですけど」

ハッと澄川が振り返る。

「ちょっと待ってて。すぐにそっちに行くから」

「じゃ、じゃあ俺も、行くから」

こっちを興味深そうに見ている女子たちの視線がいたたまれなくて、奏太は慌てて背を向けた。

「あっ、奏太」

小声で呼び止める澄川に、目線だけで振り返って言う。

「待ってるよ、早く行ってあげたら。先生に勉強を教えてもらいに来たんでしょ。俺も、松永たちが待ってるから」

自分の声とは思えないほど、冷ややかで尖《とが》っていた。澄川も一瞬、狼狽えたように言葉を詰まらせる。ああ、まただ。また胸の底から苛々が迫り上がってくる。

何か話せば余計なことを口走ってしまいそうで、奏太は足早に澄川から離れた。


テスト勉強に集中したいという奏太の言葉を、澄川はどう思っただろうか。

先月にはすでに中間テストがあったが、その時の奏太はわざわざテスト勉強をするから部屋に来るなとは言わなかった。

勉強をしていても腹は減るし、料理はいい気分転換になる。どうせ作るなら一人分も二人分も同じだ。ただ一緒にごはんを食べるだけなら、何らテスト勉強に支障はないはず。

「……何であんなこと言っちゃったんだろ」

奏太はインスタントラーメンを啜《すす》りながら、チラッと天井を見上げた。

澄川が約束を守って奏太の部屋を訪れなくなってから、すでに三日が経っていた。

具の一切入っていない塩ラーメンを持て余し、箸でつつく。

一人の食事は味気ない。以前はこれが普通だったのに、澄川がこの部屋に入り浸るようになってからは、いつの間にか二人が当たり前になっていた。自分のために一人分の食事を作るのは億劫《おっくう》で、何を食べても同じ気がする。とりあえず空腹を満たすために食べ物を胃の中に取り込む作業だ。

澄川はまだ帰宅していないようだった。

昨日もそろそろ十時になろうかという頃になって、ようやく外階段を上っていく足音が聞こえたのだ。何度も時計を確認しながら、奏太は心配していた。今まで学校に残っていたのだろうか。もしかしたらどこかで食事をしてきたのかもしれない。そう考えると、澄川から夕飯を食べる場所を取り上げてしまったことに罪悪感を覚えた。

更に、澄川の方から昼食の弁当も自分の分は作らなくていいと気を使われて、奏太も引っ込みがつかなくなってしまった。弁当こそ、一人分も二人分も作る手間は変わらない。けれども自分からそんなことはとても言い出せず、結局、朝も夜も顔を合わせない日が続いた。

同じアパートの上下に住んでいて、こんなにも会わずに過ごせるものなのだなと驚く。そうやって、澄川と距離を置いたことで勉強が捗《はかど》ったかといえば、そんなことはない。実際は余計に澄川のことが気になって、ますます勉強に手がつかなくなった。意識しすぎて困るから澄川を遠ざけたのに、これでは本末転倒だ。このままだと本当に赤点地獄に片足を突っ込んでしまう。

急いでラーメンを掻き込み、しばらく気合を入れて英語の問題集と格闘する。

気づけば一時間半が経過していた。

「あー、疲れた……」

集中を切らすと、どっと疲労が押し寄せてくる。六畳間には椅子という物がなく、座卓を勉強机にしているので肩と足が痛い。

一度立ち上がって、大きく伸びをする。時計を見ると、九時半だった。

「……まだ、帰ってこないのかな」

階段を上がって行く足音は聞こえなかった。二階からも物音は響いてこない。澄川はこの時間になってもまだ帰宅していないのだ。

どこで何をやっているのだろう。学校に残っているのか、それとも奏太の知らない店で食事をしているのか。ひょっとしたら一人ではないかもしれない。

奏太を友達が少ないと揶揄うだけあって、澄川は顔が広そうだ。棚が壊れた時に連れて行かれた工務店や文化祭の仕入れでお世話になったスーパーなど、澄川の知り合いは実はみんな友人関係だったし、大学時代の知り合いや下宿にいた頃の住人同士のつながり、前職場関係等など……。きっと、奏太が想像もつかないくらい友人知人が山ほどいるのだろう。

過去の女性関係も、華やかなものだったのだろうか。

「……ハア。こんなことばっかり考えてるから、勉強が進まないんだって」

一旦休憩して、頭を冷やそう。外の空気を吸おうと、サンダルを引っ掛ける。狭い三和土《たたき》の隅っこに大事に置いてあるベージュのブーツが目に入り、不意打ちのように胸がきゅんとした。埃《ほこり》を被らないように毎日払っているのだが、もったいなくて、なかなか外に履いて出かける勇気がない。

部屋を出ると、冷たい夜気に頬をなぶられた。

『マルニ』、『マルサン』とも電気がついている。四人ともすでに帰宅しているようだ。明かりが灯《とも》っていないのは、『マルイチ』の二階だけ。夏頃まではこの風景が当たり前だった。しかし今は、不安で仕方ない。

もう十一月も終わりだ。期末テストが終了する頃には十二月になっていて、あっという間に二学期も終業式を迎える。

ついこの前、夏休みが終わったばかりのような気がするが、もう澄川が来てから四ヶ月が経つのか……。

蟬《せみ》の声やクーラーの音に混じって、清涼飲料水のような爽やかな声音が脳裏に蘇る。

——こんなところで寝て、暑くないの。

「こんなところに立って何やってんだ。風邪ひくぞ」

びくっと背筋が伸びた。

慌てて振り返ると、澄川が立っていた。スーツの上にコートを羽織った彼は、怪訝そうに奏太を見つめていた。マフラーをしているにもかかわらず寒そうに首を竦めている。

ドキッと心臓が撥ね上がった。まさに今、頭に思い浮かべていた人物が突然目の前に現れたのだ。大いに狼狽える。

「……い、今、帰り？」

落ち着けと内心で必死に言い聞かせながら、少し上擦った声で訊ねた。澄川が「ああ」と頷く。

「仕事が立て込んでてな。お前は？　こんなとこでぼーっと突っ立って、何やってたんだ」

「ちょっと、外の空気を吸いに出たとこ」

澄川が「そうか」と呟いて、夜空を仰いだ。吐き出す息が僅かに白い。

「何かさ」澄川が静かに言った。「こんなふうに喋るのも久しぶりな気がするな」

「……三日前に話したじゃん」

「三日？　まだそんなもんか。もう一ヶ月くらい経ってるような感覚だけど。お前とは毎日喋ってたから、こんなに空くと変な感じだな。勉強の調子はどうだ？」

「……ボチボチかな」

「本当かァ？」

にやにやとした澄川が疑うような目で見てくる。実際はまったく頭に入らず焦っていることを見透かされそうで、奏太は言葉を濁しながら視線を頭上に逃がした。ちょうど見上げた先に、小さな星を見つける。釣られるようにして澄川も夜空を仰ぐ。

数秒無言で空を眺めた後、澄川が「さて」と言った。

「ほら、もう中に入れ。そんな薄着のままで外に出るなよ。肝心のテストの時に熱を出したらどうするんだ」

薄手のシャツにカーディガンを羽織っただけの奏太を見て、しょうがないヤツだなと自分の首もとからマフラーを引き抜く。「い、いいって」と遠慮する奏太を捕まえ、半ば強引にぐるぐるとマフラーを巻きつけた。

「よし、このまま部屋に戻れ」

「……すぐそこなのに、こんなの必要ないよ」

顎《あご》ごとぐるぐる巻きにされたマフラーから、澄川の匂いが立ち上ってくる。胸がきゅんと

苦しくなり、火照った頬は感覚が麻痺《まひ》したみたいに寒さを感じなくなる。

「いいから。ちゃんとメシは食ったか」

「……うん、適当に」

「あまり遅くまで根詰めてやってもかえって逆効果だからな。睡眠はちゃんと取って……」

声に被さるようにして、澄川の腹の虫が鳴いたのはその時だった。

「あ」と、彼が思わずといったふうに間の抜けた声を上げた。

「先生、夕飯は？　もしかして食べてないの」

奏太が訊ねると、澄川はバツが悪そうに頭を掻いてみせる。

「忙しくて、忘れてたんだよ。もう遅いし、帰ってから何か食べればいいかと思って」

「だったら、何か作ろうか？」

咄嗟に奏太が言うと、澄川が「え？」と面食らったように見てきた。

「いいのか？」

「うん。冷蔵庫にある物でよければ」

一瞬ぐらついたように見えた澄川は、しかし、そこで思い直したようにかぶりを振る。

「……いや、やっぱりいい。お前は勉強に集中しなさい」

「今、ちょうど休憩中なんだよ」

奏太もムキになる。「料理は気分転換にもなるし、さっきまで集中して問題を解いていて、今は少し体を動かしたい気分だから」

食い下がると、澄川が意外そうな顔をして言った。

「お前の場合、料理が気分転換になるのか」

「……ま、まあ、時々なら。何も考えずに作業できるし」

しまった。勉強の合間の気分転換なんて言わなければよかった。それならどうして夕飯ぐらい作れないのだと、変に思われたかもしれない。奏太のちぐはぐな言動に何か勘付いてしまっただろうか。ドキドキしながら澄川の次の言葉を待っていると、いきなりふっと彼は笑いだした。

「お前らしいな」

「……」

不意打ちの笑顔に、きゅっと胸が締め付けられる。

「じゃあ、頼めるか。久しぶりにまともなメシが食えるのは嬉しいな。着替えてくるわ」

「う、うん。あ、出来たら部屋に持っていくよ。お風呂でも入ってれば」

「……いいのか？」

「別にいいよ、それぐらい。いつももっと図々しいくせに。何、変に遠慮してんの」

「いや……」と、澄川が弱ったように首筋をさする。

「じゃあ、お言葉に甘えて。風呂に入らせてもらうわ。鍵は開けとくから、勝手に入っていいぞ。後でな」

「うん」

階段の下で一旦澄川と別れる。二階に上っていく背中を見上げながら、マフラーに埋めた口元が弛んで仕方なかった。

奏太は声も出さずに笑って、弾む心を抱えつつ部屋に戻った。


冷蔵庫を開けると、ドアポケットの卵が目に入った。

思わず手に取ろうとして、躊躇う。

「……やっぱり、やめとこ」

テスト前の部活停止期間に入ってから、一度もオムライスを作っていなかった。まだ成功したためしはなく、今ちょっと浮かれているからといって、勢いで作るのは何か違う。どうせなら、澄川には自分の納得いく出来に仕上がった完璧なオムライスを食べてもらいたい。

冷ご飯があったので、雑炊を作ることにした。

澄川は食にあまり気を使う男ではない。きっとこの三日間は偏った食事をしていたのだろう。野菜やキノコをあるだけ取り出して、必要な分だけ切ってゆく。

澄川の入浴時間は大体十五分くらいだ。不経済だと言って浴槽《よくそう》に湯を溜めることはせず、シャワーで済ませることが多い。

あまり手間はかけられないので、出汁《だし》は粉末スープを利用した。時間があればもっと凝った物を作ってあげたかったのに、今日は仕方ない。

ふんわりと卵を張って、出来上がり。三つ葉があればよかったのだけれど、普段使わないので冷蔵庫には入っていなかった。

十分美味《うま》そうだが、見た目に華やかさが少し足りない……？　ニンジンを星型にでも刳《く》り貫《ぬ》いてみようか。そんなことを思ったところでハッと我に返る。また少女漫画脳だと揶揄われるところだった。

男の料理なのだから、このくらいの素っ気なさでちょうどいいのだ。

時計を確認すると、澄川と別れてから二十分が経っていた。

そろそろシャワーを済ませてさっぱりしている頃だろう。奏太は盆に一人用の土鍋とレンゲをのせて、準備をする。

浮かれているのが自分でもわかる。何だろう、すごく楽しい。自分のためだとわざわざ調理するのは面倒なのに、澄川が食べる物だと思ったら多少の手間は惜しくなかった。

久々に話せて嬉しかったのだ。

こんなことならテスト期間中はごはんを作らないなんて宣言しなきゃよかった。

明日は料理をしたい気分だから、先生も食べに来ればと誘ってみようか。自然にさりげなく聞こえるためには、どういう言い方をすれば変に思われないだろう。

借りたマフラーを首に巻き、悩みながら盆を持って部屋を出る。白い湯気が夜闇《よやみ》に溶けてゆく。ふと見ると、いつの間にか『マルサン』の一階の電気が消えていた。兎丸は出かけたのだろうか。代わりに『マルイチ』の二階に電気が灯り、そこに澄川がいると思うだけでホッとする。階段を上がり、一〇二号室のドアの前に立った。

一応、礼儀としてノックをする。だが返事がない。

「先生？　入るよ」

せっかくの温かい雑炊が冷めてしまうので、奏太は早々にドアを開けた。

三和土にはいつも学校に履いて行く革靴とサンダル、履き古したスニーカーが無造作に並べて置いてあった。

「先生？　お邪魔します」

サンダルを脱ぎ、部屋に上がる。空調が効いていた。手前の台所スペースは多少物が増えて、ゴミ袋がドンと置いてあったが、動線はきちんと確保されている。以前の足の踏み場もなかった汚部屋と比べると、随分と進歩したものだ。ゴキブリ騒動があってからは、奏太と定期的に掃除をすることを約束したが、ちゃんと守っているらしい。

あまり使った形跡のない調理台の上に盆を置き、奥の六畳間を覗く。

「先生……あ」

思わず声を飲み込んだ。

澄川は敷きっぱなしの布団の上に寝転がり、すやすやと眠っていた。

風呂から上がったところなのだろう。首にはタオルをかけたまま、スウェット姿の澄川は気持ち良さそうに横になっていた。

「寝ちゃったんだ……どうしようかな」

さすがに疲れているのだろう。せっかく寝ているのに、起こすのも何だか申し訳ない。

少し水分を含んで見える髪はドライヤーで乾かした後のようだった。風邪はひかないだろう。足元に置いてあった掛け布団と毛布を、奏太はそっと広げて澄川に掛けてやった。

六畳間は少し散らかっていた。

最後にこの部屋を一緒に片付けたのは三週間ほど前だろうか。文化祭が終わった後だったように思う。

脱ぎ捨てたTシャツや靴下が畳の上に落ちている。壁際に据えた座卓には、パソコンの周辺に紙の束が重ねて置いてあった。そこは奏太が触れてはいけない場所だ。

澄川が寝ている布団を境にして、音を立てないように手前に散らかっていた雑誌や新聞を手早く重ねて脇に除《ど》ける。洗濯物は洗濯機に入れた。部屋の奥に開封していない中くらいの段ボール箱が三つも置いてあることに気づく。

「あんなの、前からあったっけ？」

越して来て四ヶ月が経つが、まだ解いていない荷物が残っていたのだろうか。ずぼらな澄川のことだから押入れにそのまま突っ込んでいたのかもしれない。その隣に、緑色のぬいぐるみが置いてあるのが目に入った。以前、クレーンゲームで奏太が釣り上げたカメだ。

――このカメは鈍臭そうじゃないか？　お前みたい。

「飾ってくれてたんだ？」

嬉しさが込み上げてくる。まるで自分の分身がそこにいるようだった。毎日奏太の代わりに、澄川の姿を眺めているみたいだ。ちょっと間の抜けたような顔と、つぶらな目。当たり前のようにこの部屋で居場所を与えられているカメが、少しだけ羨《うらや》ましかった。そんな自分の思考回路に辟易《へきえき》する。ぬいぐるみに嫉妬するなんて、馬鹿げてる。

ちらっと、布団の上の澄川を見た。

すやすやと気持ち良さそうな寝息を立てており、起きる気配はなさそうだ。

じっと寝顔を見つめる。

起きている時は、とてもではないがこんなにじっくりと見ていられない。目が合うだけでドキドキしてしまう。

「……やっぱり、かっこいいよなあ」

整った顔立ちは、さすが女子に騒がれるだけのことはある。奏太は母親似で、顔の作りはどちらかと言えば中性寄りだ。澄川と同様、割とはっきりとした目鼻立ちをしている。しかし、かっこいいと言われる澄川とは反対に、奏太はかわいいと表現されることの方が多い。

もし、高校生の澄川と同級生だったとしたら、自分たちは友人になっているのだろうか。タイプはまったく違うし、同じクラスにいてもあまり接点がなさそうだ。澄川はおそらくクラスの中心にいるタイプで、男女問わずいつもたくさんの友人に囲まれてワイワイと楽しく過ごしているに違いない。一方、奏太はというと、決まった友人のみとつるんで行動し、あまり騒がしいのは好まない。別に否定しているわけではなく、単純に自分の性格に合う合わないの問題だ。

高校生の澄川はどんな少年だったのだろう。

本人とも何度かその話題について話したことがあった。留年しかけたほど数学が大の苦手だったとか、文化祭の準備で盛り上がったとか、購買のパンがおいしかったとか、自転車で坂道を二人乗りしていたらブレーキが利かなくなったとか。

違反だよと言ったら、遠い目をした澄川からはあの頃はまだ厳しくなかったからと返ってきた。そういう歌もあってさ。懐かしいなあ。青春、青春。

今は捕まるからやっちゃダメだぞと言われて、少しばかり白けた気持ちになったものだ。二人乗りって、誰としたんだろう。男友達だろうか、それとも――。

奏太が知っているあるアーティストの曲に、思い当たるフレーズがあるけれど、あれは恋愛ソングだった。

同じ十七歳でも、奏太とはまったく違う高校生活を送っていたのだろうなと思って、少し嫉妬した。きっと、当時は付き合っていた彼女もいたはずだ。

——心配しなくてもそんなお前が好きそうな胸キュンエピソードはないから。

以前、澄川は笑いながらそう言っていたけれど、奏太はそんなわけないだろうと疑いながら寝顔を見やる。

「……先生、モテたんだろうな」

実際、今だって澄川は立っているだけで女性が寄ってくるほどだ。

プラネタリウムに行った時もそうだった。学校では常に女子に囲まれているし、新卒の英語教諭が澄川に急接近しているとかどうとかと、一部の女子が大声で話しているのを耳にしたこともある。

そんな中に、とてもではないが男で恋愛初心者の自分が割って入る勇気はなかった。激戦区に意を決して飛び込んだところで、何をどうしていいのかもわからない。邪魔だと弾き飛ばされるのがオチだ。

現在は独り身の澄川だが、いずれは誰か特別な人が現れて、交際に発展することもあるだろう。結婚もするだろうし、そうなれば、【なずな荘】から出て行く日もやって来る。

すうすうと規則正しい寝息を聞きながら、奏太はぎゅっと心臓を絞られるような苦しさを覚えた。

今、奏太が何を思ってどんな目で見つめているか、澄川が知ってしまったらどう答えるのだろう。

きっと、あからさまな拒絶はしない。でもたぶん、困ったような顔をして、必死に言葉を探すんじゃないだろうか。奏太を傷つけないように、優しい澄川先生の口調で諭されるのかもしれない。

どうせ自分のものにならないのなら、他の誰のものにもならなければいいのに。

そんな身勝手な思いすら湧き上がってきて、奏太は慌てて我に返った。

澄川はやはり起きそうにない。

奏太はそっと立ち上がり、床に落ちていたメモ用紙とボールペンを借りて一言残す。エアコンを切って、電気も消した。

台所に戻り、調理台の盆の横にメモ用紙とマフラーを畳んで置く。

サンダルを引っ掛けて、シューズボックスの上にあるこの部屋の鍵を掴んだ。しゃらと小さな音が鳴る。

「……何だよ、先生まで」

澄川の部屋の鍵には三連星のキーホルダーが付いていた。プラネタリウムに一緒に行った時、グッズ売り場で買ったそれだ。

急いで上着のポケットから一〇一号室の鍵を取り出す。しゃらと軽やかな音が鳴り、連なった星がくっついて出た。

「お揃いとかさ……誰かに見られたら絶対変に思われるって。こういうとこ、詰めが甘いんだよ」

独り言が浮かれて舞い上がる。

実際、お互いが鍵に付けるために買ったのだ。奏太はもとからそのつもりだったけれど、澄川は冗談半分で奏太に合わせてくれたのだと思っていた。完全に奏太好みのキーホルダーを、本当に澄川も使ってくれていることが嬉しくて仕方ない。

はあ、と思わず息が漏れた。天井を仰ぎ、ぐっと込み上げてきた熱いものを無理やり押さえ込む。

「……やっぱ、ダメだ」

弱気になっていた心がじりじりと熱を帯びて、締め付けられるみたいに苦しくなる。

「俺、先生のこと諦められないや」

両手に掲げたそっくりのキーホルダーを見つめて、ぽつりと本音が零れた。

■9■

翌朝、奏太は時間を見計らって、一〇二号室のチャイムを鳴らした。

ドタドタと物音がして、ドアが開く。

「おう、奏太」

「おはよう、先生」

澄川はすでにネクタイも締めて身支度を整えていた。

「おはよう」澄川がどこか拗ねたような声で言った。「お前、昨日は何で起こしてくれなかったんだよ」

「だって先生、イビキ掻いて気持ち良さそうに寝てたから」

奏太が答えると、澄川が「えっ」とショックを受けたみたいに声を上げた。

「俺、イビキなんか掻いてたのか」

「うん。起きそうになかったから、雑炊を置いて帰った」

イビキは奏太の嘘だが、大体昨夜の出来事はそんなようなところだ。申し訳なさそうな澄川に、「せっかく作ってくれたのに、悪かったな」と謝られてしまった。

「起きたらもう朝でさ。奏太が残してくれたメモを見て、さっき温め直しておじやにして食べたとこ。すげえ美味かったよ。ありがとうな」

「……別に、普通の雑炊だよ。余り物で作っただけだし」

照れ臭さを誤魔化すために、つい態度が素っ気なくなる。そんな奏太の頭をぽんぽんとしながら、澄川が「余り物であれを作れるところが凄いんだよ」と笑った。

「あ、あのさ先生。昨日、俺が鍵を閉めて帰ったんだ。だからこれ、返しに来た」

カーディガンのポケットから一〇二号室の鍵を取り出して、澄川に渡す。

「ああ、そうか。ごめんな、戸締まりまでやらせて」

「別にいいよ、それくらい。それに泥棒に入られた方が困るし。……そのキーホルダー、使ってるんだ？」

「うん？」と、澄川が自分の手元を見た。「ああ、これか。そりゃもちろん使うだろ。そのために買ったんだし。まさかお前、使ってないのかよ」

「お、俺もちゃんと使ってるよ。ほら」

制服のズボンのポケットから一〇一号室の鍵を引っ張り出して、澄川に見せ付ける。三連の星がしゃらと鳴った。

「よし、お揃いだな。失《な》くすなよ」

満足そうに笑って、澄川がよしよしと奏太の頭を撫でる。久しぶりに感じた手の重みは、ひどく心地よくて、心臓がきゅんと鳴った。もっと、触れて欲しい。触れてみたい。欲が出そうになり、慌てて首を振った。指通りのいい髪の毛を、飼い猫か何かを愛《め》でるように撫でていた澄川の手のひらがつるりと滑り落ちる。

「もっ、もう、子ども扱いしないでよ」

「子ども扱い？」と、澄川が怪訝そうに目を瞠った。

「……別に、そんなつもりはないんだけどな」

「え？」

奏太は急いで鍵をポケットに捩《ね》じ込みながら、聞きそびれた言葉を訊ね返す。しかし澄川は、自分の手のひらを一瞬見つめたのち、「いや」とかぶりを振った。

「あのさ、これ」

まだドキドキしている自分の胸に落ち着けと言い聞かせて、奏太は持っていた紙袋を差し出した。

「何だ？」

「……今日の、昼ごはん」

澄川が面食らったような顔をしてみせた。

「弁当、作ったのか？」

「うん。どうせ自分の分を作るついでだし。いらないなら、別にいいけど」

「いや、もらう！　いただく！　ありがたく食べさせていただきます」

大仰に両手を合わせて、澄川が袋を受け取った。奏太は軽くなった左手を、ホッと安堵《あんど》しながら下ろす。よかった、ちゃんと渡せた。渡し方も特に不自然ではなかったはずだ。

「もう出かけるの？」

「ああ、そろそろ行かないと。お前はもうちょっとしてからか。そうだ、土鍋を洗ったから返さないと。ちょっと待ってろよ」

すぐ横の台所から盆にのった土鍋とレンゲを一式持って戻ってくる。

「久しぶりに奏太のメシを食って元気が出た」

「……大袈裟《おおげさ》。あれ、先生。靴下、左右違ってない？」

「え？」足元を見た澄川が、「おおっ、本当だ」と焦り始めた。

「どこに行ったんだ？　まずい、時間がない。ちょっとお前も一緒に探してくれよ」

「もう、何でしまう時にちゃんと揃えないいんだよ」

「そんなこと言ったって、似たような色が多いからさ」

まったく理由にならないことを言って、衣装ケースをあさり始める。奏太もぶつぶつ文句を言いながら、何もかもが一緒くたに入っているケースに渋々手を突っ込む。

「もう、靴下は靴下でケースを分けてよ。こんなところにTシャツが入ってるし。あ、これじゃない？　紺色の……うわっ！」

引っ張り出したボクサーパンツにびっくりして、思わず投げ捨てる。ぴたんと顔にパンツを張り付けた澄川が、「……おい」と低い声で唸《うな》った。

テスト前に週番が回ってくると、週番日誌に書き込む【一日の授業内容】の欄が簡単で助かる。大体が『自習』になるからだ。

適当に埋めた日誌を担任に渡して職員室を出る。今日で週番も終わり。来週からはわざわざ日誌を届けるためだけにここまで来なくてもいいと思うと単純に嬉しい。

廊下を引き返していると、ぽんと背後から肩を叩かれた。

咄嗟に振り返り、そこに立っている人物を認めて、一瞬ぽかんとなる。澄川が「よう」と笑った。声を潜めてこっそり耳打ちしてくる。

「さっき、お前が職員室にいるのを見かけたから。追いかけてきた」

「……ふ、ふうん」

奏太は何でもないふうを装って、素っ気なく頷く。しかしその裏では、心臓がドキドキと急速に高鳴っていた。そんなことをわざわざ言わなくてもいい。自分の姿を見つけて追いかけてきたなんて、聞かされた方は勘違いする。変に期待してしまうのをやめられなくなる。

「弁当、美味かったよ」

「え?」と、思わず振り向くと、澄川が嬉しそうに目を細めて言った。

「やっぱりコンビニのパンや弁当と比べると、全然違う。俺の口はもう、奏太の味に慣れてしまって、他の何を食べても物足りないんだよな」

「……だから、先生はいちいち大袈裟なんだって」

悪態をつきながらも、カアッと頰が熱くなるのがわかって、奏太は慌てて顔を逸らした。

「もう帰るのか」

「ううん、これから教室に戻って、友達と一緒にテスト勉強をしてから帰る」

一瞬、澄川が押し黙る。

「……勉強会か」

「うん。先生は？　今日も帰りが遅くなるの？」

「いや、今日は早めに帰れそうだな。もう試験問題も作り終わったし」

「そうなんだ？」

奏太は少し躊躇《ためら》ったのち、思い切って誘ってみた。

「だ、だったらさ。夕飯作るから、食べに来れば」

澄川が驚いたように目を瞠った。

「でも、忙しいだろ。夕飯なんか作っている暇はないんじゃないか」

「俺だってごはん食べるし。それに、ずっと座って俯いていると肩が凝るんだよ。勉強も時間を決めてやった方が効率いいってわかったし、休憩中にごはんを作るだけだから」

「……いいのか？」

珍しく、澄川が下手に出て訊いてくる。

「いいよ。ていうか、先生のそれ、俺のがうつってない？」

「え？」

「俺が『いいの？』って訊いたら、いちいちそんなこと訊くなって、自分が言ったくせに」

指摘されて初めて気が付いたらしい。ハッとした澄川が、バツが悪そうに頭を掻いた。

「ああ、そうか。思いがけず嬉しいことが起こると、咄嗟にそれが本当かどうかもう一度ちゃんと確認したくなるもんなんだな、人間って」

澄川が納得したみたいに言った。「あ、わかった。お前もそうなんだろ」

「俺？　何が？」

「奏太も嬉しかったから、いちいち俺に確認を取ってたってことだよ。なるほど。プラネタリウムに誘った時も、ブーツをプレゼントした時もそうだったっけ」

「――――！」

途端に、奏太はカアッと顔が火を噴いたみたいに熱くなった。あれは、意識してそうしたわけじゃない。単なるクセのようなものだ。

だけど、言われてみればその通りだと思う。自分で耳にした言葉や目にした光景が、あまりに予想外で俄《にわか》に信じられない時、咄嗟に本当かどうか確認しようとする言葉が口をつく。

いいの？　本当にプラネタリウムに連れて行ってくれるの？　俺が先生と一緒に行ってもいいの？　誕生日プレゼントって本当？　このブーツ、本当に俺がもらってもいいの？　謙虚に見せかけて、心の底では相手が「もちろん」と頷くのを期待している。僅かな不安を掻き消してもらうために。それが確実に自分に向けられたものだと安心するために。

「奏太？　どうした、急に黙って」

「……たぶん、そうなんだと思う」

「え？」

「だって、プラネタリウムもブーツも、本当に嬉しかったし。まさか、先生が俺と一緒にどこかに遊びに出かけたり、誕生日を祝ってくれたりするなんて、想像もしてなかったから。予想外で、すごく嬉しかったんだよ」

　一息に言った後、我に返った奏太はすぐさま後悔した。澄川がぽかんとした顔でこっちを見つめている。しまった、こんなことを言うつもりじゃなかったのに。礼を言うにも、もっと言い方があったはずだ。よりによってこんな、思ったことをそのままぶつけるみたいな稚拙な言葉の塊――羞恥《しゅうち》に顔がカッカと火照る。物凄く恥ずかしい。急にこんなことを言い出した自分を、澄川が変に思ったらどうしよう。知らないうちに自分が発する言葉の端々に澄川を想う気持ちが滲《にじ》んでしまってはいないだろうか。怖くなって、焦る。

「じゃ、じゃあ」奏太は顔を伏せたまま言った。

「俺、教室に戻るから。友達を待たせてるし」

逃げるように歩を進める。と次の瞬間、ぐっと背後から腕を摑まれた。

「勉強会って、何の科目？」

澄川が真面目な顔をして訊いてくる。ぎょっとした奏太は、焦って声が裏返ってしまう。

「すっ、数学。暗記系は一人でもできるけど、数学は一人で悩んでもわかんないところはずっとわかんないままだし」

「だったら俺が教えてやるよ」

「は？」

澄川がニッと笑った。

「どうせお前の友達って、松永と柳井だろ。三人まとめて俺が見てやる。ほら、行くぞ」

「え？　ちょ、ちょっと待ってよ。先生！」

なぜか上機嫌で先を行く澄川を、戸惑う奏太は慌てて追いかけた。


十二月に入り、四日間の日程で組まれた期末テストも何とか無事に終了した。

特に数学。三日間の放課後勉強会において、澄川から徹底的に教え込まれた奏太たち三人は、これまでにないくらいの手応えがあった。テストが終わるとすぐさま廊下に出て集まり、出来具合を確認しあったのだ。まずまずの点数が取れているはずだ。

その他の教科もとりあえず赤点は免れただろう。

とにもかくにも、ようやくテストが終わり、晴れ晴れとした気分だった。

部活動も再開した。テスト期間と重なるため、先延ばしにしていた新入部員の歓迎会を行うことにして、三年生にも声をかける。

「何だか久しぶりに家政科室に来た気がする」

ドアを開けて入って来た久住が、開口一番そう言った。一緒に田所もやって来て、ホントだよねと嬉しそうに頷いている。実際、二人は文化祭以来の参加だ。

早めにやって来た木下は、奏太と一緒に皿にお菓子を並べるのを手伝ってくれていた。

「その後、オムライスはどう？」

ポッキーの袋を開けながら、木下が訊いてきた。

「最近はテストやら何やらで、練習できなかったです。また今日から頑張るつもりで……」

「何を頑張るって？」

どこからか別の声が割り込んできて、奏太と木下は思わずびくっと背筋を伸ばした。振り返ると、いつからそこにいたのか澄川がにっこりと微笑んで二人を見ている。

「高良は何かやってるの？　練習って、何の話？」

にこにこと問われて、奏太は慌ててかぶりを振った。どうやら肝心の部分は聞かれてないようだ。「い、いえ。何でもないです。せ、先生も来てくれたんですね。忙しいのに」

「顧問だからね。新入部員とも顔合わせをしておきたいし」

その時、ガラガラッとドアが開いて、噂《うわさ》の一年生女子二人がおずおずと顔を出した。すでに先輩が集まる室内を見て、「遅れてすみません」と、申し訳なさそうに謝る。

「ううん、時間通りだよ。二人ともこっちに来て、座って。今日の主役なんだから」

二年女子が一年生に手招きをして呼び寄せる。彼女たちは遠慮がちに歩きながら、途中で目が合った新部長の奏太に会釈してきた。奏太も「いらっしゃい」と笑いかける。

「立派に部長をやってるじゃないか」

にやにやと笑う澄川が、揶揄うように耳打ちしてきた。軽く隣を睨《ね》めつけて、奏太はお菓子を盛り付けた皿を持って長テーブルに移動する。後ろから澄川もついてくる。

歓迎会は自己紹介から始まり、お茶とお菓子を囲んでいつもの料理部の和やかな雰囲気に包まれる。一年生たちも徐々に緊張が解けたのか楽しそうにしていた。

「実はこの子、文化祭の【デコケーキ】を渡して告白したんですよ」

一年の一人が、もう片方の子の恋話を暴露する。二人は中学からの親友らしい。「ちょっとやめてよ、言わないでよ」と、声を上げた彼女も満更でもなさそうな感じだった。先輩たちに促されて、それが入部動機なのだと恥ずかしそうに説明してくれる。友人の方が「いいなあ」と、ため息をついた。

「私もあのケーキで告白すればよかったって、後悔してるんです。結構上手くデコれたのにな。でもすごく楽しかったです。あのお店が一番記憶に残ってて」

「じゃあ、紗奈《さな》ちゃんは、あのカップケーキのおかげで彼氏ができたんだ？」

興味津々に田所が問い詰めると、彼女が目元を赤らめながらもじもじと頷く。

「そうなんです。料理部のみなさんのおかげで、人生初の彼氏ができました」

「へー、すごーい。本当にカップルができちゃったんだ。ねえ、高良くん。最初に、高良くんもそんなようなこと言ってたもんね」

「ああ、そうそう。メッセージを書いて、文化祭の雰囲気に乗じて好きな相手に渡すのもアリだって言ってたよね。ラブレターならぬラブケーキ作戦」

「そうなんですか？」

一年生二人の視線を受けて、奏太は気恥ずかしくなる。

「まあ、うん。そういうことがあってもいいんじゃないかなと思って」

「じゃあ、紗奈の恋のキューピッドって高良先輩だ」

「──キューピッド？」と、奏太の隣で澄川がブッと小さく噴いた。ムッとする奏太以外には聞こえなかったのだろう。紗奈が嬉しそうに言って寄越す。

「そうかも。高良先輩、ありがとうございます」

「え？　あ、うん。よくわかんないけど……とりあえず、おめでとう」

彼女がはにかむように笑った。面と向かって礼を言われると、ひどく照れ臭い。この企画が、文化祭に参加した誰か一人でも思い出として残ってくれたらいい。部員勧誘とは別に、そんな希望を持って考えた案だったけれど、奏太の思いは彼女たちにちゃんと届いたようだ。受け取った二人が、こうやって新しい仲間になってくれたことが本当に嬉しい。

歓迎会は三年女子が中心になって盛り上がっていた。

「よかったな」

ふいに、和気藹々《わきあいあい》とした部員たちの様子を眺めていた澄川が言った。

「諦めずに頑張った甲斐《かい》があったじゃないか」

「……うん」

「あの一年生たちにとって、お前は忘れられない先輩の一人だな。特に、彼氏ができたって喜んでる子。何てったって、初めての男を射止めてくれた恋のキューピッドだからなあ」

自分で言って、くっくと笑い出す。

「何、笑ってんだよ。失礼だろ」

「いやあ、かわいいキューピッド様だなと思って。ちょっとツンツンしてるけど」

澄川が何か思いついたように菓子皿に手を伸ばす。「これ、持ってみろよ」と、それを渡してきた。ハート型のチョコレートだ。チョコを持つ奏太を見て、澄川がプハッと噴き出す。

「……完全に遊んでるでしょ」

「もっとにっこり笑えって。仏頂面のキューピッドなんて不吉だろ。似合うぞ、その赤いハート。俺の心にもサクッと刺してくれないかなあ」

ニヤニヤと揶揄う澄川の足を、テーブルの下で思いっきりサンダルの上から踏み付けてやった。「うっ」と澄川が呻《うめ》く。全員が一斉にこちらを向いた。

「どうかしましたか？」

「……いや、何でもないよ。続けて」

何事もなかったかのように王子然と微笑んでみせる姿はさすがだ。その一方で、微笑みを崩さずに「後で覚えとけよ」と、こっそり耳打ちしてくる。奏太は澄川だけに見えるような角度で、できるだけ憎たらしくべーッと舌を出してみせた。トレードマークの爽やかスマイルがピクッと引き攣る。フンとそっぽを向いて、チョコの赤い銀紙をベリベリと剝がす。

澄川の胸にハートの矢を刺せるものなら、とっくにブスッと刺している。

奏太の作ったカップケーキを一番多く平らげた張本人のくせに、皮肉にも澄川には何の効果もなかったらしい。まあ、ケーキを食べただけで気持ちが伝わるなんて、そんな都合のいい展開が転がっているわけないか。紗奈だって、きちんと自分の言葉で相手に想いを告白したのだ。カップケーキはそれを後押ししたに過ぎない。何もせずにただ嘆いているだけの自分に、ケーキのご利益は見込めない。

薄いハート型のチョコをパリッと齧《かじ》った。ほろ苦い甘さが口いっぱいに広がる。

――あの一年生たちにとって、お前は忘れられない先輩の一人だな。

舌の上でチョコを溶かしながら、澄川の言葉を反芻する。奏太にとっては、澄川こそが一生忘れられない教師として、いつまでも記憶に残るのだろう。ずるいなと思った。

「それでそれで？　ケーキには何て書いたの？」

「先輩たちが作った見本が並べてあったじゃないですか。あれをお手本に『スキです』って書いたチョコを飾って、クリームでハートを描いて渡したんです」

後輩の惚気《のろけ》に、全員が「おおっ」と声を上げる。

奏太はふと考える。もし、自分が完璧なオムライスを作り上げて、黄色い卵の上にケチャップで愛のメッセージを書いて差し出したら、澄川はどうするだろうか。

困る？　それとも、義理でもちょっとは嬉しそうに笑ってくれる？

ちらっと横目に隣を見やる。

澄川は新たに手に取ったハートのチョコレートを、美味そうに齧っていた。

歓迎会がお開きになり、片付けを済ませて解散になった。

一年生コンビの中学の後輩が、来年東元を受験するらしい。文化祭にも見学がてら来ていて、晴れて高校生になったら料理部に入りたいと言っていたそうだ。嬉しい話だった。

家政科室の鍵を返却しに職員室に向かっている時だった。

「――それで？　全部、荷物は運び終わったのかよ」

薄暗い非常ドアの傍に誰かが立って携帯電話で話していた。潜めた声だったが、すぐにピンとくる。澄川だ。しかも口調が完全に素に戻っていて、思わず奏太は辺りを見回した。幸い放課してから随分と経っている。ひとけはないが、こんな場所で気を弛めすぎだ。

「アパートの鍵は？　ちゃんとポストに入れたか。持って帰るなよ？　借り物なんだから」

え？　と、奏太は踏み出そうとした足を止めた。アパートとは、【なずな荘】のことだろうか。聞き耳を立てたが、澄川は一段と声を潜めてしまい、ほどなくして電話を切った。

「アパートの鍵って、何の話？」

澄川の背中がびくっと面白いほど伸び上がった。ハッと振り返った彼が、奏太の姿を認めてぎょっと目を瞠る。

「……お前、聞いてたのか」

「たまたま通りかかったんだよ。職員室に鍵を返しに行くところ。そっちの鍵って、何のこと？　まさか、アパートで変なことを企《たくら》んでないよね」

「そっ」澄川が明らかに狼狽えた。「そんなわけないだろ。大丈夫、心配するようなことじゃないって。気にするな」

「気にするよ。アパートで何かあったら俺にも責任があるんだし」

澄川がバツの悪そうな顔をして小さく息をついた。

「そうだよな、ごめん」

「何？　本当に何かやらかしたの」

俄に不安になって問い詰めると、澄川が焦ったようにかぶりを振った。

「だから違うって。ただ、お前がすごくイイコだなって思っただけだよ」

「……何それ。全然答えになってないんだけど。すぐそうやってはぐらかす」

照れ臭さと歯痒さが入り混じる複雑な気持ちで睨みつける。澄川が誤魔化すようにケラケラと笑って頭をぽんぽんとしてくる。

「本当に、何でもないから。心配しなくても大丈夫。ほら、早く鍵を返してこい。もう外は真っ暗だぞ。一人で帰るのか？　松永たちは」

「もうとっくに帰ってるよ。二人とも帰宅部だし」

「そっか」と、澄川が呟く。「俺もまだ帰れないからな」

「仕事が残ってるの？　お菓子ばっかり食べてサボってるからだよ」

「そうなんだよ。つい長居してしまった。あそこは居心地がいいからなあ」

うーんと伸びをする。長い両腕を突き上げると、羨ましいほど天井に近付いた。

「さて、もう一頑張りするか。お前も寄り道せずに気をつけて帰れよ」

「あれ、先生も職員室じゃないの？」

「俺は数学準備室」と、澄川が反対方向に爪先《つまさき》をむけて指を差す。

「ふうん。頑張ってね」

「おう。じゃあな」

軽く手を上げて、澄川が歩き出す。ぼんやりとその背中を見送り、ハッと我に返った奏太も慌てて職員室に向かう。今夜のメニューは何にしようか。アパートに戻って夕飯の準備をしていれば、またいつものように澄川がやってくるものだとばかり思っていた。


スーパーに寄ってからアパートに戻ると、すっかり日も暮れたあずまやに誰かがぽつんと座っていた。ぼうっと浮かび上がる人影に一瞬びくっとする。よく見ると塩田だ。

「あれ、塩田さん。今日は帰りが早いんだ？」

小さな印刷会社に勤務している彼は、普段はもう少し帰りが遅い。大体アパートに帰宅する順番は、奏太が一番先だ。

「奏太くん！」

塩田がハッと顔を上げて、立ち上がった。ひょろっと縦長の体にビジネススーツを着用した彼が、「帰ってくるのを待ってたんだよ」と言った。いつもの温厚な様子と違う。

「俺を？　え、何かあったの」

「それがさ。今日の昼間に仕事でこの近くまで来たから、家でごはんを食べようと思ってアパートに立ち寄ったんだけど、その時に引っ越し業者のトラックが止まっていて」

「引っ越し？」

奏太は初耳の話に首を傾げる。「え、誰か引っ越すの？」

「それが、澄川くんみたいなんだよ。奏太くん、何か聞いてないの？」

咄嗟に、聞き間違いだと思った。まさかそんなことがあるわけない。

「ちょっと待って。先生とはさっき学校で話したよ。そんなこと何も言ってなかったけど」

「けど、業者の人が澄川くんの部屋に入って段ボール箱を運び出してたんだ。俺が見た時はもう最後だったみたいで、すぐにトラックが発車しちゃったんだけど」

「……そういえば、引っ越し会社で働いている友達がいるって聞いたことがある。ここに引っ越してくる時も、その人に頼んだって」

「じゃあ、やっぱりそうなんじゃない？　友達ならあらかじめ鍵を渡しておいて、自分が仕事で出かけている間に荷物を運んでもらうように頼んであったとか」

「でもそんな話、俺は聞いてない……」

一瞬、頭が真っ白になった。混乱して、何がなんだかわからなくなる。

ふと唐突に思い出したのは、先日澄川の部屋を訪れた時のことだ。封をしたままの段ボール箱が置いてあった。もしかしてあれは放置してあったのではなくて、新たに荷物を詰め直した物だったとしたら。

追い討ちをかけるように、先ほど校内で偶然耳にした澄川と誰かの会話が脳裏に蘇る。

彼らは鍵の話をしていなかったか。アパートの鍵がどうとか……。

——それで？　全部、運び終わったのか。

ハッとした。途轍《とてつ》もなく嫌な予感が胸を過《よぎ》る。

「俺、もう一度、学校に行ってくる」

「え？」

「先生がまだ残ってるはずだから。話を聞いてくる。塩田さん、これお願い」

手に持っていた荷物を全部押し付けて、奏太は急いで踵を返した。

「は、え？　ちょ、ちょっと、重っ。あっ、奏太くん！」

黙って引っ越すなんて、冗談じゃない。さっきまで笑って話していたくせに。

——本当に、何でもないから。心配しなくても大丈夫。

ぽんぽんと頭にのった手のひらの感触を生々しく思い出す。澄川は呑気《のんき》にケラケラと笑っていた。あれで誤魔化したつもりだろうか。こんな時まで子ども扱いするなよ。情けなくて悔しくて、痛いほどきつく唇を嚙み締める。

何が心配しなくても大丈夫だ。こっちの気も知らないで——！

奏太はたった今歩いて帰ってきた道を、全速力で走って引き返す。

信号に引っかかり、その間に澄川に電話をかけようかと思ったが、そういえば鞄ごと塩田に預けたのだった。

苛々と青信号に変わるのを待って、再び体中の力を振り絞って走る。

もともとそんなに運動が得意な方ではない。体育の授業でも張り切ることはないのに、こんなに必死に走ったのは久しぶりだった。

学校が見えてくる。

体育館にはまだ電気が点《つ》いていた。暗くなってきたので照明のないグラウンド組は引き上げたのだろう。ナイター設備の整っている野球場からはまだ声が聞こえてくる。吹奏楽部も残っているようだ。

正面玄関から入り、下駄箱でスニーカーを上履きに履きかえる。この時間すら惜しい。

校舎はほとんど電気が消えていた。

数学準備室は四階だ。急いで階段を上る。膝《ひざ》がガクガクと笑い、手すりにしがみつきながら萎《な》える足を懸命に引き上げる。

ようやく最上階まで辿り着き、廊下を走って準備室を目指した。

一ヶ所だけ明かりが漏れている。

奏太はようやく立ち止まり、乱れた呼吸を整える。

数学準備室のプレートを確認して、大きく息を吸ってからノックした。

「はい？」

すぐに中から声が返ってくる。澄川だ。

奏太は半ば反射的にドアノブに手をかけて、回した。勢いよく開ける。

「先生！」

座って作業をしていた澄川が、ぎょっとしたように固まった。

「……奏太。お前、帰ったんじゃなかったのか」

思わずといったふうに澄川が立ち上がる。奏太は居ても立ってもいられず、突進するみたいに駆け寄って問い詰めた。

「先生、引っ越すって本当？」

「え？」

「昼間、塩田さんが見たって」

奏太は困惑する澄川のスーツの胸元を両手で摑み、泣きそうになる気持ちを押し殺して言った。「ひ、引っ越し業者がアパートに来たんだって。それで、先生の部屋から荷物を運び出してたんだって聞いた。先生、友達が引っ越し会社に勤めているって言ってたよね。アパートに来たのって、その人？　その人に何を頼んだの」

一瞬、澄川が言い澱《よど》む。「……ああ、見られてたのか」と、困ったように呟いた。

どくんと心臓が嫌な音を立てる。

「何で？　俺、先生から何にも聞いてないよ？　さっきまで普通に喋ってたじゃん」

「奏太？　おい……」

澄川がハッと言葉を飲み込んだ。自分でも熱いものが込み上げてくるのがわかった。視界が滲み、目から大粒の雫《しずく》が零れ落ちる。こんなところで泣いてしまう自分が物凄く恥ずかしいのに、涙を止められない。感情が昂ぶってどうにもならない。

「……何でだよ、何で黙って引っ越そうとしてるんだよ。ねえ先生、アパートを引き払ってどこに行くの？　もう叔父さんと話はついてるの？　何で……っ、何で俺には教えてくれないんだよ。だって俺、先生のこと……それにまだ、先生にオムライスだって……っ、どうでもいいことばっかり喋って、肝心なことは教えてくれないんだ？　先生、ずるいよ」

「ちょ、ちょっと待て、落ち着け」

肩に置かれた手を、思わず振り払ってかぶりを振った。もう頭の中がぐちゃぐちゃだ。自分でもわけがわからない。

「イ、イヤだ！　先生、どこにも行かないでよ」

何かに衝き動かされるようにして、奏太は澄川に抱きついた。頭上で、澄川が驚いたように息を飲む気配があった。涙が溢《あふ》れ出して止まらない。

沈黙が落ちた。

そろりと、奏太の頭を澄川が遠慮がちに撫でた。いつもと違って触れ方が随分とぎこちない。何か壊してはいけない大切なものに触る時のような、怖々とした、だがとても優しい手つきでゆっくりと何度も撫でる。

「……俺は、どこにも行かない」

「え？」

抱きついたまま上目遣いに見上げると、至近距離から見下ろしてくる澄川と目が合った。弱ったように笑う。

「塩田さんが見たのは俺のダチで間違いないよ。けど、ワケあって預かっていたソイツの私物を引き取りに来ただけだ。作業着姿で仕事中に寄ったから、塩田さんも勘違いしたんだろ。ちなみに中身はＤＶＤ」

「……ＤＶＤ？　あの箱、全部？」

「あの箱って、お前も見たのか？」

澄川が焦ったように訊いてきて、奏太は慌てて先日たまたま目についたのだと説明する。

澄川がため息をつき、「ガムテープで封印しておいてよかったよ」と言った。

「何せエロいヤツだからな。お前が興味を示さなくてよかった」

エロいヤツ？　奏太はその単語を頭の中で繰り返して、ハッと気づく。ようやくその意味を理解した途端、カアッと一気に顔が熱くなった。つまりは、アダルトビデオ。

「そっ、そんなものをあの部屋に隠し持ってたのかよ」

「だから、俺のじゃないって。俺はあの箱を一回も開けてない。お前だって見ただろ。ちゃんとガムテープで留めてあっただろうが」

「そんなの、開けてもまた上から貼り直せばいいことじゃん。部屋の中なら、誰も先生のことを見てないんだし」

「……何でそんなに信用がないんだよ」

澄川が拗ねたように言って、ぎゅっと奏太を抱き締めてきた。

驚いた奏太は、自分が彼の腰に手を回していることに気づく。改めて自分の行動を思い返してびっくりし、咄嗟に手をパッと放した。何をしているのだろうか。泣きながら澄川に抱きつくなんて、どうかしている。感情のままに叫びちらした自分の言葉が、途轍もない羞恥を伴って脳裏に蘇る。行かないでと涙ながらに引き止める姿は、まるで幼い子どもだ。澄川も呆れたに違いない。ひどい動揺に混乱しながら彼の胸板に手を突き、勢いよく突っ張る。

ドンと突き飛ばされた澄川が、小さく呻いた。

「うっ……お前なあ」

「な、何するんだよ」

「何するって、お前から抱きついてきたくせに」

「ちがっ」奏太は必死に首を横に振る。「違う、さっきのはそういうんじゃないから」

羞恥に火照った顔を隠そうと、大きく一歩後退《あとずさ》って、背を向けた。本気で恥ずかしかった。アパートから全速力でここまで駆け戻ってきた自分が。感情が昂ぶり、支離滅裂なことを言って泣き叫んだ自分が。離れたくないと、澄川に抱きついた自分が。すべてが奏太の勘違いで、澄川を置いて勝手に取り乱した自分が心底恥ずかしい。かっこ悪い。消えたい。

背後で小さく息をつく声がした。

「泣きながら何を言っても無駄だぞ。もう手遅れだ」

肩を引き寄せられて、背中から包み込むように抱き締められたのは次の瞬間だった。

「ちょ、先生……っ」

「俺がいなくなると思って焦ったか？」

耳元で囁くように問われて、奏太はカアッと全身の温度を上げて硬直した。

息を飲むだけで、声が出ない。心臓がバクバクと壊れそうなほどに大きな音を鳴らしている。今にもパーンとはちきれそうだ。泣きたくもないのに、また涙が溢れて視界が滲む。喉の奥に熱の塊が挟まって、苦しい。

「オムライスがどうしたって？　木下ともそんなことを話してたよな。俺だけ仲間外れにするのかよ。拗ねるぞ」

「……こ、子どもみたいなこと言うなよ」

ようやく搾り出した声は掠《かす》れていた。「聞いてないフリとか、ホント、いい性格してる」

瞬いた途端、大粒の涙がぱたぱたとこぼれ落ちた。そのうちのいくつかが、奏太を抱きしめている澄川の手を濡《ぬ》らす。

「練習してるって、言ってたからなあ。聞かなかったフリをした方がいいのかと思って。誰のためにオムライス作りの練習をしているのかは訊かないでおくよ。楽しみにしてるから」

「……何だよそれ、自惚《うぬぼ》れすぎ」

澄川が耳元で楽しそうにくすくすと笑う。さっきまで激しく揺れていた胸が、今度は詰まったみたいに苦しい。きっぱりと否定できないのが悔しかった。きっと、奏太の下心はもう全部澄川に見透かされてしまっているのだろう。誰のためにオムライスを作る練習をしているのか、そんなの相手は一人しかいない。いつから気づかれていた？　奏太の気持ちを知って、澄川は引かなかったのだろうか。だけど今、こんなふうに抱きしめてくれているからには、彼もすべて承知の上だと奏太も自惚れていいのか。

「こんな寂しがり屋の泣き虫をおいて、どこにも行けないだろ」

胸元で交差した澄川の手が、ぐっと力をこめたのがわかった。奏太の背中と澄川の胸元が更に密着する。鼓動が一際強く高鳴った。どくんどくんと血の駆け巡る音が頭の中に直接響いてくるようだ。これが自分の中のものなのか、それとも澄川から伝わってくるものなのかは区別がつかなかった。澄川の心臓も、驚くほど速く脈打っている。

「……奏太、俺は……」

ガサッと、どこかから物音が聞こえてきたのはその時だった。

途端、澄川がビクッと怯《おび》える。奏太は振り返った。

「……今の、あの掃除道具入れの中からじゃなかった？」

「おい、やめろよ。まさかアイツがいるんじゃないだろうな」

あっという間に甘ったるい雰囲気は消え去り、澄川が目線で訴えてくる。奏太は仕方ないなと掃除道具入れの戸を開けた。確認したが、ゴのつく害虫はいない。どうやらバケツにかけてあった雑巾《ぞうきん》が落ちただけのようだ。

澄川があからさまにホッとした。その姿を見て、奏太は思わずプッと噴き出してしまう。

「もう、カッコ悪いな。先生こそ、俺がいないとダメなんじゃないの」

冗談めかして言う。濃密な空気はもうとっくに霧散している。バツの悪そうな顔をした澄川から、うるさいなと、拗ねたような口ぶりが返ってくるものだとばかり思っていた。

しかし澄川は、真顔で奏太をじっと見つめてきた。ドキッと心臓が撥ね上がる。

「そうだよ」と、彼が言った。「奏太がいないと、俺はダメみたいだ」

澄川の言葉に、奏太は息を飲んで目を瞠る。

「ぶつぶつ言いながらも傍にいて、俺の世話を焼こうとしてくれるお前が、かわいくて仕方ないんだよ」

歩み寄ってきた澄川が、奏太の手を摑んで引き寄せた。抗《あらが》う暇もなく、奏太は再び澄川の腕の中に収まってしまう。ふわりと覚えのある匂いがした。香水とか、そういう類《たぐい》のものではない。澄川自身の匂い。いつもじゃれ合うように引っ付いてくるから、自然とこの匂いに慣れてしまっていた。嗅覚《きゅうかく》が記憶を呼び起こす。いつからだろう、この匂いを嗅《か》いでドキドキするようになったのは。胸がきゅんとして、どうしようもなく切なくなる。好きだ。澄川のことが大好きだ。力が抜けて、トンと額をスーツの胸元に寄せた。今度は向き合っているせいか、心臓の音が何倍にも重なって聞こえてくるようだった。うるさくて、息苦しい。

「……先生」

「ん？」

「俺のこと、生徒としてかわいい？」

ずるい訊き方だと思った。頭上で澄川が小さく吐息で笑う。

「生徒として割り切れるなら、こんなふうに抱きしめたりしない」

腕に力が込められる。顔が押し付けられてますます密着して苦しいのに、この窮屈さになぜかひどく安堵した。

「最初は、年の離れた弟ができたみたいな感覚だった。俺は兄貴がいるだけだから、弟がいたらこんな感じなのかなって、お前と出会えて楽しかったんだよ。だけど、その気持ちが急激に変化したのは文化祭の時だ」

　澄川がゆっくりと記憶を辿るように言った。「あの時、お前から『ありがとう』って、お礼を言われただろ？　本当に嬉しそうに笑って俺に感謝してくれるお前を見て、ああ、コイツかわいいなって思ったよ。生徒としてとか、弟分としてとか、そういうのじゃない。もっと即物的な感情だ。キスしたいなって思った」

　澄川の腕の中で、奏太はカアッと頬を熱くした。文化祭の日、休憩時間に二人で過ごした空き教室。あの時、奏太が澄川の言動に感じたことは間違っていなかったのだ。

「それからは、一気にお前に対する見方が変わった。教え子にこんな邪《よこしま》な感情を持つなんて教師失格だとわかっていても、松永に嫉妬したり、しばらく部屋に来るなって距離を置かれて落ち込んだり。そうかと思えば、気紛れに夜食を作って差し入れてくれるし、弁当まで復活するし。どれだけお前に弄《もてあそ》ばれてるんだか。十歳も年下の男子高校生が何を考えているのかさっぱりわかんなくて、こっちはずっとモヤモヤしっぱなしだ」

「お、俺は、別にそんなつもりは……」

　相手の一挙手一投足をいちいち気にして、悩んでいるのは自分だけかと思っていた。澄川が随分と前から奏太のことをそんなふうに想ってくれていたと知って、驚きを隠せない。

「さっき、お前に泣きながら抱きつかれた時に、ああもうダメだなって観念した。これ以上は隠し通すのが無理だ。それくらい嬉しかった」

澄川の指先が俯く奏太の頬に触れた。ビクッと背筋が伸びる。体毛が薄く、ニキビ一つない肌の感触を確かめるかのように、滑らかな頬のラインをゆっくりとなぞる。

「俺はお前のことが好きだよ。こうやって触れて、抱き締めたいっていう意味で」

奏太の腰を支えるように回された手が、途端に淫靡《いんび》な意味を孕《はら》む。

「お前は？　ツンツンしている奏太もかわいいけど、今は素直な本音を聞きたい」

「お、俺は……」

言葉が喉元で引っかかる。緊張と照れ臭さが交錯する。

——人との出会いで人間って変わるもんだから。

ふいに、いつかの木下の言葉が脳裏を過った。澄川と出会って、確かに奏太は変わったと思う。周囲に言われて気づかされたこともあれば、自分自身がその変化を感じることもあった。一番は、誰かを独占したくなるほど好きになる気持ちを知ったことだろうか。

「俺も、先生が好きなんだと思う」

「思うって何だよ。はっきりしないな」

澄川がむくれる。いよいよ焦って、奏太は一度乾いた唇を舐めると、一気に言った。

「好きだよ。先生のことが大好き。カッコつけてる割に、本当はカッコ悪いところも同じくらい多くて、でもそういうところも全部ひっくるめて好きだよ、先生」

一瞬、澄川が圧倒されたみたいに押し黙った。

「お前、案外男前だな」

おかしそうに笑われて、奏太はカアッと熱くなる。

「な、何だよ。はっきり言えっていうから言ったのに」

「うん」澄川が嬉しそうに微笑む。「ブスッと心臓に矢を突き刺されたみたいな告白だった」

そんなことを言って、ゆっくりと顔を近づけてきたかと思うと、そっとついばむように奏太の唇を奪った。

「……キスをするのは初めてか？」

「あ、当たり前だろ。今まで誰とも付き合ったことないんだから」

「そうだったな」と、澄川がひどく幸せそうな顔をしてみせる。悔しいが、十も年上の澄川と経験値の差を比べたって仕方ない。火照る顔を上げて、奏太は澄川を見つめた。

「だからさ、先生。これからは先生が、俺にいろいろ教えてよ」

「……お前、どこでそんな殺し文句を習ってきた」

「な、何だよ、殺し文句って……んんっ」

咬《か》みつくようにして口づけられる。今度は口の中まで舐められて、ぞくっとした。

「……先生、エロい」

「安心しろ、お前が卒業するまでは健全なお付き合いを心がけるから」

澄川が悪魔みたいな美しい顔でニヤリと笑った。

■□■

「──できた！」

奏太は白い皿の上で湯気を立てるオムライスを見て、にんまりとする。

薄い卵は完璧にチキンライスを包んでどこも破れていない。

初めて成功したのは、つい二日前のことだった。澄川と付き合い始めた翌日。

一度成功すると、二度三度と上手くいき、なぜこんなに簡単なことを失敗し続けていたのか逆に疑問だった。

とにもかくにも、これでようやく澄川にお披露目できる。

六畳間の座卓に移動し、ケチャップを握り締めた。

黄色いつやつやとした卵の上に、緊張しながら赤いケチャップで大きなハートを描く。

こんなオムライスを何かのテレビ番組で見たことがあるような気がしたが、まあいい。ベタでも一度やってみたかったのだ。こういうの、先生も好きそうだし。

その時、チャイムが鳴った。

続けてコンコンとドアをノックする音が聞こえて、「奏太？」と澄川の声が呼びかける。

「今、開ける！」

奏太は急いで立ち上がり、いそいそと玄関にむかった。ドアを開ける。スーツの上にコートを羽織った帰宅したばかりの澄川が立っていた。「寒い」と、相変わらず厚着をしているくせに軟弱なことを言って、甘えるように奏太に抱きついてくる。冷たい冬の匂いが部屋に流れ込んできた。

「おかえり」

「ただいま。おっ、今日は何？　ケチャップの匂いがする」

ひくひくと鼻を動かす澄川に、奏太は「さあね」と素っ気なく答える。

「あー、腹減った」

靴を脱いで台所を抜け、六畳間にむかう澄川の背中を眺めながら、奏太の胸は早くもドキドキしはじめる。さて、どんな反応が返ってくるだろうか。

まもなくして「奏太！」と、澄川が年甲斐もなくはしゃぎ声を上げた。

奏太は内心ホッとする。どうやら喜んでくれたみたいだ。脱ぎ散らかした澄川の革靴を揃えながら、ちらっと隅っこを見やる。視界にそれが入ると、思わず頬が弛んだ。

三和土に鎮座したままの宝物のブーツ。

週末、澄川とデートをする予定だ。その時に初お披露目しようと、奏太は今から浮き立つ心を抑えきれずに恋人の待つ六畳間の部屋に急いだ。

★☆★　星に願いを　☆★☆

『ごめん、先生！　サークルの先輩につかまっちゃって』

携帯電話を耳にあてた澄川《すみかわ》は、内心でため息をついた。

――またかよ。

喉《のど》まで出かかった言葉をぐっと堪《こら》えて、苦い思いで胃に落とす。これで約束をドタキャンされたのは今月に入ってから何回目だろうか。今日は四月の第三週、木曜日。なのに今週はまだ一度も奏太《そうた》と一緒に夕飯を食べていない。昨日は澄川の方が歓迎会で遅くなったし、月曜・火曜は立て続けに奏太に予定が入っていた。

当時高校二年生だった彼と出会ってから、二年近くが経《た》った。

時間が経つのは早いものだ。ピカピカのセブンティーンだった奏太は一年間の長い受験勉強を乗り越え、この春、晴れて第一志望の四年制大学に合格したのである。奏太が決めた進学先はアパートから通える距離にあり、正直に言うと、場合によっては遠距離恋愛を覚悟していた澄川はホッと安堵《あんど》したものだった。

一方、澄川にも変化はあった。今年度から正式に数学教諭としての採用が決まったのだ。産休中の伊原《いはら》が職場復帰すれば臨時教師の自分はお役御免となるはずだったが、彼女はこのまま退職という形をとりたいと願い出たそうだ。伊原の都合もあったとはいえ、とにもかくにも澄川は棚ボタ状態で教師の地位を手に入れたのだった。

おかげで奏太たち卒業生を送り出した後も、澄川は忙しかった。奏太は奏太で、春休みは現地で働く母親の強い希望で二週間ほどアメリカに遊びに行き、母子水入らずで楽しんできたらしい。なぜかちょっと日焼けして帰国した。

そんなこんなで新年度が始まってしまい、二人とも新たなスタートを切った四月。

ようやく足場が不安定な臨時教師と精神的に不安定な受験生という関係や環境の問題が解消されて、これから蜜月《みつげつ》を迎えるばかりだった恋人同士は、今また新たな暗礁に乗り上げていた。

——奏太が構ってくれない。

辛い受験戦争から解放されて、羽目を外したくなる気持ちはよくわかる。かつての自分もそうだったから理解できる。新しい環境に浮き立つのは仕方ない。

少々人見知りの気《け》のある奏太は社交的な澄川と違い、自分から積極的に人の輪の中に入って行くタイプではない。澄川だって、彼には早く周囲に慣れて楽しいキャンパスライフを送って欲しいと思っているのだ。そのためには友人知人との付き合いは大切だろう。特に四月は新入生歓迎コンパも多いし、いろいろなサークルに顔を出すのも悪くない。新しい仲間や居場所を見つけるきっかけにもなるし、澄川自身もそうやって先輩や友人の輪を広げていったクチだ。

わかっている。大学一年生は公私共に忙しい。

重々わかってはいるが、できればもう少し、自分との時間を優先させてくれてもいいんじゃないか?

しかし、十も年下の大学生を相手に、子どもみたいな我がままをぶつけるのはあまりにも大人げない。澄川はもう一度心の中でため息をつき、クセのようになってしまった物分かりのいい大人の返事を口にした。

「そっか、わかった。未成年なんだから酒は飲むなよ」

『……うん。本当にごめん。今日は、オムライスを作るって約束したのに』

奏太のしゅんとしょげた申し訳なさそうな声が返ってくる。顔を見て話したいなと思いながら、澄川は苦笑した。

「気にするな。俺もまだ帰れそうにないし、また今度作ってくれよ」

『うん、今度は絶対! 先生もお仕事頑張ってね』

「ああ。あまり遅くならないようにしろよ」

『大丈夫。ヤマトも一緒だから』

「そうか、ヤマト……え?」

そこで澄川は嫌な予感を覚える。

「な、なあ、そういえばヤマトって最近お前の口からよく聞くけど……」

どこの誰なんだと言おうとした矢先、回線の向こう側で『高良《たから》』と、男の声が奏太を呼んだ。電話越しでも低めの落ち着いたいい声だとわかる。誰だ？

奏太が言った。

『あっ、ヤマトが呼んでる』

「は？　ヤマト？」

この声の持ち主が例の男なのか。俄《にわか》に焦った。

『それじゃね、先生』

「え、ちょ、ちょっと待っ……」

通話は途切れた。「あのバカ、切りやがった」澄川は反応がなくなった携帯電話を床に投げつけたい衝動を堪えながら、液晶画面を睨《にら》みつける。

「くそっ、ヤマトって誰だよ」

苗字《みょうじ》なのかそれとも名前なのか、それすら不明だ。どうやら同じ学部の新入生同士でつるんでいるうちの一人らしいが、最近の奏太はやたらとこの名前を口にするのが気にかかる。どんな野郎なのか、一度この目で確かめたかった。高校時代の奏太の交友関係はしっかりと把握していたが、大学生になってからというもの、彼の周囲にどんな人物がいるのかまったくといっていいほどわからない。

教師と生徒として同じ学校に通っていた頃は、早く奏太が卒業してくれたらとひそかに願ったものだった。だが卒業したらしたで、今度はまた別の問題に悩まされる。こんなことなら禁欲生活で悶々《もんもん》としても、まだ目の届くところにいてくれた方がよかった。

離れていると不安だ。今、こうしている間にも、奏太はヤマトと一緒にいるのだ。これからナンチャラというイベントサークルのコンパに誘われて、二人で参加するらしい。新入生は飲み食いタダだからと言っていたが、タダより高いものはない。浮ついたサークルには世慣れた男女もいるだろう。奏太が目をつけられないことを祈るばかりだ。おかしな誘惑に晒《さら》されないかと、心配で胃が痛い。

「……アイツ、かわいいくせに警戒心がいまいち弱いからな。態度は素っ気ないけど、デレた時はこれ以上ないくらいかわいいし……そうなんだよ、かわいいんだよなあ。困ったな」

放課したひとけのない廊下に切ないため息が響き渡る。窓の桟に肘《ひじ》をのせ、サッカーコートを元気に走り回る高校生をぼんやりと眺めた。

「俺も大学生に戻って、あいつと一緒にラブラブのキャンパスライフを送りてェよ……」

十歳の年の差が身に沁《し》みる。

【なずな荘】は相変わらずだ。

澄川が引っ越してきてから『マルニ』も『マルサン』も面子は変わらず、調味料コンビと獣コンビが敷地内をうろうろしている。

「あっ、先生おかえりー」

表の門をくぐり、入り組んだ建物を迂回《うかい》して中庭に出ると、兎丸《とまる》が手を振って寄越した。見ると、あずまやにいつもの四人が集合している。春になったとはいえ、夜はまだまだ冷える。しかし連中はそんなことにおかまいなしだ。暖かい部屋飲みよりも多少鼻水を垂らそうともあずまや集合を好むのである。そして、この冬も誰一人風邪をひかなかった。

「ただいま。今日も暇そうだな」

「失礼だなあ」兎丸がいい年をして唇を尖《とが》らせた。「みんな必死に働いて帰ってきたところなのに。こうやって一日の疲れを癒さないと、明日も頑張れないよ。先生も一緒に飲まない？」

「そうだな……」

「ああ、夜が怖い！　明日なんて永遠にこなきゃいいのに！」

何があったのか、佐藤《さとう》がテーブルに突っ伏してすでに管を巻いている。塩田《しおた》と猪瀬《いのせ》がまあまあと酒を注《つ》ぎながら宥《なだ》めていた。なぜか脇には倉庫から持ち出したらしい古い壺《つぼ》が置いてあって、立派な大振りの桜の枝が差してある。

「……おい、その桜はどこから盗んできた」

「本当に失礼なヒトだなあ」兎丸が冗談めかして言った。「花屋で売ってたから買ってきたんだよ。手っ取り早く花見をしようと思って」

ケラケラと笑いながら、日本酒をぐいっと呷《あお》る。綺麗《きれい》な顔をして、この中で一番酒に強いのが彼だった。見た目だけなら髭面《ひげづら》でごつい猪瀬も相当強そうだが、実は澄川より弱い。佐藤も似たようなものだ。意外にもひょろ長い塩田がいけるクチなのには驚かされた。いい酒を知っていて、時々秘密ルートから仕入れるとみんなを集めて振る舞ってくれる。

澄川は薄桃色の花を見やりながら言った。

「俺もちょうど飲みたい気分だったし。着替えてくるわ」

「了解」と兎丸が軽く手を上げる。「何かツマミがあったら持ってきてよ」

「わかった」

あずまやから離れて、『マルイチ』にむかう。

二階建ての建物は真っ暗だ。明かりのついていない一階の窓を見て、人知れずため息が零《こぼ》れた。今頃、奏太はサークルの飲み会の真っ最中だろう。そして彼の傍《そば》にはヤマトがいるはずだ。想像するだけで苛々《いらいら》する。奏太に気安く近づくんじゃねェぞ、ヤマト！

顔も知らない年下男に嫉妬《しっと》しつつ、澄川は外階段を上った。

鞄《かばん》から鍵を取り出すと、しゃらんと小さな音が鳴った。三連星のキーホルダー。奏太とおそろいのそれだ。

二人でプラネタリウムに行き、これを買ってやった時の奏太はひどく嬉しそうだった。あの日は十七歳の誕生日だったから、澄川からの思いがけない贈り物が余計に印象的だったのかもしれない。

「……本当は、最初から誕生日を狙《ねら》って誘ったんだけどね」

十八歳の誕生日のお祝いも、奏太のリクエストでプラネタリウムに行ったのだ。

——先生と初めてデートした場所だし。

頬《ほお》を染めて照れ臭そうにそう言った恋人の姿を思い出して、澄川は一人脂下《やにさ》がる。

「かわいいなあ、アイツは」

今年も、やっぱりプラネタリウムに行きたいと言い出すのだろうか。

「どうせなら本物の星を見に行きたいよなあ。星が綺麗な観光地ってどこかなかったっけ」

独りごちながら着替えを済ませて、戸棚にストックしてあった乾き物のパッケージを数種類取り出した。冷蔵庫にあった六ピースのチーズも一緒にビニール袋に入れて部屋を出る。

あずまやに戻ると、兎丸が待っていたとばかりにコップを差し出してきた。

受け取ると、とぷとぷと透明な酒が注がれる。

対面では、猪瀬と塩田が佐藤を宥め続けている。テーブルに突っ伏した佐藤はこの一年でますます横に膨らんだ肉襦袢《にくじゅばん》を揺らして更に荒れていた。

「もう今夜はこれくらいにして寝た方がいいんじゃないか？」

「いやだ、寝たくない！　寝たら朝が来るだろ！　一年に一回くらい明けない夜があったっていいじゃないか！」

「……賑《にぎ》やかだな。何があったんだ？」

冷めた焼き鳥を摘《つ》まみながら隣の兎丸に訊《たず》ねると、「職場でいろいろと揉《も》めたらしいよ」と返ってきた。

「ふうん。みんな大変だな」

社会人が五人もいれば、それぞれ五通りの悩みを抱えている。先月は塩田の調子がおかしかったし、冬頃は兎丸もどことなく様子が変だった。猪瀬も時々、深夜に一人でため息をつきながら煙草を吸っているところを見かける。付き合いが長くなれば、その分互いのことがよくわかるようになるし、澄川もまた、自分の知らないところで四人に気を使われている部分があるのだろう。

ただ同じアパートに住んでいるというつながりで、誰からともなくこうやって集まって酒を酌《く》み交わし、笑って泣いて騒げるのは幸せなことだなと思った。来年になればここに二十歳《はたち》を迎えた奏太も加わって、六人で一緒に酒を飲んでいるのかもしれない。何だかんだでここの住人たちは奏太をかわいがっている。さすがに彼らにまで嫉妬するほど澄川も落ちぶれてはおらず、奏太にとって【なずな荘】が大切な場所だということをよく理解しているつもりだった。しかし、ヤマトは別だ。

「澄川さんも大変そうだね」

兎丸がチーズの銀紙を剝《む》きながら、意味深に笑った。

「え？」

「奏太くん、大学生になってから帰りが遅いよねえ」

傾けたコップから思った以上に大量の酒が流れ込んできて、危うくむせて噴き出すところだった。

咄嗟《とっさ》に無理やり飲み込み、空腹の胃がカアッと熱くなる。

「げほっ……ま、まあ、大学生には大学生の付き合いがあるからな」

「新しい出会いもたくさん転がってるしねえ。ああ見えて、奏太くんはイマドキのかわいい顔をしてるし、大学デビューで一気にモテてたりして」

「そ、それはないだろ」

「何で？」

兎丸がきょとんとした顔で訊《き》いてきた。

澄川は判断に迷う。これは素なのかそれとも演技なのか。

澄川も奏太も自分たちの関係は誰にも伝えずに隠してきたつもりだが、兎丸に関してはどうもバレているような気がしてならない。時々こうやって何も知らないフリをしながら、核心をつくようなことを言ってきたりするので油断できないのだ。食えない性格の彼は、澄川を揶揄《からか》って楽しんでいる節がある。

「奏太くんだってやる時はやるかもよ？　もしかしたら——童貞のうまそうな匂《にお》いを嗅《か》ぎつけたオオカミにパクッとやられちゃうかもしれないけど」

「おいっ」

「冗談だって、ジョーダン。センセイ、焦りすぎ」

ゲラゲラと大笑いした兎丸が、澄川の肩をバンバンと叩いた。

「痛てェよ。お前、酔っ払ってんだろ」

「ほろ酔いほろ酔い。桜が綺麗だよねえ。日本人バンザイ——ていうかさ、本当に奏太くんってまだ手を出されてなかったんだ？　ちょっと澄川センセのことを見直したかも」

桜の花に負けず劣らず綺麗な顔をした兎丸にじっと見つめられて、ぎくりとした。

「……は？　な、何の話をしてるんだよ」

「俺さ、本当は心配してたんだよ。イチャイチャ羽目を外して、もしかしたら奏太くんの在学中にドラマみたいな展開になっちゃって、先生はクビになり、奏太くんも退学とかになっちゃったらどうしようかなあ、とか。もちろん、俺たちは味方につくけどね。けどほら、世間は厳しいから。守るのにも限界があるなあって」

「お、おい。ほ、本当に何の話をしてるんだ？　俺にはさっぱりなんだけどなあ。アハハ」

冷や汗ダラダラだった。今、確信した。すでにこいつには全部バレている。

兎丸もアハハと笑いながら、とろりとした酒を美味《うま》そうに舐《な》めている。こいつが何を考えているのかさっぱり読めない。心臓がドキドキだ。澄川は更に笑って誤魔化《ごまか》した。あの桜の枝をおしゃべりな口に突っ込んで塞《ふさ》いでやりたい。

風が吹いた。ざわっと桜の枝が揺れて、淡い花びらがひらひらと夜風に舞う。

桜は散り際が一番美しいというが、なるほどその通りだと思う。白い雪のように花びらを散らす様はいっそ幻想的で、そのはかなさに意味もわからず焦燥に駆られながらも目を離せない。夜闇《よやみ》に映える薄紅に、一瞬、完全に心を奪われる。

一枚の花びらがひらひらと風に流されて、上手《うま》い具合に澄川のコップに滑り込んだ。透明な酒の水面《みなも》に白いハート型の花びらが浮かぶ。ゆらゆらと揺れる花びらを見つめながら、そういえばと気付く。今年は何かと忙しくて、ゆっくりと花見をする暇もなかった。去年は奏太と二人で、弁当を持ってのんびりと公園を散歩したのだけれど。

「そういえば昨日、駅前で奏太くんを見かけたよ」

「昨日？」

澄川は思わず眉根《まゆね》を寄せて、兎丸を見やった。昨日といえば、職場の歓迎会で帰宅が遅かった日だ。新卒の新米教師に混ざって一応澄川も主役の一人だったため、二次会三次会とつき合わされて、アパートに戻った頃には日付が変わっていた。通りかかった奏太の部屋はすでに電気が消えていたはずだ。

「あれ友達かな？　同年代くらいの男と一緒だったけど。なーんだか、奏太くんは深刻そうな顔をしててさ。それを友達が慰めてるっていうか……まあ、ちょっと意味深な雰囲気ではあったよね。友達、結構イケメンだったし」

「……何時くらいだ？」

「んー、八時とか？　俺も仕事帰りだったから、そのくらいじゃないかな。その後、アパートとは逆方向にまた二人で歩いて行っちゃったけど。あとをつけるわけにもいかないし」

そこはつけて行けよと、心の中で毒づく。いつもは無遠慮に図々しく好奇心のまま突き進むくせに、何でそういう時に限って常識的なのだ。もやもやとしたものが急速に胸の中で渦巻き始める。昨日の奏太は、飲み会の予定は入ってなかったはずだ。なので講義を終えたら、大学から真っ直《ま》ぐ《す》アパートに帰宅したものだとばかり思い込んでいた。そんな時間まで誰と一緒にいたんだ？　同年代のイケメンって、まさかヤマトか？　ヤマトなのか？

悪い妄想にとらわれそうになっていると、兎丸がふっと真顔に戻って言った。

「あんまり大切にしすぎると、知らないうちに横取りされちゃうかもよ？」

「え？」

ドキッとして隣を見ると、兎丸がニヤッと笑って「なんちゃってー」と、ゲラゲラ笑いながらバシバシ澄川の肩を叩いてきた。

「まあ、これは猪瀬さんの経験談だけどねー。かわいい恋人を大事にしすぎて手が出せないまま浮気されちゃった猪瀬少年（当時十八歳）の悲しい恋物語をお話ししましょう」

「おいコラ兎丸！」

酔っ払ってタチの悪くなった佐藤をもてあましていた猪瀬が、ぎょっとして立ち上がる。絡む佐藤を塩田に押し付けて、高笑いする兎丸をシメにかかる。バタバタと騒がしい周囲をよそに、澄川は一人ベンチの隅に腰掛けて、じっとコップの中のハートを見つめていた。

ふいに、なぜか水面に浮かんでいたはずの花びらが、ゆっくりと酒に沈んでゆく。

「……ちょ、ちょっと待て。何で沈むんだよ。浮かべ、浮かんでくれ」

必死にコップを揺らしてどうにか浮上させようとするも、白い花びらはコップの底にぺったりと張り付いてしまった。

このタイミングでハートが沈むなんて――不吉だ。

「……っ、クソ、ふざけんなよ」

澄川は慌ててコップに口をつけ、まだ半分以上残っている酒を花びらごと一気に胃に流し込んだ。


「あー、昨夜は飲みすぎた」

目を覚ましたら、自室の布団の中にいた。

あずまやで飲んでいたはずだが、いつどうやって部屋に戻ってきたのか覚えていない。前にも何度かこういうことがあったので、昨夜も自力で階段を上って玄関から入ったのだろう。サンダルは三和土《たたき》に脱ぎ捨てられているし、着ていたはずの服は台所や畳の上に散らかっていた。身につけているのはパンツ一枚。

——もう、そんな恰好《かっこう》でうろうろしないでよ！

奏太の声が飛んでくるようで、澄川は朝からニマニマと頬をだらしなく弛《ゆる》ませた。あずまやにいれば帰宅した奏太をつかまえて少しは話せるかと考えていたが、どうやら失敗に終わったようだった。おそらく、澄川の方が先に部屋に戻ってしまったのだろう。こちらの宴会がお開きになっても、奏太はまだ帰ってこなかったということか。一体、何時まで遊び回っていたんだ。

いくら大学生になったからといって、毎日遅くまでフラフラと出歩いていい理由にはならない。ヤマトのことも気になる。

「ちょっと今夜あたり、あいつと話をしないといけないな」

ブツブツと独りごちながら熱いシャワーを浴びて、出勤の仕度をする。二日酔いにはなりにくい体質なので、今のところ胸のムカツキや頭痛はない。歯を磨いて髭を剃《そ》り、むくみやクマがないことをチェックして頭髪を整える。

「よし、準備完了。朝飯を食いに行くか」

一〇二号室を出て鍵をかける。何だかんだ言っても、朝食は二人で一緒に食べる習慣が出来上がり、澄川の昼食の弁当も奏太の手作りだ。これで最近恋人が構ってくれないと愚痴ったら、大抵の人からは批判を浴びるだろう。奏太もそう考えているのだろうか。もっと会いたいしイチャイチャしたいと思うのは自分だけで、十八歳の大学生からしてみれば、「今朝も会ったじゃん」と、冷めた目で鬱陶しがられるだけなのだろうか。

奏太の愛が見えない。

ダメだダメだ。朝から沈みがちになる気分を叱咤《しった》して気を取り直す。外階段を下りて、すぐそこにある一〇一号室のドアをノックした。

いつもならこの段階で「はーい」と声が返ってくるのだが、今日は違った。

返事の代わりにバタバタと物音が聞こえてくる。慌てて駆け寄ってくる足音。何だ？　寝坊でもしたのだろうか。ほらみろ、遅くまで夜遊びをしているから、日常生活にまで弊害が出るんだぞ。

「奏太？　入るぞ」

ノブを回す。ドアを開けると同時に、奏太が飛び出してきた。

「せ、先生」

「おう、おはよう。珍しいな、まだそんな恰好をしているなんて」

少し厭味《いやみ》を含んだ言い方をしてやった。本当についさっき起きたばかりなのか、Tシャツと短パン姿だ。普段から早起きの彼はいつもこの時間に澄川がやって来ると、きちんと着替えてエプロンをしている。すでに弁当ができていて、朝食も準備されているのだ。本人はこういうのは好きだからと素っ気なく言うが、毎朝準備するのは大変だろう。

やはり澄川が甘えすぎているのかもしれない。大学は高校と違って時間割もまちまちだし、一時間目から講義がない日だってある。朝はゆっくり過ごしたいと思うこともあるだろう。今まで当たり前のようにこの部屋で朝食をとっていたが、澄川に合わせて奏太まで早起きさせていたことを申し訳なく思った。

「あ、あの先生」寝癖がついたままの奏太があたふたとしながら言った。「ごめん、俺、寝坊しちゃって。その、お弁当の準備……」

「ああ、いいって。今日は食堂で食べるから」

澄川は笑ってぽんぽんと奏太の頭を撫《な》でた。初めて寝坊してしまった自分を責めているのか、奏太が悔しそうに唇を引き結ぶ。こういうところもかわいくて、手を伸ばしぎゅっと抱き締めてやりたくなった。短パンからすらりと伸びた瑞々《みずみず》しい色白の足が目の毒だ。

「ごめん、先生」

「何で謝るんだよ。むしろこっちこそ、毎朝作らせて悪いなと思ってたんだ。昨日は、遅かったのか？」

「あ、うん。なかなか抜けられなくて……」

気まずそうにちらっと奏太が目を伏せた。釣られるようにして澄川も視線を足元に落とす。サンダルを踏み付ける奏太の足。その奥に、見慣れないスニーカーが置いてあった。どう見てもサイズが大きく、奏太の物ではない。嫌な予感が胸をよぎる。

「……誰か、いるのか？」

奏太がびくっと背筋を伸ばした。

「あ、えっと、友達が……終電がなくなっちゃって、それで、うちが近かったから」

しどろもどろに説明する。理由はわかった。まあ、そんなこともあるだろう。澄川も学生の頃に終電を逃したことは何度もあった。始発まで友人の家で雑魚寝《ざこね》をさせてもらったこともある。澄川だって理解のない大人ではない。

だが、頭のどこかで警鐘が鳴り響いている。奏太がこのアパートに友人を連れてくるなんて初めてのことだった。高校時代は同じ学校の教師である澄川に気を使ってくれていたのかもしれないが、とにかく、奏太が自分の部屋に友人を連れ込んだことにまず動揺した。そして、この部屋に自分以外の誰かが寝泊まりしたと知って、激しい苛立ちが湧《わ》き上がる。

落ち着け、ただの友人だ。友人、友人、ゆうじん、ゆーじん……。

「せ、先生？」

急に黙り込んでしまった澄川の様子を窺《うかが》うように、奏太がおろおろしながら言った。

「あっ、そうだ。パンがあるんだ、今すぐ焼くからちょっと待ってて。一緒に朝ご飯……」

「高良？　どうしたんだ」

聞き慣れない声がした。部屋の奥から人影が現れる。

「あっ、ヤマト」

奏太が慌てたように振り返った。六畳間からゆっくりと歩いて台所に出てきた長身の男。なぜか上半身裸だ。それなりに筋肉のついた若い体をさらして近付いてくる。

こいつが、ヤマトだと？　オイ待て、何で裸なんだよ。

「お、起きたのか」

奏太が声を上擦らせた。「ああ、声がしたからな」と、低い声で答えながらヤマトが歩み寄ってくる。奏太が意味もなく両手をバタバタとさせて、シューズボックスの上に置いてあった何かを払い落としてしまった。カツンッと、三和土に叩きつけられたそれが小さな金属音を鳴らす。この部屋の鍵だろう。奏太はいつもこの場所に鍵を置いているのだ。

何をやっているんだ。澄川は苛々と眉をひそめた。ただの友人だろう？　何でそんなにあたふたしているのだ。やめろよ、堂々としていてくれ。おかげでこっちは変に勘繰ってしまいそうになる。

奏太の横に立ったヤマトが切れ長の目で澄川を見た。

「……誰？」

「あっ、う、上の階に住んでいる澄川さん。それより、何でTシャツを脱いでるんだよ。さ

っきまで着てただろ」

「ああ、居酒屋で染み付いた煙草や食いもんの匂いが臭くてさ。何でもいいから着る物を貸してくれないか。この恰好で電車に乗るのはちょっとな。家に帰ったら洗濯して返すから」

「あ、うん。でも、俺のだとサイズが合わないかも」

「だったら、俺のを貸そうか」

内心の動揺を隠すように声を装って会話に割って入ると、二人が揃《そろ》ってこちらを見た。

「え、いいの？」と、奏太が戸惑うように澄川を見つめてくる。

「別に構わないよ。見たところ、俺とヤマトくんの体形は変わらないみたいだし。奏太のよりは合うはずだ」

にっこりと微笑《ほほえ》むと、奏太がホッとしたみたいに「ありがとう」と言った。

澄川も顔には出さないが安堵していた。どうやらヤマトは一晩中裸で寝ていたわけではないらしい。この部屋に布団は一組しかないのだ。どんな状態で二人が眠ったのかはこの際目を瞑《つむ》ろう。まだ夜は冷えるし、一枚の布団を分け合うのは仕方ない。そこで悪臭が染み付いた服を脱ぎ捨てなかったことは褒めてやる。もし裸で奏太と密着していたら、そのまま臭いTシャツを着せて女性車両に押し込んでやるところだ。

「今、上から着替えを持ってくるよ」

「……すみません」

ヤマトが殊勝に頭を下げてくる。澄川は何でもないことのように大人の余裕の笑みを浮かべて踵《きびす》を返した。とその時、靴先がチャリンと何かを蹴飛《けと》ばす。

「ん？」

足元を見下ろした。そういえば、鍵が落ちていたのだった。サンダルの隙間《すきま》に銀色の先端が見える。

「悪い、蹴ってしまって……」

「あっ、い、いいよ！　俺が拾うから」

しゃがもうとする寸前で、奏太に先を越された。あまりに凄《すご》い勢いで手を伸ばしてきたので、危うくぶつかるところだった。だがそんなことを心配するより前に、澄川は硬直し、一瞬頭の中が真っ白になったような錯覚を起こす。

その後、自分がどうやって部屋に戻って、どんな服をヤマトに貸し、どんな顔で奏太たちとやりとりしたのか、ほとんど覚えていない。


「……星が、ついてなかったんだ」

澄川は重苦しいため息をつき、指を組んだ手の上に額をのせた。

「は？」と、居酒屋のカウンター席の隣に座る谷口《たにぐち》が怪訝《けげん》そうな顔をした。

「何だそれ、どこのレビューの話だよ」

高校以来の腐れ縁である親友は、アスパラのベーコン巻きを摘まみながらせせら笑う。

「星がいくつ欲しいんだ?」

「……三つ」

「可もなく不可もなくってところだな。欲がねえな、そんなんじゃステマの意味ねえだろ。仕方ない。俺が五つ星をつけてやるから、俺の星、いくらで買う?」

「何の話だ。俺はキーホルダーの話をしてんだよ」

「キーホルダー?」

澄川は上着のポケットから鍵を取り出して、テーブルに置いた。三連の星がくっついたアパートの鍵。それを見た谷口が、失礼なことにプッと噴き出した。

「何だこのカワイイヤツ。お前、こんな趣味だったっけ」

ゲラゲラと笑いながら、鍵を持ち上げて小さな星を揶揄うように揺らしてみせる。澄川はムッとして、「返せ」と谷口の手から鍵を取り戻すと、再びポケットにねじ込んだ。

「ああ、わかった」谷口がニヤニヤと笑いながら言った。「例の、年下の恋人の趣味だ」

澄川はちらっと横目に彼を見やり、無言でビールのジョッキを傾けた。谷口がまたゲラゲラと笑い出す。

「大学生だっけ? 随分とカワイイ趣味してんなー。俺まだ顔を見たことがないんだけど。

前にエロDVDを引き取りに行った時に擦れ違ったのは、あれは別の住人だろ？」

谷口が【なずな荘】を訪れたのは、もう一年以上も前の話だ。ちなみに当時彼が見かけたのは塩田である。引っ越し業者の恰好をした谷口が澄川の部屋を出入りするところを目撃してしまった塩田が、奏太に知らせて、澄川が黙って引っ越すつもりなのではないかと誤解を招く羽目になったのだ。しかしそれがきっかけで、澄川と奏太は現在のような関係になったため、ある意味この悪友が二人の恋のキューピッドといえるかもしれない。胡散臭《うさんくさ》い眼鏡をかけた、三十路《みそじ》前のただのエロいオッサンだが。

「しかし、本当に高校生に手を出すとはなあ」

「……俺だって、そんなつもりはなかったよ」

黙っているつもりだった。じわじわと自分の中で奏太への特別な感情が膨らみ始めていることに気づきながら、絶対に外に漏らしてはいけないと思っていた。

——けど、あの泣き顔を見てしまったらな……。

行かないでと泣きながら抱きついてきた奏太を受け止めた瞬間、もうこれは隠し通せるものではないなと腹が据わったのだ。普段は素っ気ない奏太の剝き出しの感情が素直に嬉しくて、腕の中の彼を愛《いと》しくて愛しくて仕方ないという想いが堰《せき》を切って溢《あふ》れた。あんなに心を衝き動かされるような相手に出会ったのは初めてだった。一度捕《つか》まえたら、きっともう手離せなくなる。この泣き顔も笑顔も自分以外の誰かの目に映させたくない。できることなら閉じ込めて独占してしまいたいとまで思う。

まずいなと、心の中で己を叱咤した。奏太のことになると、思考がアブナイ方面に傾きがちだ。

「塾講師をやってる時も、いつ女子高生に手を出すかと思っていたけど、まさかの男子高生にいくとはな。予想外だったぜ」

「人を犯罪者みたいに言うんじゃねェよ」

「バカ言え、こっちはその話を聞いてから、あの子が卒業するまでヒヤヒヤしてたんだぞ。親友が捕まったらどうしようってな。無事に大学生になってくれてよかったよかった。一回会ってみたいなあ、噂《うわさ》のソータクン」

兎丸と同じようなことを言って、谷口が美味そうにビールを呷る。

「そういや、何の話をしてたんだっけ？　星がどうしたって？」

「……だから、お揃いのキーホルダーだったんだよ。お互い、部屋の鍵につけて持ち歩いてたんだ。でも今朝、あいつが鍵を落としてさ。そしたら、ついてなかったんだよ。あいつの鍵に、星のキーホルダー」

いつから外されていたのかもわからなかった。毎朝、部屋に出入りしていたとはいえ、そこまでいちいち確認していない。昨日はついていただろうか。その前は？　今日は一日中、仕事の合間にもそのことばかり考えていた。きっと何か理由があるに違いない。そう自分に言い聞かせるも、心のどこかでは嫌な想像が拭《ぬぐ》いきれない。

「別に疑ってるわけじゃない。信じてるよ、あいつが浮気なんかするはずないんだって。わかってんだけど、ヤマトのヤツがさ」

「誰だよ、ヤマトって」

「この一週間、ずっとヤマトと一緒なんだよ。ヤマト、ヤマト、ヤマト！　このままだとヤマトに奏太を攫《さら》われてしまうかもしれない。とにかく、気が気じゃないんだよ」

「だから誰だよ、ヤマトって」

呆《あき》れたように繰り返す谷口に、澄川は顎《あご》をしゃくって奥の座敷を示した。

「今日もあそこで奏太と一緒にいる男だよ」

ぐぼっと、谷口がビールを噴きかけた。

「……マジか。お前、とうとうストーカー行為を始めたのか」

「失礼な。ストーカーじゃねェよ。ちょうど飲みたいと思ってたら、たまたまアイツらがここにいるって聞いたんだ」

正確には訊き出したのである。ぐるぐるとする気持ちを抑えて、たまには外で食事をしないかと奏太を誘おうとしたら、電話越しに申し訳なさそうな声が返ってきたのだ。先週から決まっていたようだが、澄川に伝えたつもりで忘れていたらしい。

「今日は学部の同じクラスの奴らと親睦会《しんぼくかい》なんだと。当たり前のようにヤマトも一緒」

「怖い怖い怖い！　それでつけてきたのかよ。やめてくれよー、俺を巻き込むなよー」

「別に乗り込んだりするつもりはねえよ。ただ同じ店で飲んでるだけだろ」

「……それが怖いんだって」

谷口がやれやれとため息をつく。澄川だって、好きでこんなところにいるわけじゃない。今朝のことがなければ、さすがにここまでしなかっただろう。

ジョッキを傾けて、ビールを胃に流す。

「……ヤバイんだよ。何か最近、すげえ不安でさ」

ふいに弱音が口を衝いた。

「あいつが卒業してから置いていかれた感が半端ない。卒業したら、もっと距離が縮まる気がしてたんだけどな。実際は、余計に遠くなったみたいだ」

「同じアパートに住んでるくせに、何を贅沢《ぜいたく》なことを言ってるんだよ。階段下りればすぐ会える距離じゃねェか」

「それはまあ、そうなんだけどさ。けどさ、朝部屋を訪ねたら、知らない男が上半身裸で出てきたらお前どうする？」

「……出てきたのか」

「いくら友達だって言われてもさ、あの状況じゃ誤解もしたくなるだろ。布団は一組しかないし、玄関から寝乱れた布団が見えてるし。一晩一緒にくるまって寝たのかと思うとはらわた煮えくり返るだろ！　俺はあの場でキレなかった自分を褒めてやりたいね。しかも服まで貸してやって。クソッ、ヤマトめ。終電なくなっても歩いて帰れよ、男だろ」

「なるほど。お前が知らないうちに、こっそりソータクンの部屋に泊まったヤマトが上半身裸で出てきたわけだ。間男要素満点だな」

そりゃお気の毒にと、谷口が大してそうは思っていない口ぶりでぽんぽんと澄川の肩を叩く。「間男じゃねえよ、ただのダチだ」と返して、ムッとしながら谷口の手を払い落とした。

「しっかし、お前の口から恋愛ごとで不安なんて言葉が出てくるとはなあ」

谷口がニヤニヤしながら遠い目をしてみせる。

「昔から誰かと付き合ってる間はその女だけだったし、見かけによらず案外誠実なヤツだとは思ってたけど、悩みなんて聞いたことなかったよな。知らないうちにくっついて、いつの間にか別れてるし。別れ際もソツがなくて揉めることもなければ、本人はあっさりしてて、執着とかあまりなさそうだったし？　社会人になってからは余計にそう思ってたわ。仕事は熱心だけど、恋愛は淡白って感じ？　足して二で割ればちょうどいい具合の熱量になりそうなのにってな。だからさ、今のお前の状態は俺的にちょっとビックリしてるんだけど」

「……おかしいか？」

バツの悪さを誤魔化そうとして低く問うと、谷口が眼鏡の奥で僅《わず》かに目を瞠《みは》った。

「いや？　いいと思うぞ。お前の職場での気色悪い王子様っぷりっていうのを見たことあるから、ヘタレ具合がバカっぽくて面白い」

ニヤリと笑う。「面白いって何だよ」と、澄川も思わず舌打ちをした。

「去年、お前を飲み会に誘ったことがあっただろ？　あの時のお前、何て言って断ったか覚えてるか？　『受験生がいるから無理。夜に出歩いて変に心配させたくない』だぞ？　もうあれには笑った笑った」

くっくと谷口が盛大に思い出し笑いをする。

「仕方ないだろ。ただでさえナーバスになっている時期に、余計な火種を作ってどうするんだよ。おかげで俺なんか夜食用のリゾットまで作れるようになったんだからな」

「リゾット！　ぶはっ」

谷口の笑いが更に大きくなった。ひいひい言いながら目尻の涙を指先で掬《すく》い、はあと息をついて酒を呷る。

「そんなに尽くしておきながら、まだ手を出してないんだろ？　ちっちゃいことでいちいち不安になるのはそのせいじゃないのか？　いい加減、禁欲生活も限界だろ」

「……いろいろとタイミングが難しいんだよ」

「むこうだってヤリたい盛りだろ。あんまり大事にしすぎると、若い体はついつい欲望のまま過ちを犯しちゃうかもしれないぞ」

実はこいつは兎丸の生き別れた兄弟なんじゃないかと本気で疑ってしまった。どいつもこいつも、人の不安を煽《あお》るようなことばかり言いやがって。

「余計なお世話だ。大体、奏太に限ってそんなことするわけがないんだよ。俺の考えすぎだって反省した……」

何の気もなしに顔を上げた時だった。

奥の賑やかな座敷の引き戸が開き、中から人影が現れる。その寄り添うように出てきた二人の姿を認めて、澄川は息を飲んだ。

奏太とヤマトだ。

奏太が何かを言い、それにヤマトが返している。騒がしくて聞き取れなかったのか、首を傾《かし》げた奏太の耳にヤマトが口を寄せて囁《ささや》きかける。やけに親密げに見えた。途端に、胃がぐっと迫《せ》り上がってくるような気持ち悪さを覚える。

「おい？　どうした」

急に黙り込んだ澄川を不審に思ったのか、谷口が問いかけてきた。目を見開いたまま動かない澄川の視線を辿《たど》り、「もしかして、あの二人が……」と、察して呟《つぶや》く。

ふいにヤマトが手を動かし、どういうつもりか奏太の頬に触れるような行動をとった。

それを見た瞬間、頭の中でブチッと何かが切れる。

「……っ、あのヤロウ！」

「お、おいっ!?」

椅子から立ち上がろうとした澄川を、ぎょっとした谷口が慌てて押さえにかかった。

「ちょっと待てバカ！　落ち着けって、何するつもりだよ。今のはたまたまだろ、この角度から見たらそう見えただけだって。実際は虫か何かを払っただけかもしれないだろ」

「どう見たって触ってただろうが！　奏太のほっぺたが一瞬動いたんだよ。見ただろ、あのやらしい手つき。アイツ、奏太に気があるんじゃねえか？　ムッツリっぽい顔しやがって。あっ、あのヤローまた！　クソッ、くっつきすぎだ」

「いや、もう意味わかんねえし。おい、どこ行くつもりだよバカ、座れって——うわっ」

椅子に足を取られた谷口が、澄川の上に覆いかぶさってきた。コの字型のカウンター席の端にいた澄川は、押されるようにして壁に後頭部から激突する。尻の下で椅子がぐらぐらと揺れ、危うく椅子ごと引っくり返るところだった。自分を見失いかけていた澄川も、さすがに我に返る。「大丈夫ですか、お客さま」と、カウンター越しに店員に声をかけられる。「すみません」と謝って、腹の上に圧《の》し掛かっている谷口の頭をパンッとはたいた。

「——おい、何してくれんだよ。痛ってェな、頭打ったぞ」

「悪い悪い。ていうか、何で俺が謝んの？　もとはといえばお前が悪い……」

「先生？」

声が割って入ったのはその時だった。澄川はハッと首を捻《ひね》り、そしてぎくりとした。

「……奏太」

向こう側にいたはずなのに、いつの間にここまで移動してきたのだろう。しかもヤマトも一緒だ。ヤマトが澄川にむけて軽く会釈してきた。奏太は大きな目で壁に寄りかかっている澄川と谷口をじっと睨みつけている。

「何でここにいるんだよ」

「え？」澄川は焦った。「あ、いや、その、お、俺たちもたまたまここで飲んでいてだな。べ、別に、お前たちのあとをつけてきたとかじゃないぞ。偶然こいつが待ち合わせに指定したのがこの店だったんだ……おいリュウ、起きろ。重たい」

「おいおい、人のせいにするなよ。呼び出したのはお前……イテッ」

余計なことを言いかける親友の頭をはたいて黙らせて、澄川はチラッと奏太を窺った。かわいい顔はきゅっと口を引き結び、眉を撥ね上げている。どう見ても怒っている。あらかじめ奏太の居場所を訊き出していたので、ここに澄川がいる状況は何を言っても言い訳にしかならないだろう。気まずいことこの上ない。まさかこの場で、お前とヤマトのことが気になって見張っていたんだとは口が裂けても言えない。

「奏太、あのさ……」

「こんなところで何やってんだよ」

「え？」

奏太がツカツカと詰め寄ってきて、まだ澄川の腹の上でくつろいでいた谷口の腕をいきなり引っ張った。これには澄川も谷口も驚く。予想外の行動だ。

澄川から強引に引き剝《は》がされた谷口は、慌てて自力で椅子に座り直し、きょとんとした顔で奏太を見つめていた。対して奏太は目を三角に吊《つ》り上げて谷口をキッと睨み付けると、

「帰ろう、先生」

澄川の手をぎゅっと摑《つか》んで引いた。

「え？　お、おう」

急いで椅子から立ち上がった澄川は、何がなんだかわからないまま奏太に手を引かれて店を出る。谷口とヤマトはぽかんとして二人を見送っていた。

外に出てからも、奏太は澄川の手を離そうとはしなかった。ずんずんと目と鼻の先にある駅にむかって歩いて行く。

「そ、奏太、勝手に抜けてもいいのか？　今日はクラスの集まりなんだろ？」

「いいよ別に。どうせもう帰るつもりだったから」

口調が怒っている。結局、それきり話をする暇もなく駅に着き、二人は電車に乗った。車内は混《こ》み合っていて、互いに無言のまま三駅通過する。奏太の横顔はずっと不機嫌だった。

最寄り駅まで戻り、奏太に続いて改札を抜けて外に出る。しばらく澄川が奏太のあとを追いかける形で歩き、ひとけのない住宅地の往来に差しかかったところで、声をかけた。

「奏太」

前を歩く彼は歩調を弛めない。追いかけながら、続ける。

「ごめん、悪かったよ」

一瞬、沈黙が落ちて、むすっとした声が返ってきた。

「……何が」

澄川は奏太の背中を見つめながら、バツの悪い思いで正直に打ち明けた。

「心配だったんだよ。最近、なかなか一緒にいられないのに、お前は『ヤマト、ヤマト』って、毎日アイツの名前を口にするからさ」

ふいに、奏太の歩みが止まった。

「今朝なんか、お前の部屋に行ったらアイツが出てくるし。朝も昼も夜も、お前の傍にヤマトがいるのかと思うと不安でしょうがなかった」

「……」

数メートル先で立ち止まった奏太がゆっくりと振り返る。外灯と月明かりのおかげで、表情は思ったよりもはっきりと見てとれた。ずっと不機嫌そうにしていた顔は、今はどこか戸惑うように眉根を寄せている。

「ヤマトは、ただの友達だよ」

花冷えの夜気に紛れて放たれた声も、すっかりトゲが消えていた。

「わかってるよ」澄川は数度小さく頷《うなず》いた。「わかってても、あんまり仲が良すぎるとヤキモチ焼くんだよ。十歳も年上のオッサンより、同じ大学生の方がそりゃ話も合うだろうし、一緒にいて楽しいんだろうなって考えては、勝手に一人で落ち込んでた」

情けないが、これが今年二十九にもなる男の本音だ。

「お前には楽しい大学生活を送ってほしいのに、時々、俺から奏太が離れていくような気がして不安になる。まだ、卒業して二ヶ月も経っていないのにな。今までずっと傍にいたせいか、俺の知らない場所で知らないヤツと何やってんだろうって、気になって仕方ない。笑ってもいいぞ。俺はヤマトの名前を聞いてから、ずっとアイツに嫉妬してたんだ」

奏太が大きく目を瞠るのがわかった。笑うどころかきゅっと唇を嚙《か》み締めて、どこか泣きそうな顔をしてみせる。

少し間をあけて、奏太が口を開いた。

「……先生こそ、さっき一緒にいた人、誰なんだよ」

低い声で訊かれる。

「さっき？　ああ、リュウのことか。谷口っていって、高校の同級生だよ。ほら、前に俺の部屋であいつのＤＶＤを預かってたことがあっただろ。あの引っ越し業者」

「えっ」奏太が拍子抜けしたような声を上げた。「あの人がさっきの人？」

澄川は「ああ」と頷く。

「悪い、あいつには全部話してあるから。俺とお前の関係もあいつは去年から知ってる。信用できる相手だからさ。お前にもいずれ紹介するつもりだったんだ。あいつも会いたがってたし」

「そうなの？」

奏太が目を瞬《しばたた》かせた。忙《せわ》しなく視線を辺りに泳がせながら、「俺も、ごめん」と言った。

「ヤマトに、先生と付き合ってるって話した」

「え？」

「あともう一つ、先生に謝らなきゃいけないことがあって」

そう言うと、奏太は数歩引き返し、澄川の前に戻ってきた。鞄に突っ込んだ手を差し出してくる。上をむけた手のひらに銀色の金属がのっていた。アパートの鍵だ。

「キーホルダーが、壊れちゃって。でもいつ壊れたのか全然わからなくて、気づいた時にはもう星が一個しかなかったんだ。その星も取れかかってて、何とかくっつけたんだけど」

よく見ると、今朝はなかったキーホルダーがきちんと鍵に付いていた。だが奏太が言った通り、三つあったはずの星が一つしかない。それも、切れてしまった小さな鎖の穴をてぐすで繋《つな》いである。

「ヤマトにも手伝ってもらって探したんだけど、あとの二つがどうしても見つからなくて。せっかく先生からもらったのに、本当にごめんなさい」

俯《うつむ》く奏太のつむじを見つめて、胸が詰まった。バカだなと思う。自分はどうしようもない大バカだ。何で彼のことを一瞬でも疑ってしまったのだろうか。己の狭量さと余裕のなさが途轍《とてつ》もなく恥ずかしい。澄川が大切にしている思い出は、一緒にそれを作った奏太にとっても大切な思い出なのだと、今更ながらそんな当たり前のことに気がついた。どこかに落としてしまった小指の頭ほどの小さな小さな星を、必死に探す奏太の姿を想像して、どうしようもないほどの愛しさが込み上げてくる。

思わず手を伸ばし、奏太の痩身《そうしん》を引き寄せると力いっぱい抱き締めた。

「——！　せ、先生？」

腕の中で、奏太が戸惑うような声を上げた。

「こんなところで……誰かに見られたらまずいって」

「誰もいないだろ。それに、暗いから顔なんてわからないよ」

ぎゅっと力をこめると、強張《こわば》っていた奏太の体から諦《あきら》めたように力が抜ける。本当にこの腕の中の存在がかわいくて、愛しくて仕方なかった。

「……先生」

「うん？」

「俺、さっきタニグチさんに嫉妬した。先生とイチャついてたから」

「……は？」

思わぬ攻撃に、澄川は一瞬、きょとんとしてしまった。あの谷口に嫉妬？　ありえなさすぎて、思考が一旦《いったん》停止する。

「先生は俺のことが心配だって言うけど、俺だって心配だよ。さっきも居酒屋で、女子がカウンターにかっこいい人がいるって騒いでた。まさか先生がいるとは思わないから聞き流してたんだけど、あれって、絶対に先生のことだし」

「……いや、そうとは限らないだろ」

「そうだよ。他にかっこいい人なんていなかったじゃん」

きっぱりと言い切られて、澄川は思わず面食らった。心臓をきゅっと摑まれたような気分になる。恋は盲目と言うが、拗《す》ねたような声を聞かせる奏太がかわいくてたまらない。

相手のことが好きすぎて、時に見当違いの方向にヤキモキしてしまうのも、恋愛の醍醐味《だいごみ》だったりするのだろう。きっとそれは、いくつになっても変わらない。大学生だって社会人だって、場合によっては傍《はた》から見たら笑ってしまうような幼稚な行動を取ったり、嫉妬したりするのだ。切なくなったり、泣きたくなったり。胸を搔《か》き毟《むし》られるような不安も、みっともないほどの独占欲も。キレイなものだけではない、うじうじとかっこ悪くて情けないそれらもすべて含めて、誰かを好きなるということなのだろう。

まるで初めて恋をするみたいだ。中学生に戻ったような気分になる。こんなことを今になって改めて考えさせられるとは思わなかった。

「学校だって、先生の外面に騙《だま》されてる人多いし、先生のファンはいっぱいいるよ。新入生も入って来たし、どうせあちこちで女子にニコニコ笑顔を振り撒《ま》いて、キャーキャー言われて悦《よろこ》んでるんだろ」

「……その言い方はちょっといろいろ語弊があるぞ」

「でも、本当の先生を知ってるのは俺だけだから」

澄川の鎖骨の辺りに顔を埋《うず》めていた奏太が、ふと上目遣いに見上げてきた。至近距離で目が合い、彼がはっきりとその言葉を口にする。

「先生の恋人は、俺だから」

「――!」

ああ、完敗だ。急激に高鳴る心臓に笑いが込み上げてきた。不安に駆られてずっと確認したかった言葉を、こんなに真っ直ぐな声で先に言われてしまった。かわいいだけじゃない、かっこいい恋人――心底惚れ直す。

「当たり前だろ。お前以外に誰がいるんだよ」

弛んだ頬を奏太の頭に押し付けるようにして、きつく抱き締めた。

「やめろよ、こんな道端でそんなかわいいことを言うのは。今すぐ押し倒したくなる」

「なっ、俺は別にかわいいことなんか言ってない……んっ」

顔を撥ね上げる隙を衝いて、素早く唇を掠《かす》め取った。触れ合った頬が妙に熱い。おそらく真っ赤に染まっているのだろうなと思いながら、陰になった瑞々しい頬にもキスを落とす。

「かわいいよ。心臓打ち貫かれた。あんまりかわいいことばっかり言うと、その口塞ぐぞ」

「……もう塞いだくせに」

「だな。それじゃ、もう一回塞がせて」

恥ずかしがる奏太の顎を掬って、軽く上を向かせる。少し湿った唇に、澄川は再び自分のそれをゆっくりと重ねた。


早足でアパートに戻ると、澄川は一〇一号室のドアを開けようとした奏太を半ば強引に抱き寄せて階段を上がった。

一〇二号室の鍵を開ける。三連の星がしゃららんと切羽詰まったような音を鳴らす。

「せ、先生？　あの……」

ドアを開けて、戸惑う奏太を先に中へ押し込む。我満の限界だった。

薄暗い玄関に入り、後ろ手にドアを閉める。カチャと音が鳴り、その瞬間、澄川は奏太の腕を引いて脇のシューズボックスに彼の背中を押し付けた。両手を付き、囲い込むと同時に咬《か》みつくみたいにして荒々しく口づける。

「んっ、ふ……んんっ」

舌を差し入れて、甘い奏太の口腔を貪《むさぼ》った。

キスだけなら軽いものから少し深いものまで、何度となく交わしてきたが、これほど濃厚に舌を絡ませたのは初めてかもしれない。一瞬、怖気《おじけ》づいたように奏太がびくっと舌を引っ込める。それをすかさず追いかけて、根元から強引に搦《から》め捕り、きつく吸い上げた。

奏太の体がびくびくっと痙攣《けいれん》する。

「……んっ、はふ……ン、んっ」

どれだけまさぐってもまだまだ足りない。柔らかい頬肉を舐め回し、敏感な口蓋《こうがい》を舌先でつついては震える奏太の反応を確かめ、懲りずに逃げようとする舌を捕らえて絡め合う。口内を隈《くま》なく味わいながら快感にひくつく舌を外に誘い出すと、空気に触れた濡《ぬ》れたそれに軽く歯を立てた。

「ふあっ」

びくんと奏太が仰《の》け反《ぞ》る。熱っぽい呼吸を繰り返す彼の柔らかい耳たぶを舐めながら、右手をそろりと下ろした。密着した体の隙間に差し込み、シャツの上から忙《せわ》しく浮き上がる奏太のしなやかな腹筋を撫でながら更にその下まで這《は》わせる。

「あっ！」

奏太が甘ったるい悲鳴を上げて、ぶるっと震えた。

「……ここも勃ってるな」

「や、やめ……んっ、せ、先生、そんなに触んないで、も、ヤバイから……っ」

泣きそうな声で言われて、澄川はぞくっと背筋を戦慄《おのの》かせた。

「奏太のここにちゃんと触りたい。触らせて？」

「……ふ、あっ」

股間《こかん》に這わせた手を、硬くなったそこを揉みこむようにしてゆっくりと動かす。奏太が熱っぽい吐息と共に嬌声《きょうせい》を上げた。

「かわいい声だな」

「……んうっ、か、かわいくなんか、ないっ……ぁっ」

「かわいいよ。この声を聞いてるとぞくぞくする。もっと聞かせろよ」

「やっ、あ、あ、んむ……っぁ――あっ」

手の中で一際激しく震えた屹立《きつりつ》があっけなく達した。シューズボックスと澄川に挟まれるようにしてなんとか立っていた奏太が、はあはあと息を乱してもたれかかってくる。

さほど重くない体重を受け止めながら、自分の息遣いまでが異常に興奮していることに気づく。澄川はごくりと喉を鳴らし、達したばかりの奏太の股間に自分のそこを密着させた。

硬く隆起した男の下肢を押し付けられて、奏太がびくっと背筋を伸ばす。

「……なあ、奏太」

腰を抱き寄せ、耳元で囁いた。熱に浮かされて声が掠れる。つるりとした小ぶりな耳の感触を唇で確かめながら、吐息混じりに言った。

「俺はお前のことが好きだよ。奏太の全部が欲しいと思ってる」

「……っ」

奏太が息を飲んだのがわかった。脱力していた体が急に強張る。澄川にまで緊張がうつってくるようだ。高揚する胸元に顔を埋めていた彼が、何かを決心したみたいにきゅっと澄川の上着を握った。

「……俺も、好きだよ。先生と、ちゃんとしたい」

ちらっと上目遣いに熱っぽく言って、すぐさま恥ずかしそうに顔を伏せる。

心臓がぎゅっと鷲《わし》摑みにされたみたいにゾクッとして、ぶるりと胴震いをした。上気した奏太の体温が何か甘い匂いと共に上ってくる。耳の下に鼻先をこすりつけて思いっきり体臭を吸い込んだ。それだけで一気に欲情が撥ね上がり、下肢に熱が流れ込んでくる。

「……お前、かわいすぎ。俺の心臓をはちきれさせるつもりかよ」

「んっ。せ、先生？　またそこ、そんなに、触らないで……俺、は、初めてだから、その、立ってとか、ムリ……」

はあはあと内腿《うちもも》を擦《こす》り合わせながらしがみついてくる奏太の仕草に、理性が焼き切れそうになる。この場で押し倒してしまわないように、澄川は奏太の太腿に腕を回し、急いで抱き上げた。

強引に肩に担がれた奏太がぎょっとしたように叫んだ。

「えっ、ちょ、先生！　お、下ろして、怖いって」

「すぐに布団の上に連れて行ってやるから黙ってろ」

いくら細身とはいえ、奏太も十八の男だ。それなりに体重はあるはずだが、この時ばかりは五十数キロの重さがまったく気にならなかった。

大股《おおまた》で台所を横切り、あっという間に六畳間に辿り着く。抱え上げる時は少々乱暴だったが、下ろす時は気を使った。恋人の体を敷きっ放しの布団の上に慎重に横たえる。

カーテンの開いた窓から、白い月明かりが差し込んでいた。

顔の横に両手をついて、奏太を見下ろす。大きな目が照れ臭そうに宙を彷徨《さまよ》う。

澄川はまだ少し幼さの残る頬にそっと触れた。

「……あまり他の男に触らせるなよ」

「え？」

「店で、ヤマトに触らせてただろ」

言うと、奏太が「ヤマト？」と、記憶を手繰《たぐ》るように斜め上を見つめる。

「あれは――睫毛《まつげ》がついてたから、取ってもらっただけだよ」

「だとしても、ちょっと妬《や》けた」

ムッとすると、組み敷いた下で一瞬、奏太がきょとんとした。ふっと可笑《おか》しそうに息を吐き出す。

「こら。何、笑ってんだよ」

「だって先生、かわいいんだもん」

くすくすと笑う奏太から、緊張が消えた。

「……かわいいのはどっちだろうな」

澄川は「え？」と訊き返してきた奏太のシャツのボタンを手早く外すと、ロングTシャツの裾《すそ》をたくし上げる。吸い付いてくるような肌の感触を味わいながらさすり上げて、辿り着いた胸の尖りを指先できゅっと摘まんだ。

「んっ」

奏太がくぐもった声を上げる。

「知ってるか？　男でもここを弄《いじ》られると気持ちいいんだぞ」

「え、そうなの？　でも、くすぐったいだけだけど」

衣服を剝ぎ取り、半信半疑の奏太の胸を澄川は指と舌で執拗《しつよう》に攻め続けた。最初はくすぐったそうにくすくすと笑っていたが、次第に自分でも体の変化を感じ取ったのだろう。身の捩《よじ》り方が妙に艶《なまめ》かしいものに変わり始めた。はあはあと吐き出す息に熱が混じり、時折鼻から抜けるような高い声を上げる。

自分のものとはとても思えないような甘ったるい声が恥ずかしかったのか、途中から手で口を覆いながら堪えていた。そんな健気《けなげ》な仕草がますます澄川の欲情を煽る。

小さな胸の粒にまるで赤ん坊がそうするように吸い付き、唾液《だえき》を塗《まぶ》して舌で転がした。普段はその存在を重要視していないささやかな尖りは、てらてらと月明かりを反射しながら僅かにふっくらと膨らんだように見える。散々胸を弄られた奏太は、頬を上気させてぐったりとしていた。

「気持ちよかったか?」

「……先生、舐め方がエロすぎ。……スケベ」

息を荒げながら、キッと眉を吊り上げて言われた。目尻に涙が浮いている。そんな顔で睨みつけられると、ゾクゾクしてしまう。

「男はみんなスケベだよ。お前だってこれからそうなる。俺がそうするから」

澄川は一旦立ち上がり、壁際の座卓の引き出しから小型のボトルを手にして戻った。

「な、何?」

不安そうに見上げてくる奏太に「ジェルだよ」と教える。

「痛くないように気をつけるから」

宥めるようにキスをしながら、奏太のチノパンの前立てを寛《くつろ》げる。腰を上げるように促した。奏太が言われた通りにおずおずと腰を浮かせ、澄川は彼の両足から一度精を放って汚れた下着ごと引き抜く。

胸を弄られた名残で、奏太の屹立は再び首を擡《もた》げていた。

ふるふると小刻みに震えているそこがなぜかひどく愛おしくて、思わず先端に口づける。びくっとした奏太がかわいい嬌声を漏らした。こっちも必死に理性をつなぎとめているのがだんだん辛くなってくる。

ボトルのキャップを開けて、粘り気のある液体を手のひらに零した。両手で人肌に温めてから、肉付きの薄い尻の奥を探るようにして塗りつける。

「っ」

「悪い、冷たかったか」

「……ううん。大丈夫」

奏太がかぶりを振った。澄川はホッとして、慎重に指を狭間《はざま》に這わせる。ひっそりと息づく後ろの入り口を探り当て、固く閉ざした襞《ひだ》を指の腹で円を描くようにしてほぐす。

「あ、っ……先生」

「うん？」

「ジェルなんて、常備してるんだ？」

滑りを借りて、難なく指が奥に潜り込む。奏太がひっと喉を鳴らした。痛みがあったわけではなく、ただビックリしただけだろう。澄川も息を飲む。初めて触れた奏太の中は驚くほど熱い。ごくりと唾《つば》を飲み込み、ゆっくりと節の高い中指を抜き差しする。卑猥《ひわい》な水音に混じって奏太の濡れた声が漏れた。すぐに恥ずかしそうに唇を嚙み締める。

「お前用に準備してたんだよ。傷つけたくないからな。俺も、男相手は初めてだから、一応いろいろ調べてみたんだけど」

「ふ……んぅ、そ、そんなことしてたの？」

「そりゃするだろ。ちゃんとお前のことを気持ちよくしてやりたいからな。だから、声は抑えるなよ。お前のよがってる声を聞きたい」

指を二本に増やす。圧迫感が強くなり、奏太が布団から背を浮かせた。澄川の前で大胆に足を開き、喘《あえ》ぎながら引き締まった細い腰をくねらせる姿を見せつけられると、何とも堪らない気分になる。早くこの中に入って激しく揺さぶってやりたい衝動に駆られた。お預けを食らった獣のように口に溜《た》まった唾をごくりと飲み込み、弛んだそこに三本目の指をねじ入れる。自分を受け入れる隘路《あいろ》を広げるため、揃えた指を中で大きく開いた。

「やっ、ン……はあ、あっ」

指の抽挿を繰り返しながら、反り返って揺れる奏太の屹立を半ば衝動的に口に含んだ。奏太が甲高い嬌声を上げる。

男のものを口で奉仕することに何の躊躇《ためら》いもなかった。これが奏太のものだと思うと、愛しくて堪らない。夢中で喉の奥まで飲み込み、口を窄《すぼ》めながら舌を駆使して奏太の快感を引きずり出す。

「あ、あ、や、もう、せんせ、出る、出ちゃうから……んっ、は、離して……っ」

奏太が澄川の頭を弱々しく押しやった。

澄川は銜《くわ》えていたそれからずるっと頭を引いた。同時に後ろの指も引き抜く。「あっ」と、奏太が切なげに息を吐く。

「もう少し辛抱しろよ」

素早く服を脱ぎ捨てると、澄川はすでに痛いほどに硬く張り詰めた己の屹立を摑んだ。散々ほぐして柔らかくなった奏太の後孔に、生々しく血管の浮き上がる熱の塊のような切っ先をあてがう。

「入れるぞ」

言うと同時に、ぐっと腰を突き入れた。

奏太が声にならない悲鳴を上げて、弓形になった。指で慣らしたとはいえ、さすがにきつい。もともと男のものを受け入れる器官ではないのだから、無理もなかった。苦しそうに布団をずり上がった奏太が、反射的に逃げを打とうとする。その腰を摑み、引き戻す。

「痛いか?」

「んっ……い、痛くはないけど、くるし……はふ、くうっ」

「奏太、息を止めるな。ゆっくりでいいから、息をして、力を抜いてくれ」

「……ふ、っく、ど、どうやって……わ、わかんない……っ」

萎《な》えそうになっていた奏太の劣情に手を伸ばし、ゆるゆると扱《しご》いてやった。苦しげに歯を食いしばっていた奏太の口から、徐々に熱っぽい息遣いが漏れ始める。

「あ……ん……んぅ……はあ、ぁっ」

意識が前にむいたのか、ふいに後ろの締め付けが弛んだ。その隙をついて、澄川はゆっくりと腰を押し進める。熱い。熟れた襞が張り付くようにして澄川に絡みついてくる。軽い眩暈《めまい》がした。身勝手な快楽に引きずり込まれないように懸命に理性をたもつ。

額に浮いた汗がこめかみを伝って流れ落ちる。奏太の具合を確かめながら、慎重に腰を進め、長い時間をかけてようやくすべてを埋め込んだ。

「奏太、全部入ったぞ。大丈夫か」

「……ん。だ、大丈夫」

汗で額や頬に張り付いた髪を指先でよけてやる。目を瞑った奏太がはあはあと色っぽい息を吐き出す。澄川はつながったまま伸び上がり、半開きのそこに口づけた。

「んんっ」

舌を絡めながら、埋め込んだ切っ先で最奥《さいおう》を捏《こ》ねるように腰を回す。奏太の口の端から零れた唾液《だえき》を啜《すす》りつつ唇を顎に這わせ、首筋をきつく吸い上げる。

嬌声が漏れた。もう抑えが利かないようで、ひっきりなしに濡れた声が聞こえてくる。ゾクゾクと背筋を甘い痺《しび》れが駆け上がった。下肢に溜まった熱が膨れ上がる。

「……悪い、俺も限界だ。そろそろ動くぞ」

ゆっくりと腰を引く。無意識なのだろう、奏太が澄川の背に手を回してきた。必死にしがみついてくる健気な体に引き抜いた剛直を突き入れる。

「ああっ」

ぎゅっと締め付けられた途端、強烈な快感が全身を駆け巡り、危うく持っていかれそうになる。もう自分を止められなかった。飢えた野獣のように腰を振り、組み敷いた恋人を激しく貪り尽くす。気持ちよすぎてどうにかなってしまいそうだった。熱い。触れ合う部分からどろどろに溶けて一つになってしまいたい。これほどの快感に襲われたのは初めてだった。いっそ恐怖にすら思う。接合部分が泡立つほど激しく揺さぶり、角度を変えて何度も何度も貫いた。

「あっ、せ、せんせ……も、ダメ……っ」

「もうそろそろ『先生』はやめないか。清人《きよと》って呼べよ」

「……き、清人さん？　ぁ、あっ、そんな奥まで、ふ、深っ……あ、ああっ」

ぶるりと興奮して肌が鳴り響くほど強く腰を叩き付けた瞬間、奏太が絶頂に達する。白濁を飛び散らせながら、内側を激しく蠕動《ぜんどう》させる。

「はっ……くう、奏太……っ」

引き摺《ず》られるようにして、澄川も奏太の奥に夥《おびただ》しい量の愛情を注ぎ込んだ。

すうすうと規則正しい寝息を聞きながら、澄川は思わず頬を弛めた。

布団で眠る奏太の頭をそっと撫でる。初めてなのに、少し無茶をさせてしまったかもしれない。疲れたように寝入ってしまった恋人を眺めて、かわいいなと目尻が下がる。そういえばと、ふと思った。初めてこの部屋で会った時も、こいつはこんなふうに無防備に寝顔を晒して眠っていた。

「もう、あれから二年近くも経つのか。早いな」

真夏の暑い日だった。日に焼けた畳の上に両脚を投げ出し、窓辺にもたれるようにして気持ち良さそうに寝ていた。瑞々しい肌に浮いた玉のような汗と、シャワーのように降り注ぐ蟬《せみ》の声と、ほのかに甘い清涼飲料水。開け広げた窓から滑り込む僅かな風に、さらさらと癖のない真っ直ぐな髪が揺れていた。

まるで昨日のことのように思い出す。あの時は、まさか自分がこの子とどうにかなるなんて夢にも思っていなかった。男のくせにかわいい顔をしてるなとは思ったかもしれないが、それが『愛しい』に変わる日が来ることを想像できるはずもない。

ここに来て、奏太と出会って。きっと自分でも気づかないような些細《ささい》な感情の変化が毎日毎日起こっていたのだろう。その積み重ねが今につながっている。

当初、まだ高校生だった彼が今はもう大学生だ。来年には成人を迎え、数年後には社会人になり、自分がそうだったように様々な壁にぶち当たるに違いない。どんな時でも、彼の傍にいて見守ってやれる存在でいたいと思う。一緒に過ごした日々は宝だ。そしてそれは、今後も増え続けていくものだと信じている。

「そういえば、こいつが髭を剃るところを見たことないな」

すやすやと気持ち良さそうに眠っている奏太の顔にそっと手を伸ばし、すべすべとした頬に指先を滑らせた。

「……ん」

咄嗟に手を引っ込めたが、僅かに身じろいだ奏太がゆっくりと目を開けた。

「……先生？」奏太が目をこすりながら言った。「寝ないの？」

子どもっぽい仕草もかわいい。

「悪い、起こしたか」

「奏太の寝顔を見てた」

「……バカなこと言ってないで、早く寝なよ」

奏太が照れたように上掛けを引き上げる。枕元に置いてあったカメのぬいぐるみに手を伸ばし、一緒に布団に連れ込んだ。初めてデートした時に、奏太がクレーンゲームで釣り上げたものだった。今ではカメキチと呼ばれて二人にかわいがられている。

ふいに奏太が何かに気付いたみたいに部屋の隅に目線を留めた。

「あれって、桜？」

澄川もそちらを向いて、「ああ」と頷く。

「兎丸が花屋で見つけたらしくて買ってきたんだよ。始末に困ったらしくて、知らないうちにうちにあった」

畳の上にはあずまやで花見をした時のまま、壺ごと大ぶりの桜の枝が置いてある。翌朝目を覚ましたら、もうこの状態だったのだ。

しばらくぼんやりと桜を眺めて、奏太がほうと小さく息をついた。

「綺麗だね。もう、外の桜は散っちゃったし。なんだか得した気分」

「そういえば、今年は忙しくて花見どころじゃなかったな。高校の入学式は雨だったし」

「俺もちゃんとは見てない。大学の入学式は咲いてた気がするけど。何だか、今月はずっとバタバタしてて、あっという間に終わっちゃった感じ。去年は、先生と一緒にお花見したのにな……」

奏太が心の底から残念そうに言った。澄川は思わず彼の横顔を見つめて目を瞬かせる。どうやら同じことを思っていたらしい。堪らず笑みが零れた。

「来年は二人で花見に行こうな」

「本当？」

大きな目が期待に満ちたように輝いた。

「ああ。少し遠出するか。桜と星が綺麗な場所がどこかにあればいいけどな」

「うん。俺も探してみる」

奏太が嬉しそうに笑う。ああ、と思う。この笑顔のためなら、自分は何だってできるに違いない。

「奏太」

幸せそうに桜を眺めていた恋人の肩を抱き寄せた。小首を傾げたかわいい唇にちゅっと軽くキスを落とす。

奏太が目をぱちくりとさせて、バッと口元を手の甲で押さえた。

「……も、もう、急にびっくりするだろ」

「何でそんなに照れるんだよ。さっきまでいっぱいしてただろ」

顔を覗《のぞ》き込もうとすると、奏太が枕を手に取る様子が目の端に入った。振り上げた腕を寸前で捕らえて、そのまま布団の上に押し倒す。

「ちょ、せ、先生！　もう、このエロ教師！」

「先生じゃなくて、清人。もうお前は卒業したんだから、ちゃんと名前で呼べって言っただろ。さっきは呼んでくれたじゃないか」

ほら、と促すと、薄闇にも奏太がカアッと頬を染めるのがわかった。何でこんなことでいちいち顔を赤らめるかな。本当にかわいい奴め。

見つめ合い、たっぷり無言の抵抗をした末に、奏太が小さな声で言った。

「…………き、清人さん」

「なあに、奏太」

「――っ、もう寝るからどいてよ」

「嫌だよ。せっかくだからもうちょっとイチャイチャしようぜ」

上掛けを引っ張り隠れ込もうとするのを邪魔して、奏太にキスの雨を降らせる。最初は嫌がる素振りをしていたが、すぐに力を抜いて澄川の愛撫《あいぶ》を受け入れる。

「本当にかわいいいな、奏太は」

何か言いかけてきゅっと突き出した彼の唇に、言葉ごと奪うみたいにして口づけた。

風もないのに桜が散って、赤い鬱血の痕《あと》が残る奏太の肩口に、ひらりとハート型の花びらが舞い降りた。

☆★☆　とある休日　★☆★

バターを一かけら落としたフライパンに、手早く溶き卵を流し入れる。ジュウッと音がして、とろりと丸く均一に広がった黄色い液体が白い筋を浮き上がらせながら半熟に固まり始める。卵に完全に火が通る前に、あらかじめ作っておいたチキンライスを投入。ここからはあっという間だ。フライパンを持ち、トントンと手首で上手《うま》く返しながらチキンライスに鮮やかな黄色の薄皮を巻きつけていく。オレンジ色の中身をすっぽりと黄色で綺麗《きれい》にくるんだら完成。

「おおっ、ウマそうなオムライス！」

横からカメのように首を伸ばしてじっと見つめていた澄川《すみかわ》が大仰に叫んだ。

「奏太《そうた》。お前、天才だな」

子どものように興奮した声で言って、わしゃわしゃと奏太の髪を掻《か》き混ぜてくる。前髪を掻き上げたかと思うと、どさくさに紛れて額にチュッとキスまでされた。

「っ、……こ、これくらいでいちいち大袈裟《おおげさ》。そこのお皿取って」

「ん？　おう、わかった」

上機嫌の澄川は、狭い台所でスキップでもし始めそうな雰囲気だ。オムライス一つでこうも楽しくなれるのだから、呑気《のんき》な大人だなと思う。そして、十歳も年上の彼をかわいい人だなと思ってしまう瞬間でもある。

うきうきしている背中を眺めながら、奏太はそっと自分の額に手を伸ばした。まだ柔らかい唇の感触が残っている。

キスも、それ以上のことも澄川とは何度も経験しているのだけれど、あんなふうにふいうちでこられると、何だかもう恥ずかしくていたたまれなくなる。人目がないと、すぐに隙《すき》をついてチュッチュしてくるので、恋愛初心者の奏太にはいつもドキドキものだ。もともとスキンシップは多い方だったが、三ヶ月前——初めて体を重ねた夜を境に、澄川のストッパーがパーンと弾《はじ》け飛んだようだった。

——お前が卒業するまでは必死に我慢していたんだから、その反動だ。本当はずっとくっついていたいくらいなんだからな。

さすがに外ではいちゃつくわけにもいかないしと、拗《す》ねたように抱きついてくる澄川にちょっとだけ呆《あき》れて、でも本音は凄《すご》く嬉しかった。

澄川の腕の中に閉じ込められるみたいにして、ぎゅっと抱き締められるのが好きだ。

夏なのに暑苦しいと憎まれ口を叩きながらも、あの体温にくるまれると安心する。ちょうど目の前のオムライスでいうなら、澄川が卵で奏太がチキンライス。

「ほい、皿」

卵――もとい、澄川が白い皿を差し出してきた。

「あ、う、うん」

ハッと我に返り、慌てて受け取る。自分たちをオムライスに喩《たと》えるなんて、さすがに我ながら己の妄想力には引いた。

奏太は火照った頰《ほお》を誤魔化《ごまか》すように、フライパンを大きく揺すった。まるまるとしたラグビーボール型のオムライスを慣れた手つきで皿に移す。もう幾度となく繰り返してきた動作は、しっかりと体に染み付いていた。

「はい、できたよ」

「おおっ！」

つやつやした黄色い卵を見つめて、澄川が幸せそうに頰を弛《ゆる》ませた。

「いいよなあ、このぎゅっとまるまった感じが。オムレツみたいに偉そうに上にのっかるんじゃなくて、中身のチキンライスを大事に包み込んでいるところに男として好感がもてる」

「……」

奏太は思わず澄川の顔を凝視してしまった。

「ん？　どうした」

「な、何でもない」

ぶんぶんとかぶりを振って、空になったフライパンをコンロの上に置く。内心ドキドキしていた。ちょっとびっくりしてしまったのだ。あまりにも澄川が奏太と同じようなことを考えているので、一瞬頭の中を読み透かされたのかと焦った。

ちらっと横目に澄川を見る。

彼はふんふんと浮かれた鼻唄《はなうた》を口ずさみながら、冷蔵庫の扉を開けるところだった。

これまでの奏太にとって、オムライスといえばライスの上に被《かぶ》さるようにして半熟の卵が花開く、いわゆるタンポポオムライスのイメージが強かった。特に好物というわけではなかったけれど、母と外食をした時に出てきた物は大抵その形だ。

ところが、澄川に出会ってからというもの、こだわりのある彼の影響で一気にオムライスのイメージはラグビーボール型に統一されてしまった。それ以外は邪道だ、オムライスとして認めない。そう言い張る澄川のせいで、それまで気にもしていなかったレストランの食品サンプルを見て、「この店は邪道だ、こっちの店は合格」と、オムライス基準で考えてしまう自分がいる。

行儀悪く尻で冷蔵庫の扉を閉めて、右手にオムライス、左手にケチャップの容器を持った澄川がいそいそと戻ってきた。

「奏太。ほい、ケチャップ」

「？　何？」

「何って、描いてくれよ。ここにケチャップでおっきなハート」

容器を渡されて、奏太は面食らった。

「——い、嫌だよ。面倒くさい。自分で描けばいいじゃん」

「お前なあ、自分でハート描いて何が楽しいんだよ。奏太に描いてもらうのがいいんだろ」

早く早くと、容器を押し付けられる。こんなやり取りも初めてではなかった。言ってみれば、二人の儀式みたいなものだ。いつもこうやって奏太はぶつぶつ言いながらも、結局は澄川が差し出す皿の上でブチュッと容器を絞って赤いハートを黄色い卵に描き、このオムライスは初めて完成するのである。

初めて澄川にオムライスを作った当時から、このメニューの時はずっとこんな感じだ。よく飽きないなと思いつつ、奏太も澄川が冷蔵庫からケチャップの容器を持ち出してくるのを内心そわそわと待っているのだから、お互い様だろう。

ケチャップのハートをのせたオムライスを満足そうに見つめて、澄川がよしと頷《うなず》いた。

スプーンを手に取り、せっかく描いたハートを伸ばしながらオムライスを掬《すく》い取る。

「ほら、あーん」

「は?」

いきなりスプーンの先を向けられて、奏太は目をぱちくりとさせた。

「お前も腹減っただろ。さっき、きゅーってかわいい腹の音が鳴ってるの聞いたぞ。俺は気づいてないと思ってただろ」

「――！」

澄川がにやりと人が悪そうに笑って、図星を指された奏太はカアッと頬が熱くなった。フライパンの音に紛れて、絶対に澄川の耳までは届いていないと安心していたのに。

「気づいてたなら、その時に突っ込んでよ。後から言われたら余計に恥ずかしいじゃん」

「そういう顔をすると思って黙ってたんだよ。真っ赤だぞ。かわいいなあ、奏太は」

キッと睨《にら》み付けると、澄川が揶揄《からか》うように唇を尖《とが》らせてみせる。憎たらしい。

「男にかわいいって言うなよ」

「かわいい恋人をかわいいと言って何が悪い。はい、あーん」

ほらと急《せ》かされて、もう子どもみたいなんだからと憎まれ口を叩きながら、天《あま》の邪鬼《じゃく》な唇をもったいぶるようにして開く。ドンドン、と部屋のドアが叩かれたのはその時だった。

「――！」

ぎょっと瞬時に我に返った奏太は、反射的に膝《ひざ》を蹴《け》り上げていた。「はうっ」と変な声を上げて、澄川がその場に頽《くずお》れる。ぐったりと項垂《うなだ》れ、跪《ひざまず》きながらも両手を掲げてオムライスの皿を死守する姿に、奏太は慌てた。

「ご、ごめん、先生！　大丈夫？」

澄川が股間《こかん》の痛みと引き換えに守った皿を受け取り、心配して顔を覗《のぞ》き込む。そこへ「奏太くーん、いるぅ？」と、外から兎丸《とまる》の声。無言でうずくまる澄川と玄関ドアを交互に見ながら、奏太は焦った。

よろよろと澄川が自分の右手を動かした。人差し指でドアを示す。「出ろ」と言いたいらしい。「奏太くーん、開けるよ?」と兎丸の声が聞こえて、びくっとした奏太は慌てて叫んだ。

「いっ、今開けるから!」

急いで三和土《たたき》に下りてドアを開けた。途端にしゃわしゃわと蟬《せみ》の鳴き声が大きくなり、ムンとうだるような夏の熱気と共に押し寄せてくる。

「おっと」と、立っていた兎丸がニッと笑って言った。

「ごめんごめん、何かしてた? いい匂《にお》いがするから中にいるんだと思って」

「ああ、うん。今ちょうど昼ごはんを作ってたところ」

「ふうん、先生も一緒?」

ちらっと視線を落とした兎丸が、三和土のサンダルを目敏《めざと》く見つけて訊《き》いてくる。

「う、うん。ちょうど、お昼の時間だから。暇そうにしてたし」

何だか自分でもよくわからない言い訳をしてみるが、兎丸は「へえ、そうなんだ」と、特に気にする様子もなく本題に入った。

「今夜、焼肉パーティーをすることになったから。佐藤《さとう》さんの仕事先の人からお肉を分けてもらえることになってさ。けどちょっと場所が遠いんだよね。それで、俺たち四人は猪瀬《いのせ》さんの車で肉をもらいに行ってくるから、二人にはその他の買い出しを頼んでもいいかな。お酒はこっちで買ってくるから」

　焼肉パーティーへの参加はすでに決定しているらしい。まあ、どうせ用事もないしと思っていると、「わかった、いいぞ」と背後から先に返事があった。ようやく復活した澄川が、何もなかったかのような顔をして歩み寄ってくる。

「ああ、先生」兎丸がにこにこと笑いながら言った。「相変わらず入り浸ってるねえ。あれ、いつもの爽やか笑顔が何だか引き攣《つ》ってない？　あー、もしかしてお邪魔しちゃった？」

「いやいやとんでもない。でも、あと一分待ってくれるとよかったかな」

「やらしいなあ、先生。たった一分で何するつもりだったの？　真っ最中とか勘弁してほしいんだけど。でもどうしてもって言うなら、ギャラリーになってあげてもいいよ」

「そんな趣味ねェよ」

　あはははと、笑い合う大人二人の会話に、ちょっと待ってよと思いつつ、奏太はなかなか思考が追いつかない。軽い口調はただふざけているだけのように聞こえるが、やけに生々しい冗談だ。

「何かこの部屋、クーラーが点《つ》いてるのに暑くない？　ねえ、奏太くんも顔が赤いよ？」

　にやにやと兎丸に言われて、奏太はぎくりとした。

「ええ？　さ、さっきまで火をつかっていたから、それでだよ、たぶん」

　声が若干裏返ってしまった。「そういえばケチャップの匂いがするなあ。あ、わかった。

ナポリタンだ」と、思いっきり正解を外しながら、兎丸は「じゃ、よろしく」と、自分の部屋があるマルサンに戻って行った。

ドアを閉めて、奏太はハアと盛大にため息をついた。

澄川も同様に息を吐き出し、床に座り込む。

「ねえ、先生」

「んー?」

「何か、兎丸さんってさ……もしかして、俺たちのことに気づいてるんじゃないかな」

「……うーん、どうだろうなあ」

澄川は呑気にごろんとその場に寝転びながら、あっけらかんと言ってのけた。「まあ、あいつらにならバレてもいいんじゃないか? むしろその方が気をきかせてくれそうだ」

「は?」

びっくりして顔を向ける。ごろんごろんと床を転がる澄川が、子どものように唇を尖らせながら、「だってよ、せっかく奏太といいところだったのに」と、拗ねたようにぼやいた。

昼食を済ませて、少しのんびりしてから買い物に出かける。

七月の日中の気温は立っているだけで汗が噴き出すほどの暑さだ。熱を吸い込んだアスファルトは陽炎《かげろう》が立ちのぼり、ゆらゆらと揺れている。真上でぎらぎらと元気な太陽は短い影しか落としてくれず、渡り歩けるほどの日陰も見当たらない。天気予報によると、来週は更に気温が上がって暑くなるらしい。これからが夏本番。

長い夏休みの前に、大学では今月の中旬から前期試験が始まる。そろそろ奏太も準備をしなければいけない。一方、高校はすでに期末テストの返却までが終わり、澄川はこれから生徒たちの一学期の成績をつけるところだと言っていた。学校が長期休暇に入っても、教師までもが休めるわけではない。むしろ生徒が登校しない八月は、近隣の高校との意見交換会や研修会、講習会、授業内容の見直しや今後の計画を練った上での模擬授業なども開催されるため、非常に忙しいのだそうだ。行事が目白押しの二学期に向けて、様々な準備もある。生徒を相手に授業をしていた方がラクだと澄川は言っていた。去年の彼の様子を見ていて、教師がそんなに忙しいとは奏太も初めて知ったのだ。

行きつけのスーパーは空調が効いていて涼しかった。

澄川がカートを押し、奏太が食材を選んで入れていく。お菓子売り場でチョコレートを買うか買わないかで少しもめて、結局アイスバーを買った。

カートを戻し、大きく膨らんだ買い物袋を澄川が両手に持つ。

「片方持つよ」

「んじゃ、こっちを持ってくれ」

渡されたのはお茶と水のペットボトルが入っていない方の袋だった。

外に出ると、一気に熱気が襲い掛かってくる。しゃわしゃわじーじーとどこからともなく蟬時雨《しぐれ》が降り注ぎ、銀色の陽光に目が眩《くら》む。

「暑いなあ。早くあそこの公園に行って、アイス食おうぜ」

「うん。今、何度あるのかな」

「今日の最高気温、三十二度って言ってたぞ」

数字を聞いてげんなりしながら、澄川と肩を並べて歩く。

通り道の児童公園は、日曜なのに誰もいなかった。これだけ陽射しが強い中、子どもたちだってわざわざ走り回って熱中症になりたくはないだろう。冷房の効いた部屋の中で過ごす方が賢い。

往来を歩く人影もなく、おかげで辺りは蟬の鳴き声以外は静かなものだった。

木陰になったベンチに腰を下ろして、奏太はさっそく袋からアイスを取り出す。

「はい。先生のかき氷イチゴ」

「おう、ありがと」

額の汗を拭《ぬぐ》った澄川がアイスバーの袋を受け取り、うきうきと開ける。奏太も自分のソーダバーの袋を開けて、口に入れた。

冷たい甘さが体中に沁み渡る。

「……冷たい。おいしい」

「もうちょっと、日が落ちてから買い物に出かければよかったな」

「だね。今って絶対、最高気温を記録してる時間帯だよ」

さくっとソーダバーを齧《かじ》る。隣で固めたカキ氷をガリガリと噛《か》み砕く音がする。澄川はイチゴ味のかき氷やスイカ味のアイスが好きだ。他にもチョコバーとか筒状のスナック菓子とか、奏太が小さい頃に食べていた物を今でも好んで食べている。去年、一緒に夏祭りに行った時は、笛の音が鳴る飴《あめ》を手に入れて懐かしそうにはしゃいでいた。この近所にはないけれど、きっと駄菓子屋にでも行ったら目を輝かせて喜ぶに違いない。もう慣れたが、澄川は見た目と中身のギャップが大きすぎるのだと思う。

黙っていれば、アイスバーを頬張っている姿ですら絵になるのに。金色の葉漏れ日が、日に焼けた筋肉質の腕できらきらと輝く様子を横目に見ながらそんなことを思っていると、澄川が真剣な顔をして「奏太」とこっちを向いた。ドキッとする。

「お前のそれ、一口ちょうだい」

「……いいけど」

半分なくなった水色のアイスバーをどうぞと差し出す。ニカッと嬉しそうに笑った澄川が、さくりとアイスに白い歯を立てた。その途端、持っていた棒を伝って、溶けたアイスの一部が奏太の腕に垂れてきた。

「あっ、溶けてきた。早く食べないと……」

慌てて引き寄せようとした腕を、なぜか澄川が摑《つか》んで止めた。そのまま自分の唇を寄せて舌を伸ばすと、垂れたアイスを舐《な》め始める。

「！　ちょ、ちょっと、先生……っ」

「服に落ちたら嫌だろ？　ほら、溶ける前に早く食べろよ。どんどん垂れてくるぞ」

そう上目遣いに言いながら赤い舌を覗かせる澄川は、壮絶にいやらしかった。

ぺろぺろと舐められた肌が敏感に反応してしまいそうで、奏太はぞくぞくしながら懸命にアイスバーに舌を伸ばす。溶ける雫《しずく》を掬い取るように舐め上げて、さくっと歯を立てる。口の中は冷えているはずなのに、どこもかしこも火照ったように熱い。

「もう、いいって。大丈夫だから……先生、自分の食べなよ」

ぺろぺろとしつこく腕を舐めている澄川をやんわりと押し返す。すると、澄川の手が奏太の短パンの裾《すそ》から中にするりと潜り込んできた。

「ソーダバーより、奏太のバーが舐めたくなってきたな」

「——どこのヘンタイだよ！　エロオヤジ！　セクハラ大魔神！」

内腿《うちもも》をさすろうとしていた手を容赦なく叩いて、思いっきり抓《つね》ると、奏太はベンチの端に素早く移動した。「痛ってェ！」と悲鳴を上げた澄川が、仰《の》け反《ぞ》って悶《もだ》えている。

「……ついに王子から大魔神にまでなったか」

「嬉しそうに言ってるけど、明らかに降格だから」

にやにやとだらしなく弛んでいる顔をキッと睨み付けた時、ポケットでケータイのバイブが鳴った。

「電話か？」

「うん。母さんからだ」

途端、澄川が思わずといったふうにピシッと姿勢を正した。その様子をおかしく思いながら、画面を操作する。

「もしもし？　うん、元気だよ。今日は日曜だよ？　大学も休みだし」

むこうは今、深夜のはずだが、母は仕事を終えて帰宅したばかりのようだった。少し声が疲れているように聞こえる。

しばらく話し、おやすみと言って通話を終えた。

一拍置いて、澄川が「お母さん、何だって？」と、訊いてきた。

「うん、短期留学のこと。申し込みはもうしたのかって」

かき氷をガリガリと嚙み砕きながら、澄川が「ああ」と頷く。

「ちゃんとしたのか？」

「とっくに。もう七月だし、締め切ってるよ」

総合大学の英文学科に在籍する奏太は、この夏休みを利用して短期の語学留学をすることに決めていた。大学側が主催するプログラムで、八月から九月にかけての三週間をアメリカで過ごすことになっている。

もちろん、澄川には真っ先に相談したし、彼も「行ってこい」と言ってくれた。母はもともと二ヶ月以上ある夏休みはアメリカでずっと過ごせばいいと言っていたくらいだし、前借りした費用はバイトをして返すつもりだ。

隣からさくさくと氷を齧る音だけが聞こえてくる。

「……先生、寂しい？」

ちらっと横を見ると、澄川も視線だけでこちらを見つめてきた。

「そりゃ寂しいに決まってるだろ。三週間も会えなくなるんだし」

最後の一口を頬張って、小さく息をついた。

「でもまあ、お前が決めたことなんだから、しっかり学んでこいよ。むこうでふらふら浮気なんかしたら承知しないからな」

「そんなことするわけないじゃん。先生こそ、研修とか講習で変な女教師に引っかからないでよね」

一瞬、きょとんとした澄川が、ふはっとおかしそうに笑った。

「心配しなくても、俺には奏太だけだから。何なら、指輪でも買うか？　お揃《そろ》いのを付けるのもいいよなあ。こいつは俺のですって虫除《むしょ》けにもなるし」

薬指に嵌《は》まった指輪を想像して、奏太はちょっとだけ欲しいなと思ってしまった。

「もともと英語の成績はよかったけど、将来は通訳とかを目指してるのか？　それとも、お袋さんの仕事を手伝いたいと思ってるのか」

少し声音を落とした澄川に問われる。奏太は投げ出した足を引き寄せて、何とはなしに背筋を伸ばした。

「母さんはたぶん近いうちに日本に帰ってくるだろうし、デザイン関係だから、俺にはむいてないよ。俺は別になりたいものがあるから」

「……何だよ」

「英語の先生」

澄川が目を瞠《みは》る。

「お前、教師になりたいのか」

「うん。教える立場になるなら留学経験はあった方がいいし、本場の英語にも触れておきたいし。在学中に経験できることはしておきたい。そのためにお金貯めなきゃいけないけど」

奏太は体ごと澄川に向き直る。真っ直《ます》ぐに目を見て、言った。

「だから先生、俺が教師になるまで頑張って先生を続けてよね。俺、先生の教え子だって自己紹介するつもりだから」

澄川がはっと息を飲んだ。驚いたように瞬《しばた》き、そして何か眩《まぶ》しいものを見るようにふっと目を細める。

「……楽しみだな。待ってるよ、お前が来るの」

「うん。頑張るから」

「奏太。お前、やっぱりかっこいい男だな。俺が惚《ほ》れただけのことはある」

ぐいっと肩を引き寄せられて、頭をわしゃわしゃと掻き乱された。

「ちょっと、やめてよ。暑苦しい」

「んー、愛してるぞ、奏太」

頬にチュッチュとキスしてくる澄川と格闘しながら、初めて言葉にして話した夢が一気に現実味を帯びてくる。いつかの澄川との会話を脳裏に蘇《よみがえ》らせた。

——先生は、どうして教師になったの？

——うん？ ……高校時代に世話になった恩師の影響かな。

数年後、同じ会話を奏太も自分の教え子としているのかもしれないと思いながら。


「暑いな」

「うん、暑い」

重たい買い物袋を提げて、二人並んで炎天下の往来を歩く。

車の気配を察した澄川が、さりげなく奏太を壁際に寄せた。熱風を吐き出して通り過ぎる車から、軽快な音楽が漏れ聞こえる。あ、と思う。聞き覚えのあるフレーズだ。

去って行く音楽に合わせて、澄川が懐かしそうに鼻唄を口ずさむ。

「夏だなあ」

「夏だね」

「海に行きたいな」

「うん、行きたい。泳ぎたい」

「……でも、昼間の海はダメだな」

「何で？」

「お前の裸を他のヤツらに見られたくない」

「……な、何言ってんの？　まじめな顔して変なこと言わないでよ」

「変なことじゃないだろ。大事なことだぞ。夏の海は危険がいっぱいだからなあ」

サークルとかヤマトとか、とブツブツ呟《つぶや》くフリをして、澄川が宙にぶらぶら揺れていた奏太の手を捕まえてつないでくる。一瞬、びくっとしたが、こんなうだるような夏の午後、外を歩いている人は誰もいない。

ぎゅっと澄川の手を握り返して、半歩寄り添った。汗ばんだ肌が僅《わず》かに触れる。

「じゃあ、花火したい」

「花火？　あ、そうだ。兎丸に電話して買ってきてもらうか。どうせあいつら車なんだし」

「いいよね。車の中はクーラー効いてるし」

「本当だよ。よし、チョコも買ってきてもらおう。車ならドロドロに溶けることもない」

「そんなにチョコ食べたかったんだ？　こっちがドロドロに溶けそう。お風呂入りたい」

「おっ。だったら早く帰って一緒に入るか」

ニヤッと頬を弛ませた澄川を、奏太は軽く睨み付ける。少し迷って、ぼそっと言った。

「……いいよ。早く、帰ろう」

澄川が目をぱちくりとさせた。途端にカアッと頬が火照り、奏太はいたたまれず一歩前に出て足を速める。少しだけ坂道。先に立って澄川の手を引きながら、ちらっと振り返る。

真っ青な空を背負って歩く恋人の、幸せそうな笑顔が見えた。

あとがき

この度は『王子で悪魔な僕の先生』をお手に取っていただき、ありがとうございます。

高校生が主人公ということで、遙か昔の記憶をせっせと手繰り寄せながら書かせていただきました。学校独特の雰囲気を少しでも感じてもらえたらいいのですが……。校舎というのは、早朝、昼間、放課後とまったく印象が違うのを思い出しました。放課後でも一時間後、二時間後、三時間後……と、だんだん人が減り、空には夕焼けが広がって、気づけば真っ暗で教室から廊下に出てみてびっくりということもあったなあ、と。部活や文化祭も、当時ならではのテンションや楽しみ方があったのだと思います。

また、作中にもちょこっと出てくるのですが、小学校の国語の教科書って、いまだにどんな話が掲載されていたのかを覚えていて懐かしかったです。中学や高校の教科書はまったく思い出せないのに、不思議なものですね。赤い魚の中に一匹だけ黒い魚とか、クジラの雲とか、馬頭琴とか、かげおくりとか。一番印象に残っているのはクラムボン。当時、この響きが気に入って無駄だとわかっていても何かを期待し、辞書を調べたりもしました。教科書の注釈には『作者の創作上の生き物』と書かれていたような。

いろいろと思い出しながら楽しんで書いた本作です。みなさまにも、ああそういえば……と懐かしみつつ、楽しんでいただければ嬉しいです。

今回もたくさんの方々にお世話になりました。この場をお借りして御礼申し上げます。

イラストをご担当下さいました、平眞ミツナガ先生。澄川だけで三バージョンも描いていただいてすみません。キラキラ王子からヘタレ脛毛まで、それぞれ素敵に仕上げて下さってありがとうございます！　また、ピュアな高校生の奏太もとてもかわいくて、二人がじゃれあっているイラストを見てニマニマさせていただきました。本当にどうもありがとうございました。

いつもお世話になります、担当様。今回も、プロットの段階から最後の最後まで大変ご迷惑をおかけしました。特に最後に待っていたページ数の落とし穴。ひやひやさせてしまって本当に申し訳ありませんでした。少ないのか、多いのか？　こちらの計算ミスでうきうきと短編を追加したら今度は大幅にはみ出していた！　間に合わない、早く削れ削れと、最後までバタバタでしたが、何とか無事におさまってよかったです。気をつけますので、今後ともどうぞよろしくお願いします。

そして、ここまでお付き合い下さった読者のみなさまに最大の感謝を。

同じアパートで暮らす、ツンデレ高校生と猫被り先生のほのぼの恋愛を少しでもお楽しみいただけたら幸いです。どうもありがとうございました。

榛名　悠

✦初出　王子で悪魔な僕の先生……………書き下ろし

榛名 悠先生、平眞ミツナガ先生へのお便り、本作品に関するご意見、ご感想などは
〒151-0051 東京都渋谷区千駄ヶ谷 4-9-7
幻冬舎コミックス　ルチル文庫「王子で悪魔な僕の先生」係まで。

幻冬舎ルチル文庫

王子で悪魔な僕の先生

2015年3月20日　　第1刷発行

✦著者	榛名 悠　はるな ゆう
✦発行人	伊藤嘉彦
✦発行元	株式会社 幻冬舎コミックス 〒151-0051 東京都渋谷区千駄ヶ谷 4-9-7 電話 03(5411)6431［編集］
✦発売元	株式会社 幻冬舎 〒151-0051 東京都渋谷区千駄ヶ谷 4-9-7 電話 03(5411)6222［営業］ 振替 00120-8-767643
✦印刷・製本所	中央精版印刷株式会社

✦検印廃止

ISBN978-4-344-83408-8　C0193　Printed in Japan